Andreas Heßelmann
Keine Freunde
Der dritte Mallorca-Roman

Bibliografische Information der
Deutschen Nationalbibliothek:
Die Deutsche Nationalbibliothek verzeichnet diese
Publikation in der Deutschen Nationalbibliografie;
detaillierte bibliografische Daten sind im Internet über
http://dnb.dnb.de abrufbar.

TWENTYSIX – Der Self-Publishing-Verlag
Eine Kooperation zwischen der
Verlagsgruppe Random House
und BoD – Books on Demand
Alle Rechte vorbehalten.

Herstellung und Verlag:
BoD – Books on Demand, Norderstedt

ISBN: 978-3-7407-6812-6

Korrektorat: Brigitte Bausch
Coverfoto: Hans Braxmeier auf Pixabay
Autorenbild: Rainer Simon

*... esos ojos tan lindos que son canela*
... diese Augen so schön, als seien sie aus Zimt
(Zeile aus einem Flamenco-Lied)

## Prolog – 31. August, 19 Uhr 55

Von der obersten Mauerecke des ehemaligen Forts aus dem sechzehnten Jahrhundert über der *Plaça de la Porta de Santa Catalina* konnte er, verborgen von ein paar dürftig grünen Platanen, auf den zweiten, viel kleineren Platz unmittelbar unter sich schauen. Wiederum gegenüber von diesem stand die kleine hölzerne Bühne, direkt zwischen der *Carrer de la Pólvora* und der Mauer der alten Bastei, des jetzigen *Museo Es Baluard.* Auf der studierte schon seit einer halben Stunde ein Teil der Flamenco-Truppe, bei der auch er mitwirkte, einige Tänze für den morgigen Abend ein. Gerade bewegte sich Anna, die *cantaora,* die Sängerin, in ihrem prächtigen blutroten Kleid mit bedächtigen Schritten, klackernden Kastagnetten in ihren Händen und einem wirbelnden Arm auf ihren Gegenüber zu, der durch die Absätze seiner Schuhe das Holz der Bühne mit knallenden *taconeos* zum Beben brachte. Seine Arme, als seien es tanzende Schlangen, in die Luft gestreckt. *Eso no está bien, eso no se hace con el mayor enemigo del mundo.*

Er beugte sich ein wenig weiter vor, um etwas mehr von der Musik mitzubekommen. Denn gerade bei diesem Stück zeigte Paco auf seiner Gitarre, was in ihm steckte. Mit einem Feuerwerk aus *cuatrillos* und *golpes,* mit dem Anschlagen der Finger auf den Saiten und dem fast gleichzeitig hämmernden Klopfen auf das Holz, begleitete er das pulsierende Gleichmaß aus Bewegung und Gesang. Ein Schauer lief ihm über den Rücken. Diese Klänge, diese Rhythmen, diese Emotionen, dieses Spiel der tanzenden Körper mochte er besonders. Sie berührten ihn schon, seitdem er ein kleiner Junge war, und sie waren jetzt zweimal in der Woche seine Welt, wenn er seinen Dienst im Museum beendet hatte. Viel zu selten, wie er empfand.

Er schaute auf die Uhr, dann noch einmal von oben die *Carrer ses Barques de Bou* entlang. Auf diesem kleinen Platz, unter ihm, an der Ecke zur *Pólvora,* dem *Jardí de Lluís Alemany Mir,* saßen unter den Bäumen um den sternförmigen Brunnen ein paar alte Frauen auf der Mauer und schauten der Generalprobe allesamt strickend und tuschelnd zu. Ab und zu schallte Gelächter zu ihm herauf. Er musste schmunzeln. Mitten unter den alten Frauen, Susana, das hübsche Ding aus dem Café im *Museo.*

Interessiert schaute sie einer der Frauen zu, hielt immer wieder eine ihrer Hände fest und ließ sich das Muster, seine Machart oder die Technik erklären. Aus der Entfernung konnte er es nicht richtig erkennen. Vielleicht erkundigte sie sich auch nur nach dem einen oder anderen Trick, weil sie, was er fast glaubte, Handarbeiten längst konnte und es nur noch perfektionieren wollte. Wie die Crema auf den Cappuccinos oder Cortados, die sie dutzendweise tagsüber zu servieren hatte. Und deren Herstellung sie sich abendelang in einem Café hatte erklären lassen.

Er hob eine Hand, im Glauben, sie könnte sein Winken sehen, und blickte ein weiteres Mal kontrollierend auf seine Uhr. In fünf Minuten konnte er die Türen schließen. Er winkte ein letztes Mal und ging die Stufen wieder hinunter, querte den Platz vor dem Haupteingang, wich einem eilig davongehenden Mann aus und ging hinein. Grüßte beiläufig Enrico hinter der Kassentheke und ging weiter zu den Ausstellungsräumen, um nun seinen letzten Kontrollgang zu machen und die letzten Besucher hinauszubitten. Nebenbei bückte er sich und hob eine verlorene Eintrittskarte auf. Leise sang er seinen Part, der nachher zur Probe anstand: *Una gitana morena nacida en el Albaicín de ojos grandes y con ojeras del monte la vi venir.*

Susana war zwar keine dunkelbraune Zigeunerin, aber auch ihre Augen waren groß und hatten an manchen Morgen die gleichen Augenringe, weil sie sich in einer Bar auf dem gleichnamigen *Puig de Sant Pere* gegenüber bis tief in die Nacht ein Zubrot verdienen musste, damit sie nebenbei ihr Studium weitermachen konnte. Immer wieder holte er sich bei ihr seinen Kaffee, wenn sie alleine am Tresen stand und einige Augenblicke Zeit für ein paar Sätze hatte. Immer wieder nahm er sich vor, sie einzuladen, zu einem Essen, zu einem Abend in einem Theater oder zu einer Veranstaltung mit seiner Gruppe. Unterließ es aber dann doch, weil er befürchtete, dass ein anderer Teil des Liedes wahr werden könnte, *y son desiertas las horas.* Die Stunden also verloren, ja sinnlos sein könnten. Warum sollte sie auch seiner Einladung nachgeben wollen? Er könnte nicht nur ihr Vater, sondern sogar Großvater sein. Was sollte sie also von ihm, dem viel zu alten Alfonso, denken? Sie hatte sicher einen wartenden Freund oder tagtäglich einen Haufen junger Menschen um sich herum.

Aber vielleicht würde er nach der Probe trotzdem zu ihr hinübergehen, wenn sie denn noch dasäße, und sich trauen. Sie fragen, wie es ihr gefallen hat, und vielleicht ergäbe es sich, sie einzuladen. Von ihm aus in ihre Bar um die Ecke, zu einem Getränk oder etwas zum Essen. Einfach, um nicht nur wie sonst ein paar unbedeutende Sätze auszutauschen, sondern mehr von ihr zu erfahren. Was sie außer der ganzen Arbeit noch so tat, ob sie noch bei ihren Eltern wohnte, tatsächlich einen Freund hat, Handarbeit ihr Hobby wäre, wie das Studium trotz der vielen Arbeit liefe und ihr dabei von seiner Einsamkeit berichten, weil Josefa, seine Frau, nicht mehr da war. Seit nunmehr sechs Jahren. Viel zu bald gegangen. Gestorben durch die Krankheit, an der viel zu viele

Menschen unrettbar starben. In den letzten Wochen mit Krämpfen, Schmerzen und Flüchen. Trotz der Versprechungen der Ärzte, trotz deren Forschungen, trotz des ganzen Fortschritts, trotz der Chemie, die sie ihr verabreicht hatten und keine Wirkung zeigte. Am Ende war ihr nicht einmal ein einigermaßen ruhiges Einschlafen in der Nacht vergönnt.

Kein Jahr später begann er hier seine Arbeit. War er unter Menschen und hatte Kollegen, mit denen er sich von Anfang ausnahmslos gut verstanden hatte. Hinter ihm schloss sich nun die große Tür. Hermen im Kiosk grüßend, betrat er rechter Hand den ersten, inzwischen menschenleeren Saal mit den schönen mallorquinischen Bildern und seinem Lieblingsbild *Joveneta cosint a un jardí* von Francesc Rosselló Miralles und ging über den Flur in den nächsten Raum hinüber. Kurz betrachtete er wieder die beiden riesigen Bilder, ein Automatismus, schon fast einem Mantra ähnlich, *Ngone I*, von María Carbonero. Von dem er nicht wusste, ob es eine schlecht dargestellte Afrikanerin oder eine fürchterlich zugerichtete Europäerin sein sollte und Miquel Barcelós *„Fifteen holes"*. Keines der Bilder in diesem Raum gefiel ihm. Keines war auch nur annähernd so schön gemalt wie das, welches er sich täglich für einen längeren Moment anschaute. Diese hier waren viel zu modern und unverständlich für ihn. Wie immer schüttelte er mit hochgezogenen Brauen den Kopf und ging die Rampe hinunter ins Untergeschoss. Eine junge, attraktive, ja, auffallend hübsche Frau mit langen blonden Haaren und einer Sonnenbrille kam ihm entgegen und lächelte ihn an. Überrascht darüber, weil dies so gut wie nie vorkam, stammelte er verlegen geworden die an sich falsche Antwort darauf:

*„¡Cerramos en cinco minutos!"* Und ging weiter.

„*¡Lo sé!*", entgegnete sie mit einem Lächeln in der Stimme und er dachte an Susana.

In dem großen Saal mit den riesigen Bildern der aktuellen Ausstellung saß immer noch der schwergewichtige Mann, an dem er schon kurz nach sieben vorbeigegangen war. Neben dem bis dahin noch ein anderer Herr gesessen und sich mit ihm unaufhörlich leise unterhalten und dabei mit seinen Armen hin und her gewedelt hatte. Jetzt genoss er wohl die Stille und Zeit sich endlich ungestört das nahezu raumhohe Bild anschauen zu können, zählte aber offenbar auch zu denen, die allzu gerne die Öffnungszeiten vergaßen. Nur aus Höflichkeit hatte er es vorhin unterlassen, auf diese hinzuweisen.

Durch den Luftschacht des Aljubs drangen von draußen noch einmal leise die Zeilen des letzten Liedes herein. *Eso no está bien, eso no se hace con el mayor enemigo del mundo.* Sie mussten den Tanz wohl wiederholen, dachte er und wieder lächelnd: *La práctica hace maestro,* Übung macht den Meister. Irgendetwas hatte nicht gestimmt. Irgendetwas hatte nicht gepasst. Irgendetwas war nicht in Ordnung. Wie jetzt. Mit schnellen Schritten ging er auf den Mann zu. Er wollte pünktlich bei der Probe sein. Etwas ungehalten rief er ihm deshalb schon im Gehen zu:

„*¡Cerramos!* Wir schließen jetzt. – Also, kommen Sie. Es war ein langer Tag."

Er ging weiter auf den Mann zu, der in seinen Augen das Bild nun lange genug angeschaut hatte, wie in all den vergangenen Wochen schon viele Hunderte vor ihm und nun auch noch auf seine Worte nicht reagierte. Sondern nur dieses riesige, komische Bild betrachtete, auf dem er selbst nie etwas erkannte. Außer bunten Quadern und Flecken, die angeblich Menschen auf ei-

ner Straße darstellen sollten. Irgendwo in einer Groß-
stadt. Vielleicht hier in Palma. Vielleicht drüben in
Madrid, Barcelona oder Alicante. Von wo er stammte.
Ging er ganz nah hin, glaubte er einzelne Gesichter erkennen zu können. Stoisch, ernst und unglücklich
dreinschauend. Manche schienen auf der Flucht. Manche standen unentschlossen herum. Manche versteck-
ten sich zwischen diesen wie alte Mauerreste wirkenden ockerfarbigen Rechtecken. Überhaupt war dieses
Bild eine schmutzig gelbe bis dunkelbraune Zumutung
für ihn. Zimtfarben war noch das Beste, was ihm dazu
einfiel. Ohne Grün für ein paar Bäume. Ohne Blau für
einen Himmel. Ohne eine Lücke, durch die man das
Meer sehen könnte.

„Haben Sie nicht gehört? – Schluss für heute."
Er schüttelte den Kopf, schaute auf seine Uhr, dachte an
seinen Part nachher und berührte den Mann an der linken Schulter. Sonst war es ihm egal, wann er rauskam.
Mit Enrico unterhielt er sich oft noch einige Minuten,
während dieser die Kasse machte. Aber heute war es
wichtig. Heute wollte er zur Probe. Heute hatte er keine
Zeit. Später würde er behaupten, *Mehr als ein Stupfen
war es nicht.* Später würde er genau dies unzählige Male
wiederholen. *Mehr als ein Stupfen war es nicht. Deshalb
passiert doch nichts.*

Der Mann kippte, als handle es sich um eine Sequenz
in Zeitlupe, zur Seite, rutschte dadurch fast an das Ende
der schwarzen, lehnenlosen Sitzbank und fiel dann unendlich langsam kopfüber nach vorne. Sein Kopf
schlug, von der Masse seines Körpers getrieben, hart
auf dem extra für die Ausstellung lackierten, fast bronzen schimmernden Estrich des Betonbodens auf. Ein
merkwürdig dumpfes, etwas knackendes Geräusch.
Dann rollte er beinahe kopfüber auf die Seite, hob da-

bei, als würde er winken wollen, einen Arm und lag unmittelbar darauf auf dem Rücken. Der ausgestreckte Arm klatschte mit der Hand etwas verzögert neben ihn auf den Untergrund.

All dem schaute Alfonso ungläubig zu, als würde er einem schlechten Traum in der Wirklichkeit begegnen. Er erwachte quasi erst mit dem Geräusch des auf den Boden klatschenden Arms, das ihn komischerweise an das Treten in eine Pfütze erinnerte und murmelte ein paar Worte zwischen *¡Dios mío!* und *¡Podría usted por favor ...!*

Weiter kam er nicht.

Denn ihm war in diesem Moment klar:

Dieser Mann würde nirgendwo mehr hingehen.

Dieser Mann hatte auch kein Bild betrachtet.

Dieser Mann war tot.

## 2 Tage zuvor – 29. August, 7 Uhr 20

„Du musst was tun – mit ihr reden – was weiß ich."

„Was ist denn jetzt schon wieder?"

„Sie hat 'nen Brief an diesen Pelleter, euren Chef geschrieben."

„Hmh?!"

„In dem steht, dass sie versetzt werden will."

„*¿Cómo dice?* Wie bitte?"

„Wirklich! Auf meinem Laptop. Sie hat ihn abgespeichert und dann vergessen zu löschen. Mitten auf dem Desktop klebt so 'n Icon: *An Pelleter*. Soll ich vorlesen?"

„*¡Qué mierda!* Was für eine Scheiße!"
Sanchez Olivero hämmerte mit einer Faust auf den Küchentisch. So laut und heftig, dass er selbst erschrak. Sofort hob er beschwichtigend eine Hand und lächelte über seine eigene Reaktion – wenn auch gequält. Diego am anderen Ende der Leitung spürte jedoch die Unruhe und Miguel dachte wiederum: *Er ist wie Inés, wenn sie aufgeregt ist. Rennt beim Telefonieren in der Wohnung herum.* Der Inspector erkannte es an dem sich dauernd verändernden Klang. War er hell, war Diego in der Küche, wurde er dumpf, lief er vom Flur ins Wohnzimmer. Wieder hell, vielleicht ins Bad. Diego wartete Miguels Antwort nicht ab und las die Zeilen vor:

„Hier! *¡Fíjate bien!* Pass auf! *Estimado Señor Pelleter,* aufgrund persönlicher Neuorientierung bitte ich Sie mit diesem Schreiben um meine Versetzung in eine andere Abteilung oder auch Dienststelle. Als Begründung möchte ich nur auf das mit Ihnen geführte Gespräch von vor circa zwei Jahren hinweisen. Die Situation erlaubt es nun nicht länger, gegen den Willen Ihrer und

meiner Vorgesetzten, mit Miguel in einem Team zu-
sammenzuarbeiten. *Le saluda atentamente Inés Farrigua
Bertoli.*"

„ – "

„Bist du noch dran?"

„Ja."

„Und? – Du tust doch was? Oder?"

Jetzt war auch Miguel zu nervös und aufgestanden. Lief
genauso ziellos durch die Wohnung wie Diego in Inés'.
Stellte sich ans Fenster und schaute rüber zu der elen-
digen Bauruine, um die sie seit Montag einen neuen
Zaun zogen. Schwer. Aus dickem Metallgeflecht. Zwei
Meter siebzig hoch mit Betonsockeln und einem Sta-
cheldraht als Krone. Wie für den Hochsicherheitstrakt
eines Gefängnisses. Auf Geheiß der obersten Behörden.
Ganz plötzlich angeordnet. Vielleicht dachte jemand
bei denen, man müsse noch für längere Zeit den Einblick in seine Wohnung verhindern. Weil er sie Diego
und Konsorten für spezielle, vor allem ruhige Schäfer-
stündchen zur Verfügung stellen wollte. Er lehnte sich
an den Durchgang zur Küche und beobachtete das
Nichts, das sich dort drüben entwickelte. Zwischen diesem und ihm stand nun Inés. Wunderbar nackt. Mit
ihrem wunderbaren Po. Aber leider nur in seiner Fantasie. In seinem Kopf dazu der passende Gedanken-
matsch.

„Und?" Diego trat mitten hinein.

„Und was? – Lass mich nachdenken!"

„Scheiße! Und das Ganze nur wegen mir und Luisa."
Luisa. Genau! Luisa! Diese indianerbraune und dunkelhaarige Schönheit mit schwarzen, mandelförmigen Augen und Hypnoselächeln. Diegos erste Liebe. *Die* erste
Liebe. Und *diese* in Miguels Wohnung. Mit nicht mal
sechzehn Jahren. Für die er, ohne lang zu überlegen –

was Verantwortung, Erfahrung, Erziehung und Anstand anbelangte –, Diego die Schlüssel zugeworfen hatte. Festgehalten mit Kamera und Video vom inzwischen kaltgestellten José Jacinto, diesem schwachsinnigen Drogendealer und Mädchenentführer.

Sanchez Olivero drehte sich um. Blickte durch die offene Tür in sein Schlafzimmer. Drüben im Regal die Kerze. Das Miststück. Das Ding, das dauernd flackerte, wenn sie das, für das er mit Inés zusammen im Bett lag, flammend und animierend erhellen sollte, und die auf diesem verdammten Foto zu sehen gewesen war, welches Inés entdeckt hatte und damit alles aufdeckte.

„Und?" Wieder Diego.

„Hat sie den Brief abgeschickt?", fragte Miguel.

„Woher soll ich das wissen?!"

Zurück in der kleinen Küche klemmte Sanchez Olivero das Telefon zwischen Schulter und Ohr, füllte den kleinen Espresso-Kocher mit Wasser und Pulver und stellte ihn auf den Herd. Um einen klaren Kopf für solche Überlegungen zu bekommen, brauchte er einen starken Kaffee und vor allem etwas mehr Zeit.

Wieder sah er zum Fenster hinaus. Draußen auf dem schmalen Balkon standen auf dem Tischchen noch die Tassen der letzten zwei Tage. Ohne die würde es nicht funktionieren. Daneben die alte Zeitung mit den Horoskopen für die Woche. Aufschlagen, drauftippen, lesen, war die erste Möglichkeit, einen Ausweg zu finden. Immerhin hatte so ein dusseliges Textchen ihm damals Mut gemacht, Inés anzusprechen. Bislang war er davon ausgegangen, alles richtig gemacht zu haben. Jetzt durften die astrologischen Schlaumeier ihm ruhig den nächsten Tipp geben, oder?

„Also gut. Ich spreche noch heute mit Pelleter."

„Ist das alles?"

„Ist das alles?! – Was soll ich denn deiner Meinung nach machen?"

Nicht nur Diegos Frage und die Sätze, die er vorgelesen hatte, zischten in seinen Ohren, sondern jetzt auch noch die *cafetera* auf dem Herd. Er verzog das Gesicht und nahm sie von der Platte.

„Mit ihr reden! – Verdammt noch mal!"

„Rate mal, was wir in den letzten Tagen, Wochen und Monaten gemacht haben!"

Bei euch zu Hause. Vorne bei Hassan in der Bar. Während der Ausflüge, wenn ihr gequengelt habt. Stundenlang im Auto vorm Haus sitzend. Wie oft sie geredet haben! Er hatte aufgehört zu zählen. Aber die alten Wunden konnten die ganzen Gespräche nicht schließen. An manchen Tagen hatte er Angst, sie würde überschnappen und sich etwas antun, weil sie selbst nicht wusste, was mit ihr los war. An manchen Tagen wusste auch er nicht weiter. Da war sie himmelhochjauchzend und gleichzeitig zu Tode betrübt.

„Dann tu es jetzt noch mal!", unterbrach Diego seine Gedanken: „Du bist doch so was wie … wie mein … wie unser Vater! Oder?"

## 29. August, 11 Uhr 05

Sie nahm nicht ab. Seit zwei Stunden. Das hatte immerhin dazu geführt, dass sich seine Verwunderung über Diegos Schilderung von Wut in ein leiseres Unverständnis gewandelt hatte. Was soll das nun schon wieder? Er legte den Hörer wieder auf und machte sich nun doch auf den Weg zu Pelleter, ohne mit ihr zuvor gesprochen zu haben. *Ich werde Sie trennen müssen. Andere Ressorts. Andere Dienststellen. Keine Ahnung. Himmelherrgott! Sie wissen doch, was man oben darüber denkt?!* Er hatte damals von denen da oben gesprochen. Von mehr war nicht die Rede. Warum auch? Die Kollegen grinsten schon seit Langem und schlugen ihm auf die Schulter. *Du weißt, dass ein paar neidisch auf dich sind, oder?* Die hätten ja auch ihre Gelegenheiten gehabt, dachte er dann immer.

Jetzt stand er vor der Tür vom Comisario. Dessen Satz von damals hallte im Kopf nach. Im gleichen Moment zuckte er zusammen, denn die Tür wurde von innen aufgerissen und Pelleters Reaktion war nicht besser als seine. Beide schnappten nach Luft, griffen sich ungefähr dahin, wo das Herz sein mochte, wenn es nicht zuvor in die Hose gerutscht war, und schauten sich verdattert an.

„Sie?", stieß Pelleter heraus.

*„¡Dios!",* hingegen der Inspector.

„Wollten Sie etwa zu mir?!" Normales Atmen klang anders. Sanchez Olivero quittierte es mit einer weiteren Verwunderung.

„Nein! In den Keller. – Natürlich zu Ihnen."

„Wegen der Mail, oder? – Haben Sie eigentlich Streit miteinander?"

„Davon habe ich zumindest bis vor zwei, drei Stunden nichts gewusst."

Sie waren doch sofort beim Thema.

„Ich hab' nicht viel Zeit, aber kommen Sie kurz rein." Schon war Pelleter vorausgegangen und schob Miguel einen Stuhl zurecht.

„Jetzt wissen Sie, was ich damals meinte", sagte er.

„Es war das Erste, was mir eingefallen ist", Miguel.

„Wir haben privat miteinander ja nie zu tun. Unser Beruf lässt solche Sachen kaum zu. Wie Sie sehen, ist unser Job wohl zu problembehaftet, als dass der private Alltag helfen könnte."

19

„Wir sind ein gutes Team. Das Private – wie Sie sagen – war nie Bestandteil unserer Arbeit."

„Dafür droht nun Ihre Arbeit davon bestimmt zu werden. Vielleicht hat Señora Farrigua Bertoli, also Inés, das gespürt und will nun die Konsequenzen ziehen. Immerhin hat sie zwei Jungs zu versorgen. Da geht weder das eine noch das andere im Nebenbei."

„Das war und ist mir bewusst. Deshalb war ich eigentlich schon dabei, eine gute Lösung zu organisieren."

Pelleter sah ihn lange an. Seine Finger verknoteten sich währenddessen und gingen wieder auseinander. Dann legte er beide Hände langsam auf dem Schreibtisch vor sich ab.

„Ich kann sie gar nicht versetzen lassen. Wer sollte ihren Posten übernehmen? Ràfols ist weg und im nächsten Monat geht Cortes in Ruhestand. Und den Krankenstand kennen Sie. Ich kann daher nur sagen: Bringen Sie Ihre Streitigkeiten in Ordnung."

„Die mir, wie gesagt, neu wären. Ich dachte, sie hätte Ihnen noch Weiteres mitgeteilt, damit ich aus der Sache schlau werde. Sie nimmt nicht ab."

Pelleter schaute an die Decke und betrachtete sie, als müsse man über deren Renovierung nachdenken.

„Sie hat die Kontrolle über ihr Leben verloren", meinte er, ohne den Blick zu senken: „Ich habe gerade eine Stunde mit ihr telefoniert."

Sanchez Oliveros Verwunderung wurde noch größer.

„Ihre Kontrolle?"

Der Comisario sah ihn wieder an und lächelte.

„Sie hat mir erzählt, Sie würden etwas mit Balkon oder Terrasse suchen und sie wohne noch in ihrem alten Zimmer bei der Mutter. Während ihre Söhne Ihre Wohnung für das Erwachsenwerden missbrauchten. Sie kennen die Situation am besten."

Miguel wurde rot und schaute auf den Boden. Das Horoskop hatte leider dazu geschwiegen. Nun fahndeten seine Hände nach einem ruhigen Platz, wo sie sich aufhalten könnten. Dann stützte er sich auf dem Schreibtisch ab und parkte seine Finger an seinem kurz geschorenen wie ein Dreieck wirkenden Haaransatz und schien diesen zu massieren. Pelleter kam ihm zuvor:

„Ich denke, sie braucht etwas Abstand." Nun wendete er sich dem Inspector ganz zu und forschte in seinem Gesicht wie ein besorgter Vater. „Verzeihen Sie mir, wenn ich es so direkt sage, aber ich kann mir vorstellen, dass es ihr keinen Spaß macht, im selben Bett zu schlafen wie ihr Sohn Diego mit seiner Luisa."

### 30. August, 15 Uhr 50

„Ich steig aus, ich war schon auf der Bank. Ich bau doch nicht auf einem Friedhof." Korte stieß missmutig die Tür auf, trat mit dem Handy am Ohr ans Fenster und sah vom oberen Stock hinunter in seinen Garten. Genau in dem Moment als Zacarias mit einer Hand verdammt intim über Ernas Po strich und sie provozierend langsam an ihm vorbei zum Pool ging. Sie drehte sich um, lächelte und hob schelmisch einen Finger. Am Beckenrand angelangt, legte sie in Zeitlupe ihr Oberteil ab, sprang kopfüber ins Wasser und legte eine Handvoll Sekunden später ihren Slip, den sie wohl behände im Wasser ausgezogen hatte, auf die bunten Fliesen der Einfassung. Dann ließ sie ihre Beine lang gestreckt, als würde sie kraulen, auf das Wasser platschen. Ihr überaus schöner Po war somit nicht nur für Korte sichtbar.

„Warte mal!", befahl er dem am anderen Ende Lauschenden angespannt. Denn, was er da unten sah,

21

brachte sein Blut, logischerweise – und vorsichtig gesagt – in Wallung: „Ich glaub', ich spinne!"

Unten war Zacarias aufgestanden und zum Becken vorgelaufen. Dort setzte er sich auf den Rand und beugte sich mit seinem breiten Kreuz zu ihr hinunter. Vermutlich für einen Kuss. Er konnte es nicht erkennen. Dann richtete sich Zacarias wieder auf, zog sein Shirt über den Kopf und ließ sich anschließend ins Wasser gleiten.

„Ich muss Schluss machen. Vielleicht ruf ich später noch mal an."

Ohne eine Antwort abzuwarten, drückte er das Gespräch weg und startete die App für Videoaufnahmen. Im Display sah er, wie Zacarias bereits im Wasser stehend seine Shorts neben Ernas Slip legte und versuchte, sie in die Arme zu nehmen. Doch sie stieß sich laut kichernd vom Beckenrand ab und paddelte auf dem Rücken liegend an die gegenüberliegende Seite, breitete dort auf der Kante die Arme aus und schleuderte ihre langen blonden Haare hinter sich. Zacarias lief gemächlich in diesen flacher werdenden Teil des Pools und spritzte mit etwas rudernden Armen Wasser zu ihr hinüber, blieb dann bei ihren Füßen, die ein imaginäres Fahrrad antrieben, stehen und sprach mit ihr. Zu leise, um es hinter dem Glas des Fensters zu verstehen. Dann nahm er ihre Füße in seine Hände, hob sie an, fuhr auf der Haut der Beine bis zu ihrem Po hinauf und schob sich zwischen ihre Schenkel. Korte spürte, wie sich Wut und Zorn, Verletzungen und ein Konglomerat an wilden Gefühlen und spontanen, noch herberen Reaktionen in ihm breitmachten. Diese Unverschämtheit und Demütigung, dieser Betrug und Diebstahl dort unten ließen seine Hände zittern, ließen ihn fast explodieren. Nur mit Mühe konnte er sich zurückhalten, hinunterzugehen, die zwei zur Rede zu stellen oder Zacarias und

Erna gleich zu ertränken, totzuprügeln, allem, wirklich allem, ein Ende zu machen.

Auf der Wiese sah er das metallene Gestänge für einen Sonnenschirm liegen. Das stumpf wirkende Ende, um es in den Boden zu treiben, schien ihm spitz genug, beide damit aneinanderzunageln. Auf dem Boden, an einen Baum, an die hölzerne Wand der provisorischen Baustelle. Gleichzeitig versuchte er das Smartphone ruhig zu halten und sah, wie Ernas Beine sich um den Hintern von Zacarias schlossen und sie ihn damit in ihren Schoß presste und sich gleichzeitig nach vorne beugte, um ihn zu küssen. Das wirkte nicht neu, nicht widerwillig, nicht plötzlich aus einem Überschwang an Gefühlen passiert.

Wie oft hatten sie es also schon in den Wochen, vielleicht Monaten zuvor miteinander so getrieben? Hier in seinem Garten, wenn er die Millionen für dieses bescheuerte Projekt *Más Mallorca − light, life, love − the finca for pleasure moments* ausgab, beziehungsweise investierte. Wie viele Monate, womöglich Jahre ging das so? Mit diesem Spanier, den er damals in Padua kennengelernt hatte. Der ihm damals weiß Gott was versprochen hatte, wenn er in dieses vollkommen überdimensionierte Stadion investieren würde. Und dem er trotzdem von der ersten Minute an vertraute, weil er vom Fach war und vorgab, gerade diese Insel in- und auswendig zu kennen. *Sie können mir glauben, ich habe meine Beziehungen, wir brauchen nur einen naiven Makler und das richtige Objekt,* alles mit einem milden Lächeln.

Somit war Zacarias ja fast von Anfang an dabei. All das da unten nur deshalb nicht mitbekommen, weil er, der gute Korte, der ehemalige, aber reich gewordene Würstchenbudenbesitzer, viel zu oft und vor allem immer häufiger viel länger als geplant unterwegs war?

Ausgerechnet heute kam er Stunden früher als ange-kündigt, weil er sich von allen, die mitmachen wollten, nun wirklich über den Tisch gezogen fühlte. Er spürte Tränen auf seinem Gesicht und ließ das Handy sinken, ohne die zwei aus den Augen zu lassen. Ungewollt automatisch schaute er zu, wie seine Frau sich an den Fliesen der Einfassung hochstemmte, sich wieder nach hinten, jetzt auf den Rasen sinken und ohne ein Zögern Zacarias in sich eindringen ließ. Das zu erwartende Ende wollte er dann doch nicht weiter beobachten.

Das Gesicht voller Tränen wendete er sich ab, speicherte das Video und sendete es an Zacarias' Handy. Einige Sekunden später schaute er doch noch mal nach unten. Die beiden hatten es zu Ende gebracht. Ruhig lag Zacarias' Körper auf Ernas, ihre Knie zeigten nun links und rechts von ihm in den Himmel, eine Hand von ihm bearbeitete ihre Brüste, die andere wühlte in ihren Haaren. Ihre Knutscherei war widerlich. Die Displays der Smartphones spiegelten das Sonnenlicht. Wenn seines nicht ausgeschaltet war, negierte er den Ton der inzwischen sicher eingetroffenen Nachricht erfolgreich.

Korte spuckte einen Fluch gegen die Glasscheibe, dann drehte er sich um und ging an den Tresor, nahm das ganze Bargeld, die Mappe mit den Kreditkarten, weitere Dokumente, Verträge, Baupläne, Pässe, Zettel mit Codes, den Stick mit den Videos und die drei Generalschlüssel heraus. Daraufhin war der Tresor bis auf die ausgeräumte Geldkassette und ein paar wenige und unbedeutende Zettel leer. Er ließ ihn offen stehen.

Leise, obwohl es nicht länger nötig war, ging er die Treppe hinunter, trat wieder vors Haus und schaute es an, als wüsste er, dass er es für längere Zeit nicht mehr, vielleicht nie wieder, sehen würde. Dann stieg er in seinen Wagen und fuhr – ein paar Mal hupend – vom Grundstück. *„¡Adios muchachos!"*, schrie er durch das offene Seitenfenster, durch das die Sonne knallte. Die Reifen quietschten auf dem heißen Asphalt, als er Gas gab. Irgendeiner Stimme in seinem Kopf folgend bog er vorne an der Straße spontan nach rechts ab. Nicht nach Palma, nicht ins Tal zur Baustelle, sondern nach Alcúdia. Die Richtung stimmt vielleicht noch nicht, glaubte er seinen Kopf beruhigen und korrigieren zu müssen, aber er glaubte zu wissen, was zu tun war.

## 30. August, 16 Uhr 05

„Wegen nichts auf der Welt wird so oft Krieg geführt wie für Gold, Rohstoffe und – Frauen."

„?"

„Mit Gold hat unser Land ja genug Erfahrungen", fuhr er mit einem Lächeln in der Stimme fort, „bei Rohstoffen Amerika, China und der Rest der Welt. Aber bei Frauen ticken sie überall aus. In allen 194 Ländern der Welt. Egal, was die Religionen, Pfarrer, Imame oder all die Götter dazu sagen. Schau dir zum Beispiel die Sache in Nigeria an, die mit den entführten Mädchen vor ein paar Jahren. Die wurden nicht wegen Unfrömmigkeit, loser Lebensweise oder dergleichen entführt, sondern weil man sie gewinnbringend verkaufen konnte. 220 Mädchen! Für jedes kassierst du – was weiß ich – tausend Euro. Das ist für die Herren da unten ein Lottogewinn. Damit können sie ihren Krieg finanzieren. Ihre Luxusschlitten. Sogar die hübschesten Kinder noch behalten. Und das passiert nicht nur da. Hat nichts mit Boko Haram, IS oder Al-Qaida zu tun, sondern mit internationalen Geschäften vieler Mitwirkender. Manche Seele im Vatikan hat sich mit diesen auch bereichert. Solche *chicas* werden also nicht nur in Afrika gekauft, nein, der Handel funktioniert weltweit. Genauso wie der Drogenhandel, mit dem sie die zweite Hälfte ihres widerlichen Lebens finanzieren. Und das wiederum mit freundlichem Blick allzu vieler Politiker geduldet."

Eduardo war kaum zu bremsen:

„Das Leben als solches bietet wenig Möglichkeiten für Grausamkeiten, da bedarf es schon des Menschen, der sich diese ausdenkt, nebst den passenden Geschäften. Glaub's mir!"

„Das heißt, der Fall ist für dich noch größer als das, was wir herausgefunden haben?"

„Drei goldgierige Jungs, alte Männer, frustrierte Faschisten, fliegen am Ende ihres Lebens auf, weil ein – wie heißt es in euren Unterlagen? – nicht ganz astreines Hotel auf deren Grundstück gebaut werden soll? Und dagegen bislang nichts einzuwenden ist? Mensch, Miguel! Allein das Vorhaben stinkt zum Himmel! Das muss dir dein Verstand doch schon melden!"

„Die haben aber nicht die Menschenleben auf dem Gewissen."

„Mag für den Moment stimmen! Behalt die Typen im Auge und wart's ab! Du wirst sehen, das Ding hat 'nen Rattenschwanz."

„Ich bin nicht Beschützer, sondern Aufklärer."

„Stimmt! Du brauchst die Leiche vor deinen Füßen." Sanchez Olivero runzelte die Stirn und seufzte. Ja, er hatte Fälle aufzuklären. Er schritt ein, wenn etwas passiert war. Beruflich wie privat. *Du tust doch was? Oder?* Diegos Worte, weil Inés irgendwas Bescheuertes im Schilde führte. Bei Letzterem hatte er geglaubt, eigentlich *vorgesorgt* zu haben. Nichts war's!

„So ist es ja nun auch wieder nicht", versuchte er sich zu verteidigen, „aber würde ich jedem Verdacht nachgehen ..." Er brach ab.

„... und Diego macht auch noch Stress, oder?"

„Wie kommst du da drauf?"

„Du hattest ihn mit seiner Hübschen aufs Revier eingeladen."

„Eine Erziehungsmaßnahme", antwortete Sanchez Olivero säuerlich knapp.

„Und? Hat sie schon Wirkung gezeigt?"

„Wenn, an falscher Stelle", erwiderte Miguel.

„Oh! Neuer Stress. – Mit deinem Chef oder Inés?"

„Warum sollte das wichtig sein?"

„Weil du dann unkonzentriert arbeitest."

„Das tun andere Kollegen unaufhörlich."

„Also Inés", stellte Eduardo trocken fest.

„Warum bist du nicht Polizist geworden?"

„In Kolumbien zu meiner Zeit waren Polizisten, wie du sie kennst, nicht existent. Vielleicht Verkehrspolizisten, mehr aber nicht. Die Kripo deckte auf, was politisch konform war. Und Politik lebte damals auch dort vom Drogenhandel. Und von Mädchen. – Von arrangierten Unglücken. Sozusagen."

„Deshalb war der Präsident dein bester Freund."

„Samper nicht, er meinte mitmischen zu können. So holte er sich auch den Posten, aber die Guerilla drehte ihm die Nase. Pastrana schon eher. Aber er verstand im Endeffekt auch nicht genug von dem Geschäft und der Politik. Sicherer ist auf jeden Fall nichts geworden. Denn in den Städten sorgen heute immer noch *vigilantes* für Sicherheit, zum Beispiel in den Supermärkten."

„Nun wird ja alles besser. Santos hat es geschafft die Sache zu befrieden und Duque hat sicher nicht das Interesse, alles zu ändern", seufzte Sanchez Olivero: „Was soll ich deiner Meinung nach also machen?"

„Bring das mit Inés flott in Ordnung! Dann hast du den Kopf frei für deinen Fall. Dieser Deutsche weiß vielleicht gar nicht, auf was er sich eingelassen hat. Die Leute um ihn herum sind ausgefuchste Global Player, die von vielen Seiten Unterstützung erhalten. Die haben nicht nur in eine Richtung Erfahrungen. Die sind in unzählige Geschäftsfelder verzweigt. Solche Idioten haben seinerzeit auch unser Business versaut."

„Wusste gar nicht, dass du so zimperlich warst!?"

„Unsere Regeln waren nie die dieser Dschungel-Cowboys. Okay, wir mussten auch hier und da bereinigen, aussortieren und die Hierarchien begradigen, aber die kleinen Leute hatten Schutz durch uns. Dann kam dieses Massaker im *Valle de Cauca*. Dieses Cali-Kartell machte in Absprache mit der AUC und anderen die funktionierenden kleinen Gruppen kaputt und tötete wie wild geworden in der Zivilbevölkerung herum. Nein, das hatte nichts mit Schutz zu tun, diese selbst ernannten Rebellen haben nur so getan."

„Du meinst, sie nutzen diesen Korte genauso aus wie dich?"

„Mich hat man nicht ausgenutzt. Man hat unsere Möglichkeiten mehr und mehr eingeschränkt. Das ist ein kleiner Unterschied. Die aus dem Dschungel haben begonnen Krieg zu führen, dem habe ich mich entzogen. Deshalb lebe ich hier. Ich kann von den Erträgen meiner Geschäfte von damals nach wie vor gut leben."

„Ich versuche das gerade auf das Projekt dieses Deutschen zu übertragen, das als Fassade für ganz andere Geschäfte genutzt werden soll."

„Ich glaube, jetzt bist du nicht mehr weit von der Lösung entfernt."

„Also mache ich mich nun an sein Umfeld ran."

„Ich kenne zwar keinen von diesen Typen näher, aber meine Nase sagt mir, dieses Liebesparadies wird über kurz oder lang eine Filterstation für schmutziges Geld sein. So viele Manager und andere Liebesbedürftige, die leicht überhöhte Preise zahlen, gibt es nicht, dass sich so ein Geschäft auf Dauer lohnt. Die wollen mehr und machen mehr – deshalb, glaub mir!"

## 30. August, 16 Uhr 10

„So schnell geht eine Woche rum."

„Mach es nicht schlimmer, als es schon ist!", widersprach Karin. „Es sind erst fünf Tage – und die fühlen sich wie genauso viele Jahre an. Albern, oder?"
Sebastian Breithaupt lachte.

„Nein, nicht albern."
Sein Lachen erstarb. Gut, dass sie es nicht sah. Nicht sah, wie sein Blick plötzlich auf der gegenüberliegenden Wand herumirrte, die viel zu nackt war, um irgendwo hängen zu bleiben. Dass sie nichts wusste oder ahnte. Nichts von diesem Heckmeck, dem Durcheinander in genau diesen vergangenen fünf Tagen, dem Fall, der alte Wunden aufriss. *Señor Breithaupt, lo siento. Aber ich glaube, wir müssen Ihnen ... wir haben ...* Erst war alles Gestotter, dann fiel der Name. Regine. Der Name seiner Frau und er wusste in diesem Moment, dass er die letzten fünf Jahre in allem recht hatte. Nun saß er genauso am Schreibtisch wie damals und suchte mit ruhelosen Augen dieselbe leere Wand ab. Regine. Dieser Inspector, dessen Namen ihm wieder nicht einfiel, musste nichts erklären, nichts schonend vermelden. Er ahnte auch so, was los war. Dass sie tot war, musste er ihm nicht mehr sagen, dafür brauchte er kein klärendes, womöglich tröstendes Gespräch. Nicht für diese Gewissheit. Nein, jetzt wollten sie seinen alten Verdacht bestätigen, den er von Anfang an hatte. Der ihn am Tag vor ihrem Verschwinden hätte warnen müssen. Aber er hatte sie nicht aufgehalten. Er wusste auch nicht, wovon. Sie klang wie ein Kind, das an ein

Abenteuer glaubte, und er hätte Dinge erklären müssen, die er selbst nicht gänzlich durchschaute.

„Dann noch diese blöde Nachricht am Flughafen ...", Karins Stimme drang von ganz weit her in seine Gedanken ein, „... in der Nähe von Caimari war ein 42-jähriger Deutscher in einem Wasserbecken ermordet aufgefunden worden ... das war wie Weltuntergang für mich." Ihre Stimme ließ für kurze Momente andere Erinnerungen zu. Wie stroboskopartig aufeinanderfolgende Bilder liefen diese vor seinem geistigen Auge ab. Die Dusche am Strand, das abendliche Treffen, die Fahrt nach Llucmajor am nächsten Tag und danach an den Strand von Es Trenc, der zweite Abend, beziehungsweise die Nacht bei ihm zu Hause. Ihr Lachen. Ihre Natürlichkeit. Ihr Aussehen. Das Gefühl ihrer nackten Haut auf seiner. Ihr Duft. Das Loslassen nach dem zweiten Anlauf. Ihre Nacktheit später auf der Terrasse im Garten. Alles hatte die Bilder mit Regine begonnen zu überdecken, zu ersetzen. Es wurde auch Zeit. Nach fünf Jahren sollte man, wenn er ehrlich zu sich selbst war, neu anfangen können – und er wusste, Karin war die Richtige. Nicht nur dafür. Doch die wenigen Worte *Señor Breithaupt, lo siento ...* hatten ausgereicht, diese Bilder zurückzudrängen und die alten wieder hochkommen zu lassen. Wieder hörte er mitten in diesem Gedankensud Karins weiche mädchenhafte Stimme.

„Wenn die Frau nicht gewesen wäre, wäre ich wahrscheinlich durchgedreht. Am nächsten Tag hatte ich dich ja dann auch endlich am Telefon."

„Ja. – Gott sei Dank. – Kaum warst du weg, schien dafür meine Welt unterzugehen."
Punkt.

Auch jetzt sagte er nicht, warum. Erzählte er ihr nichts von dem Überfall in Caimari. Nicht mal von dem Geld, das man ihm gestohlen oder von der Leiche, die man statt seiner dort in dem Wasserbecken gefunden, und die seinen Ausweis bei sich hatte. Auch jetzt überhörte Karin seinen knappen Tonfall, denn sie war viel zu aufgedreht für das, was sie ihm nun mitteilen wollte.

„Ich hab' mir noch mal Urlaub genommen", ließ sie mit fast kieksender Stimme die Katze aus dem Sack, „in der zweiten Oktoberwoche komme ich. Ich hab' mein letztes Geld zusammengekratzt und das Reisebüro hat ein preiswertes, einfaches, aber sehr schönes Hotel gefunden. Die Bilder davon sind klasse. Es ist das *Citric*. Auch in Port de Sóller. Also ganz in deiner Nähe. – Ich freu mich so. – Ich bin doch albern, oder?"

Sebastian atmete langsam tief ein, hielt den Atem an und ließ die Luft genauso langsam wieder raus. Drei, vier stumme, viel zu lange Sekunden.

„Du freust dich nicht", stellte Karin erschrocken fest.

„Warum hast du ein Hotel gebucht?", seine schnelle, aber ehrlich gemeinte Antwort.

Sofort entspannte sie.

„Ich habe zwei Wochen Urlaub. Und ehrlich gesagt, weiß ich noch nicht genau, wo ich die zweite Woche verbringen werde, wahrscheinlich aber zu Hause, denn für die kann ich mir dann doch keine Reise leisten."

Der Klang ihrer Stimme schaffte es, seinen Kopf ein wenig zu erfrischen. Ihn von dem Fund unter dieser Finca am Coll d'Honor abzulenken, der nicht nur Regine betraf, sondern diesen ganzen Mist mit diesen gefundenen Goldmünzen und deren Geschichte und den mit seinem Handel mit Immobilien plötzlich offenlegte. Dieses Geschwätz von diesem windigen Zacarias und diesem dicken, ehemaligen Würstchenbudenbesitzer aus Köln.

Er hätte das Geschäft ablehnen sollen. Erst recht, nachdem die Betreiber des Hotels, die dann in Alcúdia einen stinknormalen Bau hochzogen, abgesprungen waren. Bei denen er von Anfang an nicht verstanden

hatte, warum sie in diesem entlegenen Tal bauen wollten. Hatte er nicht sogar recherchiert, wie wer und was
beteiligt waren? Wer hinter der Finanzierung steckte?
Stattdessen wollte er dem Verdacht nachgehen, dass alles miteinander zu tun hatte und er die Gründe noch
herausbekommen würde. Nur deshalb ließ er Regine
gewähren. Ließ er sie diese Wanderung machen, obwohl ihn eine unerklärliche Sorge befiel. Als genau alles so geschah, wusste er: Regine würde es jetzt nicht
lebendig machen. Doppelt gut, dass die Engel Karin geschickt hatten.

„Hast du ein Einzelzimmer gebucht?", fragte er daher nun etwas erfreuter zurück.

„Ich glaube nicht. Zumindest habe ich nichts davon
in der Beschreibung gelesen. Das ist sicher ein normales Zimmer. Ich ..."

„Dann mache ich auch eine Woche Urlaub in Port de
Sóller. Den kann ich gut gebrauchen. Ist zwar nur
zwanzig Minuten entfernt, aber doch was anderes. Vor
allem mit dir. Ich ruf das *Citric* an und organisiere das.
Natürlich zahle ich alles. Wäre ja noch schöner. – Über
welche Reisegesellschaft hast du gebucht?"
Nun war sie verblüfft. Urlaub mit ihm. Damit hatte sie
nicht gerechnet. Nicht eine Woche lang. Vielleicht wieder einen Abend, ja, vielleicht zwei Tage. Aber eine
ganze Woche in einem Hotel, das im Grunde genommen nur eine lange Wanderung von ihm daheim entfernt war?! Doch hatte sie den Klang und das Zögern
seiner Stimme, keine drei Minuten her, nicht vergessen.
Irgendwas beschäftigte ihn und sie presste die Lippen
aufeinander, weil sie überlegte. Dabei war alles ganz
einfach. Oder? Sie hatte eine Aufgabe erhalten. Diese
wollte sie annehmen. Wollte ihn richtig kennenlernen,
weil sie sich mit ihm alles, wirklich alles vorstellen
konnte. Nicht nur eine Liebesnacht, die obendrein beim

ersten Mal fast danebengegangen wäre. So verklemmt, wie sie dann war. Dabei wollte sie sich doch selbst beweisen, dass sie sexy sein konnte.

„Über das Internetportal ... wie heißt es noch? ... Von dem ich dir erzählt hatte ...", antwortete sie daher aufgeregt.

„Okay! Ich weiß, welches du meinst. – Zweite Oktoberwoche. In der dritten, also in deiner zweiten Urlaubswoche, bist du dann natürlich bei mir."

## 30. August, 16 Uhr 25

Jetzt wusste er, warum er nach rechts abgebogen war. Korte wollte es mit eigenen Augen sehen. Die Typen, die einmal seinen Bauplatz gewollt hatten, beziehungsweise das Hotel. Die gut gelungene Immobilie in der Nähe von Alcúdia wollte er sich doch mal anschauen. Wie viele Sterne hatte Breithaupt gesagt? Er hielt in der Einmündung einer Straße an und schaute auf die Liste. Es kamen definitiv nur drei Gebäude infrage. Alle anderen waren zu alt. Dann presste er sich in die Lehne und fluchte so laut, dass sich zwei Wanderer, die vor ihm die Straße überquerten, nach ihm umsahen.

„Maach de Auge zo!", rief er ihnen durch die geschlossene Scheibe hinterher und: „Sackjeseech!"
Sein linker Mittelfinger schoss in die Höhe. Gleichzeitig warf er die Liste auf den Beifahrersitz und fuhr wieder auf die Straße. Drei Hotels. Danach würde er sich vielleicht das andere Sackgesicht, Zacarias, vorknöpfen. Wie einen eigenen Sohn hatte er ihn großgezogen und ihm fast schon die Geschäftsführung vermachen wollen. Stattdessen hatte der den ersten Schritt schon selbst gemacht und sich Erna geschnappt. Und so, wie *das* ausgesehen hatte, sicher nicht zum ersten Mal.

33

Er sah die beiden in seinem Swimmingpool rummachen, so, als sei es das Selbstverständlichste auf der Welt. Wahrscheinlich soffen sie sogar seinen Wein und fraßen ihm den Keller leer. Vielleicht trieben sie es sogar in seinem Bett? In letzter Zeit war er oft genug weg. Da hatten sie immer sturmfreie Bude. Von wegen, der säße derweil im Büro und organisierte all die Abläufe, wüsste sich zu benehmen und hätte Umgang. Der sah nur anständig aus. Zu anständig, wie er nun feststellen durfte. Breites Kreuz, Sixpack und immer modisch lässig gekleidet. Da spielte es keine Rolle, was er, Korte, für Erna alles getan hatte. Das ganze Vertrauen missbraucht. So ein Drecksack! *Die* organisierten Abläufe waren nun klar. Und er erzählt dem Inspector noch, wie stolz er sei, Erna zu haben, und dass sie bei ihm all die Jahre geblieben sei, nicht wegen des Geldes und trotz seines Bauches. ... *und sie sagt mir jedes Mal, dass ihr mein Geld scheißegal ist. Kaum zu glauben, oder?* Mit einer Faust hämmerte er aufs Lenkrad. Warte Freundchen, sagte er zu sich selbst und meinte den anderen.

An einem Verteilerkreis sah er das erste, infrage kommende Hotel. Kastenbauweise. Pinkelbarock, wie man bei ihm daheim sagen würde. Aber immerhin farbig gestrichene Balkonbalustraden. Das kam schon auf den ersten Blick nicht infrage. Das war kein Bau zum Protzen, sondern eher zum ... Er schüttelte den Kopf und fuhr weiter, dann die Ma-13 nach Westen in Richtung Autobahn. Was hatte er davon, wenn er wüsste, wer statt im grünen Tal von Orient nun hier in Strandnähe ein Hotel gebaut hatte. Egal, ob es sich dabei um einen Edelpuff oder eine Wellness-Oase für bestimmte Körperkontakte drehte. In diesem Ort hier, mit all seinen Touristen, vor allem Kindern, konnte keiner dieser Schuppen ein Konkurrenzunternehmen zu seinem Vorhaben sein. Hatte er überhaupt noch etwas vor?

Er beschloss, die blödsinnige Suche aufzugeben und nach Palma, nein, besser, zunächst nach Sóller oder an die Bucht dort zu fahren. Breithaupt müsste sich endlich erklären und die Karten auf den Tisch legen. Immerhin hatte er alles vermittelt und die Papiere mit Zacarias fertig gemacht. Also wüsste Breithaupt sicher auch Bescheid darüber, was der vorhatte. Zumal er sich mit dem ja auch anfangs – aus atmosphärischen Gründen – öfter getroffen hatte. Wer weiß, was die voneinander wussten und welche Liebschaften die sich teilten? Unter Umständen macht der bei dem Spielchen zwischen Erna und Zacarias auch noch mit und hat alles eingefädelt. Ruiz Castedo, sein anderer Partner und Anwalt, hatte der etwa auch damit zu tun? Hoffentlich nicht. Sonst wäre es nicht auszuhalten.

In seinem Kopf ratterte es. Ihm fiel alles und nichts ein. Die ganzen Konten müsste er ja auch noch sperren und den Zugriff auf seine Accounts. Alle Passwörter ändern. Ach ja, heute Nacht würde er doch noch mal zum Haus fahren und den Zugang mit einem neuen Code blockieren. Mal sehen, wer zum Schluss was zu lachen hat?! Korte gab auf der Autobahn angekommen Gas und klemmte sich gleich auf der linken Spur hinter einen rostigen Berlingo, der mit 60 durch die Gegend zuckelte. Wer glaubte der denn zu sein? Korte scherte aus und überholte ihn kurzerhand rechts. Bei Tempo 160 aktivierte er die Sprachsteuerung seines Mobiltelefons und ließ die Nummer von Ruiz Castedo wählen. Mal sehen, wie der reagierte. Keine drei Sekunden später nahm der auch schon ab.

„Armando, du erfährst es als Erster. Und du hast es für dich zu behalten …"

„Was ist passiert?"

„Alles und nichts. Zacarias liegt gerade mit Erna in meinem Swimmingpool und vögelt sie. Alles klar?"

„Ach du lieber Himmel! Woher wissen Sie das?"

„Gut, dass du nicht sagst, seit wann. Ich müsste sonst davon ausgehen, dass du es schon länger weißt und damit noch zu tun hättest."

„Nein. Warum? Woher also?"

„Ich kann dir das passende Video zusenden."

„ – "

„Hattest du nicht mal so etwas Ähnliches gesagt wie: Inzwischen sind Sie dafür schon viel zu lange verheiratet, als dass Geld entscheidend sein könnte? – Du hattest recht. Da muss noch etwas anderes eine Rolle spielen. Ich dachte bisher an Liebe, die wir füreinander hatten. Aber da habe ich mich wohl getäuscht. Ich war nur der Schuhanzieher."

„Und nun?"

„Steige ich aus!"

„Darüber sollten wir noch mal reden."

„Da gibt es nichts zu bereden. Ist ja wohl eindeutig, dass die mich für das Projekt nicht brauchen."

„Es ist nicht deren, sondern Ihres!", widersprach Ruiz Castedo: „Soll ich die Verträge ändern und Zacarias als Geschäftsführer streichen?"

„Was soll das bewirken? Der hat Erna, meine Frau. Nee, ich bleib dabei, ich steig aus!"

„Aber wir haben mit dem Bau schon angefangen!"

„Den wird irgendeiner von denen auch zu Ende bauen, davon kannst du ausgehen. Die brauchen mich nicht und – die wollen mich nicht. So einfach ist das. Und das können die haben. – *Driss am Dom*, die haben mich die ganze Zeit beschissen! – Kapiert? Wahrscheinlich wären die nächste Woche zu mir gekommen und hätten mir irgendeinen Scheiß als Grund erzählt." Korte schrie die letzten Worte in den Freisprecher.

„Das heißt, dass ..."

„... du die ganzen Verträge mit *mir* annullieren musst. Wird nicht ohne Weiteres gehen. Schon klar! Ich sag' nur: Die Behörden! Und vielleicht auch was kosten, ist mir aber egal. – Ach! Stopp! Weißt du was? Mir kommt da gerade eine ganz fantastische Idee. Ich mach's denen ein bisschen komplizierter und schwerer! Das Grundstück behalte *ich!* Das veranlasst du am besten sofort. Alles andere können die haben. Sogar geschenkt! Über den Betrag für die Fläche unterhalten wir uns dann noch. Und über die Zugangsmöglichkeiten."

## 30. August, 17 Uhr 15

Der Eingang war immer noch genauso einladend wie damals und wie bei ihm daheim. Auch das halbe Dutzend Müllcontainer stand wieder vor der Tür. Die Visitenkarte hatte sich nicht geändert. Er schaute durch die Scheibe neben dem Klingelpaneel. Der Briefkasten hing unverändert verkehrt herum, jetzt schon über ein Jahr. Der Hausmeister *muss* blind sein. Er drückte den Knopf und lehnte sich an die Wand. $5^{\underline{a}}$ B, fünfter Stock, Apartment B. Der Name ihrer Mutter war jetzt nicht mehr zu lesen. Wahrscheinlich würde aber genau sie öffnen. Wie immer. Fast zehn Sekunden vergingen. Er sah sie passenderweise durch den Flur schlurfen und verzog das Gesicht. Gerade wollte er noch mal klingeln, als es aus dem Lautsprecher *„Si?"* tönte.

Doch nicht die Mutter.

„Miguel."

„Du? *Dio,* was ist passiert?"

„Ich hoffe, es passiert *nichts.*"

„Was ist los?"

Inés hatte immer noch nicht den Türöffner betätigt.

„Vielleicht könntest du mich mal reinlassen?!"

37

„Warte, ich muss mir erst was anziehen."

„Jetzt kann *ich* sagen: Was ist los? – Ich dachte, die Schamphase hätten wir hinter uns."

Im gleichen Moment sprang die Tür auf. Sanchez Olivero verdrehte die Augen und schüttelte den Kopf. Etwas aus der Puste stand er keine Minute später oben vor verschlossener Tür. Was war denn jetzt schon wieder los? Er klopfte ein wenig lauter als nötig.

„Ist ja gut!" Inés riss die Tür auf. Ein Handtuch um den Kopf gewickelt und ein noch größeres um ihren Körper. Die Beine und Füße lugten nackt darunter hervor.

„Hättest du ja sagen können, dass du geduscht hast."

„Was liegt an?" Sie klang ungehalten.

„Pelleter bekommt einen Brief von dir?"

„Woher weißt du?", fragte sie verwundert.

„Ich habe meine Informanten."

„Diego."

„Passiert, wenn man die Datei auf dem Desktop nicht löscht."

„Verflucht!" Inés zog sich spürbar verärgert das Handtuch vom Kopf. Wie schön sie aussieht, so ungeschminkt und mit wildem Haar, dachte er und war versucht sie in den Arm zu nehmen. Doch der Brief mit seinem Inhalt machte ihn bewegungslos.

„Also? Ich wusste gar nicht, dass Pelleter so viel Vertrauen bei dir genießt, dass er dich bei privaten Problemen berät."

Inés verzog das Gesicht. Warum musste Miguel manchmal so spitz werden. Sie fing an, wie ein kleines Kind herumzuhampeln.

„Es geht doch nicht so weiter, Miguel. Mein Gott, sie quatschen schon alle. Kriegst du das eigentlich nicht mit? Die lästern, dass sich die Balken biegen."

„Davon hab' ich bis jetzt, ehrlich gesagt, noch nichts mitbekommen."

„Wo arbeitest du?"

„Bislang im gleichen Gebäude wie du."

„Und dann behauptest du so was?"

„Was hast du vor?", bohrte er nach.

„Ich will mich versetzen lassen. 24 Stunden mit dir, das ist mir zu anstrengend. Da muss ich nicht nur Polizistin sein, sondern auch noch Kindermädchen, Sanitäterin und – ach, was weiß ich."

Sie hatte sich umgedreht, im Weitergehen das Handtuch vom Kopf gewickelt und ins Bad geworfen. Jetzt bog sie in ihr Zimmer ab. Ihr altes Jugendzimmer. Vermutlich genauso eingerichtet wie seinerzeit, nur die typischen Bildchen an der Wand fehlten. Er blieb in der Tür stehen und betrachtete ihren Rücken, der sich ihm gerade mitsamt ihrem wundervollen Po zu präsentieren begann, als sie auch das große Handtuch ablegte und die Beine hinunterrutschen ließ. Auch ihre Kniekehlen faszinierten ihn wieder.

„Und wohin, wenn ich fragen darf?" Sein Blick versuchte jedes Detail abzuscannen.

„Am besten wäre doch in eine andere Dienststelle, oder?", erwiderte sie und kruschtelte ziemlich lang auf einem Stuhl in ihren Kleidern herum.

„Was fragst du mich? Immerhin wäre die ganze Sache ja längst in die Gänge gekommen, ohne dass ich was erfahren hätte."

„Ich hätte es dir gesagt." Es klang bockig, während sie in dem Durcheinander unschlüssig zwei verschiedene Slips inspizierte.

„Wann?"

Inés drehte sich um, auf Höhe ihrer Brüste die Slips. Ihre Knospen dahinter wie kleine Türmchen.

„Heute oder morgen."

Seine Augen sahen sie an, als sähe er sie so zum ersten Mal.

„Ach", gab er heiser zurück. Mehr war nicht drin. Er sah nur sie. Ihren Körper, der pure Verführung war. So konnte er kein ernstes Gespräch führen. Er löste sich vom Türrahmen und ging auf sie zu. In ihren Händen immer noch auf gleicher Höhe die beiden Slips. Der eine schlicht weiß, der andere hellblau. Ihre Miene verriet, eine Antwort von ihm zu erwarten. Er deutete auf den hellblauen.

„Den da. – Danach."

## 30. August, 20 Uhr 45

Mit ihr saß er immer am obersten Tisch. Von dort war der Blick über den Hafen am besten. Von dort konnten sie das Treiben unten am besten beobachten. Manchmal schlüpfte er dann aus seinen Sneakern und fuhr mit seinen Zehen ihre Haut am Unterschenkel entlang, während er so tat, als konzentriere er sich auf ganz andere Dinge. Und sie sah ihn dabei an, als gäbe es keinen Franz-Herbert Korte, keine Ehe, keine Konvention, die ihr diese Ehebrüche, diese Affären und wiederkehrende Untreue verbieten würden. „Wenn du jetzt noch einen Zentimeter höher rutschst, vergesse ich mich", sagte sie beim letzten Mal und hielt seinen Fuß fest, als er fast schon auf der Innenseite ihrer Oberschenkel viel zu weit vorgedrungen war.

Von solchen Dingen war er jetzt meilenweit entfernt. Nicht Erna saß ihm gegenüber, sondern dieser Typ von damals, dieser Schatten einer längst vergessenen Vergangenheit. Der mit dem schiefen Gesicht, als hätte dessen Hebamme bei der Geburt noch versucht sein linkes Auge an die richtige Stelle zu schieben und sei dabei gescheitert. Sie waren jetzt die Einzigen, die nicht vorne auf der genauso schiefen Ebene an der Straße in der Wärme saßen, sondern drinnen. Die raumhohen, gläsernen Türen des *Balear* waren allerdings alle zur Seite geschoben. Ein lauer Sommerwind wehte deshalb ungehindert herein und ließ die Luft ein wenig nach Hafen riechen, der sich keine fünfzig Meter weiter unter ihnen befand und nach den Speisen, die nach draußen getragen wurden. Pommes und gebratene, rote Krevetten geradewegs aus diesem Hafen.

Zacarias schaute auf eine alte Schwarz-Weiß-Fotografie gegenüber an der Wand. Vermutlich aus den 30er-Jahren. Ein schmales, längliches Panorama-Bild vorne auf dem Platz vor dem jetzigen *Restaurant de Torre* aufgenommen. Die ganze Bucht war zu sehen. Ohne Promenade und die ganzen Hotels. Nicht ein einziger Mensch. Nur ein schmaler Streifen Sandstrand links, dort, wo sich nun das *Marina* befand und rechts, vor dem *Espléndido*. War das weiter hinten der Vorläufer vom *Citric?* Die ganzen Hügel oberhalb von Port de Sóller waren damals auch noch nicht bebaut. Auf dem alten Foto sah es deshalb aus, als hätte der Strand Zahnlücken. Er grinste und trank einen Schluck Wein. Spätestens in einer Stunde läge er wieder neben Erna und würde hoffen, dass sie sich dann vergessen würde.

„Ist ja nicht der nächste Weg nach Buenos Aires?"

„Vorher habe ich noch ein paar Dinge zu klären. Es ist keineswegs alles zu Ende gesprochen worden. Damals. Sollten Sie ja eigentlich am besten wissen. Er hat mich ganz schön hängen lassen. Auch finanziell. Und ich musste seinerzeit handeln."

„Zurzeit ist er allerdings ein wenig …", Zacarias zögerte, „… unberechenbar."

„Das ist ja nichts Neues. Er wollte damals ohne jegliche Absprache auch immer wieder etwas verändern, weil er glaubte, jeden neuen Trend mitmachen zu müssen. Aber bis auf seine Buden hat er ja alles danach in den Sand gesetzt. Hier …", er machte eine große Geste, „… wird es nicht anders werden: Er macht sicher wieder dieselben Fehler. Kommt mit falschen Vorstellungen und guckt dann dumm, wenn's nicht so läuft, wie er gedacht hatte."

„Wovon sprechen Sie überhaupt? Was soll hier danebengehen? Ich weiß von keinem Projekt."

„Ach, hat er Sie nicht mehr mit im Boot? Und dieses Projekt bei – wie heißt der Ort noch mal – Bunyola?"

„Das ist dieses Mal nur ein kleines Hotel. Sein Altersruhesitz, sozusagen!"

Der mit dem schiefen Gesicht verzog es und begann zu lachen. Dabei klappte das linke Augenlid wie eine klapprige Tür im Wind auf und zu.

„Sie haben sich auch keinen Deut verändert", fing er nach Luft schnappend an, „spielen das Unschuldslamm und verarschen die Leute. Das haben Sie damals schon in Padua sehr gut gekonnt. Am Ende hab' ich für Ihre Spielchen ziemlich büßen müssen und alles verloren."

„Soweit ich weiß, haben Sie in Argentinien in Saus und Braus gelebt."

„Dann haben Sie schlecht recherchiert."

Zacarias schaute ihn abfällig an und dann runter zum Hafen. An dem großen Kran hing ein Segelboot mit völlig demoliertem Rumpf. Wahrscheinlich das, was vor ein paar Tagen bei recht starkem Wind dem Skipper nicht mehr gehorchen wollte, weil er die Segel nicht genug gerefft und dadurch die Felsen vor der Hafeneinfahrt gestreift hatte.

„Sei's drum. Welche Weisheit wollen Sie ihm dieses Mal vermitteln?"

„… und genauso despektierlich wie früher."

„Also?" Zacarias hatte genug.

„Das kleine Hotel wird nicht funktionieren. Nicht auf dieser Insel. Das könnte ihm auch auf Sardinien oder sonst wo passieren. Entweder man gehört nämlich einer der alteingesessenen Familien an und verfügt daher über die nötigen Kontakte, oder man hat kaum eine Chance durchzukommen. Aber das ist, wie gesagt, in der ganzen Welt der Fall. Das sollte er eigentlich wissen. Irgendwann wird man von irgendeinem Konzern, egal aus welcher Branche, gefressen. Die mischen dann alles auf."

„In diesem speziellen Fall werde ich aber zurückmischen", grinste Zacarias. „Da sind noch ein paar Asse in meinem Ärmel."

„Weiß er davon?"

„Vom schönsten Ass noch nicht. Danach spielen die anderen keine Rolle mehr."

Hände von hinten stellten die Teller vor ihnen ab. Seezunge mit Orangensoße und Kroketten. Wunderbar angerichtet. Erfreut griff Zacarias nach Messer und Gabel, doch in derselben Sekunde trällerte sein Handy neben ihm. Widerwillig schaute er auf das Display und wurde sogleich rot. Erna. Das schönste Ass.

„*Scusa!* Entschuldigen Sie!", meinte er zu seinem bereits essenden Gegenüber und trat auf die Straße.

„Hast du auf dem Handy nicht seine Nachricht gesehen?", fragte sie vorwurfsvoll.

„Nein, *mi amor!* Ich habe wohl das falsche dabei." Seine Antwort war eher ein amüsiertes Flüstern.

„Er hat es als Video."

„Was?", wollte er wissen, obwohl er es wusste.

„Uns. Im Swimmingpool. Alles!"

Zacarias ließ das Handy sinken, atmete durch und nahm es wieder hoch.

„Ich hätte es ihm ohnehin spätestens morgen gesagt", gab er zurück, „und ihm auch gesagt, dass er raus ist. Wir reden nachher weiter. Ich kann gerade nicht."

„Der Tresor ist leer. Komplett. Alles. Ratzeputz leer."

Das wiederum war etwas, was er nicht hören wollte.

„Scheiße!"

„Und jetzt?"

„Ich hoffe, dass die Aktion von gestern bereits erfolgreich war", entgegnete er leise und hoffte, dass er sich nicht täuschte. Dann schielte er über die linke Schulter zurück in den Gastraum und sah kontrollierend und lächelnd in das Gesicht des anderen. Der hatte von dem Gespräch wohl nichts mitbekommen. Gut so! Mit einem Nicken und einer winkenden Hand gab er ihm zu verstehen: *Bin gleich so weit, eine Minute noch.*

„Kommst du nachher?" Sie wieder.

Das klang nicht besorgt, sondern lüstern.

„Natürlich." Das hingegen klang neutral. „Ich muss jetzt leider aufhören."

„Wo bist du überhaupt?"

„Im *Balear.*"

„Nicht allein, oder? – 'ne Frau? An unserem Tisch etwa?"

„Nein!"

Er verdrehte die Augen. Manchmal war Erna naiv wie eine Zwölfjährige. Manchmal durchtrieben wie eine Gangsterbraut. Manchmal ein sexbesessenes und trotzdem unvermutet zärtliches Mädchen.

„Ein Typ aus alten Zeiten. Franz kennt ihn auch. Tauchte plötzlich hier auf und wollte mit ihm sprechen. Ich muss wissen, was er auf der Insel will."

„Mach schnell, ja?"

Die Sache mit dem Tresor schien sie nicht weiter zu belasten, dachte Zacarias, lachte irgendwas ins Telefon

und legte auf. Das Display zeigte wieder Erna im Eva-
kostüm und einer lasziven Pose.

„Und was führt Sie auf die Insel?" Er war nervös.

„Ich sagte es doch. Unser gemeinsamer Freund."
Zacarias überlegte, stierte zuerst in sein Glas, dann aus
dem Fenster.

„Ich hörte, es gab Tote?!"

„Wenn zwei sich streiten", kam als Erklärung.

„Es waren mehr als zwei – wie man mir berichtete."

„Herzinfarkt, Unfälle und ein Flüchtlingsdrama."

„Und ihre Rolle dabei?"

„Auch das sagte ich bereits: Einer der Leidtragenden
– oder Opfer. Auch wenn das die Situation nicht ganz
trifft. Und nicht ohne Ihre Schuld. Geplatzte Geschäfte,
unbezahlte Rechnungen und zerstörte ..." Er stocherte
auf seinem Teller herum, nahm einen Bissen und
sprach mit vollem Mund weiter: „... Beziehungen."

„Hatten Sie in letzter Zeit mal mit ihm gesprochen?"

„Nein. Ich dachte, er würde einem Treffen mit mir
weniger ausweichen, wenn ich schon auf der Insel bin
und ihm gegenüberstehe. Wie gesagt, die Umstände damals waren wirklich nicht die besten."

„Die vor den Toten, meinen Sie?! Ich kann mich erinnern. – Aber er ist vorher ausgestiegen und hat ...",
gab Zacarias als Antwort, die nicht passte, weil er an
Erna dachte. Den Rest ließ er unausgesprochen.

„Nicht nur da! Sie kennen doch die Geschichte, wie
er seine Frau kennengelernt hat. Er erzählt sie gerne in
einer Wild-West-Version: Das schöne Vogue-Model befreit aus missbrauchenden Händen. Nur dass sie nie für
die Vogue fotografiert worden ist. Auch nicht für andere Zeitschriften. Es waren einfache Bademoden-Kataloge und der Fotograf ein geiler Knopf. Leider auch
noch Alkoholiker. Korte hatte es daher leicht und setzte

45

ihn unter Druck. Sie wurde auf einfachere Art reich, als erzählt wird. Passen Sie also auf!"

Zacarias sah ihn verwundert an.

„Woher wissen Sie das alles? Hat er Ihnen das mal erzählt?", fragte er daher so beiläufig wie möglich.

„Er? Nein! Seit über einem Jahr haben wir keinen Kontakt mehr. Aber seit genauso so langer Zeit hat er nicht meine Leistungen bezahlt. Immerhin wurde gebaut und ich war der Lieferant. Da kann man nicht einfach aussteigen und mit den Schultern zucken." Er zögerte. „Ich dachte, Sie hätten das mitbekommen. Immerhin haben Sie sich ja damals durch die Planungen der VIP-Lounges kennengelernt."

„Sie sagen es: Planungen. Mein Anteil bei diesem Vorhaben beschränkte sich nur auf die Planungen. Ich war unwichtiger, als Sie denken. – Sie wollen ihm also die Pistole auf die Brust setzen und ihr Geld zurückbekommen? Um was für eine Summe dreht es sich denn?" Der andere lehnte sich in seinem Stuhl zurück und schaute Zacarias aus schmal gewordenen Augen an. Sein linkes Auge zuckte wieder. Dann verschränkte er langsam die Arme vor seiner Brust. Was sollte das? Zacarias müsste die ganzen Details doch kennen. All die Fragen könnte er sich doch selbst beantworten. Die Planungen beinhalteten auch die Kosten. Was versuchte er scheinheilig zu verheimlichen?

„Das bespreche ich mit Korte", stellte er deshalb lapidar fest.

„Und deswegen kommen Sie auf die Insel? Für Ihr Problem gibt es Anwälte, die alles regeln."

„Es gibt da vielleicht noch den einen oder anderen Punkt *vorher* zu klären."

„Wegen der Leichen?"

„Vielleicht bezüglich einer."

Zacarias tat, als ob er verstünde, und nickte mit einem Blick nach draußen zustimmend mit dem Kopf. Am obersten Tisch hatte ein junges Pärchen Platz genommen. Sie blond und schlank wie Erna und er in einem engen Shirt, das seine Muskeln betonte. Sie scheuten sich nicht, ihr Verliebtsein allen zu zeigen. Lächelnd schaute er zu und meinte:

„Es ist zwar nett, dass wir uns mal wieder sehen, aber meiner Hilfe hätte es ja in diesem Fall nicht bedurft. Sie wissen doch inzwischen sicher, wo er wohnt, oder? – Ist der Fisch nicht köstlich?"

„Zweifellos! – Aber Sie täuschen sich. Sie haben die besten Verbindungen zu jemandem, der in einem Punkt mehr weiß als alle anderen Beteiligten. Und diesen Kontakt würden Sie mir niemals in einem Telefongespräch verschaffen. Sie war von Anfang an dabei."

„Alle – außer mir – waren bei dem Bau des Stadions *nicht* dabei."

„Nicht beim *Bau* des Stadions. Aber dabei schon."

„Sie sprechen in Rätseln."

Endlich nahm dieser Kerl mal sein Glas in die Hand, statt dauernd nur zu quatschen. Endlich widmete er sich dem guten Essen. Zacarias würde sich von ihm einladen lassen. Dann wäre dieses Treffen wenigstens nicht ganz umsonst gewesen. Erst recht nicht, wenn er an das Nachher dachte. An den zweiten Nachtisch. Er gönnte sich einen guten Schluck des süffigen *Sa Rota Blanc* und schloss die Augen, um nicht das Gesicht seines Gegenübers zu sehen, sondern sich Ernas wunderbare Kurven, natürlich nackt und in diesem kühlenden Swimmingpool, vorzustellen. Kurz aktivierte er das Display. Erna. Dann schaute er zu den beiden Turteltauben nach draußen. Er versenkte gerade seine Zunge zwischen ihren Lippen. Der hatte doch keine Ahnung!

Bademoden-Kataloge! Fehlte nur noch, dass er billige gesagt hätte. Er stellte das Glas ab und fragte nach:

„Also? Welche Verbindungen sollen das sein?"

„Die zu seiner Frau."

## 30. August, 22 Uhr 05

„Sie haben mir das zwar schon ein paar Mal versucht zu erklären, aber ich hab's wieder vergessen. – Also noch mal, warum haben Sie sich damals aus dem Projekt zurückgezogen?"

Breithaupt schaute Korte an und dann an ihm vorbei. Er hatte also recht behalten. Wieder dieses Hotel. Jahre her. Der Grund, warum er bei Kortes Suche nach einem geeigneten Bauplatz eigentlich den Kopf hätte schütteln müssen. Und jetzt grub er noch in den Gründen herum, warum er sich inzwischen aus dem Projekt zurückgezogen hatte. Sebastian Breithaupt atmete tief durch. Drei Gründe waren das gewesen. Drei mehr als gewichtige Gründe. Und einer davon hieß Regine. Die anderen beiden resultierten vielleicht daraus. Und er hatte bis heute nicht herausgefunden, ob Regine der zweite Grund war oder deren Entscheidung, der ihren Tod provoziert hatte. Weil sie am falschen Tag, zur falschen Zeit, am falschen Ort gewesen war. So redlich sich dieser Inspector damals auch bemühte, seine Untersuchungen brachten in dieser Hinsicht nichts ein. Ja, Breithaupt hatte sogar das Gefühl, dass man die Arbeit dieses Inspectors – jetzt fiel ihm wieder der Name ein: Miguel Sanchez Olivero – sogar ein wenig torpedierte, denn drei Jahre später kam dieser zu ihm, zog ihn hinaus auf die Terrasse und setzte sich mit einer Flasche Gin, die dieser mitgebracht hatte, neben ihn in den Garten. Goss zwei große Gläser voll, trank seines, ohne zu warten, halb leer und meinte nach einer Kunstpause, man hätte ihm gesagt, dass er den Fall an den Nagel zu hängen hatte. Dann fügte er kopfschüttelnd hinzu: Egal, was er darüber dachte, es hätte keinen Sinn mehr. In den Ordnern gäbe es nicht mehr den kleinsten Anhaltspunkt, noch länger weiterzumachen. Von nun an solle er sich um Wichtigeres kümmern. So der Auftrag! – Der Inspector trank sein Glas aus und ergänzte: *Man hat es mir tatsächlich befohlen.*

*Diese* Gründe, diese Geschichte und seinen Part in ihr musste er Korte nicht darstellen. Das alles hatte ihn nicht zu interessieren. Mit den Konsequenzen hatte er lange genug zu kämpfen. Er hob sein leeres Weinglas in die Höhe und zeigte es der jungen Frau der *Bar Es Firo*, die gerade an ihm vorbeieilte, nur nickte und sein Glas und einige weitere vom Nebentisch mitnahm, ohne ihren Schritt zu verzögern. Wer hier ein Geschäft machen wollte, kannte keine Sekunde Pause innerhalb der Saison. Dann erzählte er Korte die alte Version, die er sicher schon ein Dutzend Mal berichtet hatte:

„In der Tat. Ich hatte es bereits erwähnt. In diesem Fall war es eine größere Hotelgruppe. Sie wollten etwas Neues, etwas Gehobenes machen, eine Art kleines Resort mit allem, was dazu gehört. Das war im Trend damals. Die hatten das auch ganz anders geplant als Sie. Mit mehreren Pools in der Gartenanlage und einer echten medizinischen Abteilung. Aber inzwischen ist man wieder von so etwas abgekommen. Ich wüsste auch nicht, dass es so etwas auf Mallorca gibt. Kurhotels sind nichts für diese Insel. Es gibt auch keine Thermalquellen. Nun denkt man anders und größer. Deren ganze Projekte haben inzwischen immer mehr als hundert Zimmer, das passt nicht unbedingt zu Spa und – *light, life, love.* In der Nähe von Alcúdia steht inzwischen die wirklich gut gelungene Immobilie von denen."

„Ach ja, Alcúdia." Korte nickte, als wüsste er nun erst jetzt wieder über alles Bescheid. „Hab' ich mir heute angesehen. Ich frag mich nur, wer dann seinerzeit so was in diesem Tal vorhatte. Diese ganzen Dinger im Osten sind nichts anderes als Pinkelbarock. Ich glaub', Sie haben mich ein wenig auf den Arm genommen, um nicht zu sagen beschissen. Das ist doch alles Betonscheiße. Das ist meilenweit von meinem Vorhaben entfernt. Ich plane ja nicht plötzlich ein Parkhaus, zerreiß den Plan und pflanz einen Supermarkt in die Landschaft, nur weil das dann im Trend ist. Da steckt doch was ganz andres dahinter. Und Sie wissen das!"

„Also, jetzt hören Sie mal ..." Breithaupt wurde langsam sauer.

„Nee mein Lieber, ich höre nicht auf! Sie haben mir das Ding vermittelt und Druck gemacht, allein schon mit ihren ausschweifenden Darstellungen. Und in Alcúdia steht nix von dem. Jetzt erzählen Sie mir mal, was Zacarias mit Ihnen ausgeheckt hat! Ich sag Ihnen was: Da im Osten gab's nie Interessenten. – Ich warte."

„Was soll der mit mir ausgeheckt haben? Gar nichts. Was soll das?"

„*Was* das soll, weiß ich noch nicht. Auf jeden Fall ...", Korte suchte nach einem Wort, „missbraucht er gerade mein Vertrauen und meine Frau – und führt irgendwas im Schilde. Hat er nicht mit Ihnen gesprochen?"

„Nur über die Vorgehensweise, das ist gut und gerne drei Wochen her, aber ich habe ja mit dem eigentlichen Projekt auch nichts mehr zu tun, deshalb verstehe ich gerade nicht Ihre Aufregung. – Missbraucht Ihr Vertrauen und Ihre Frau – heißt das ..."

„Ja, verdammt noch mal!" Korte wurde laut. „Er treibt's mit ihr vor meinen Augen in meinem Garten und in meinem Swimmingpool. Und es sah nicht so aus, als wenn das aus heiterem Himmel passiert wäre, weil die Sonne schien und man den Hintern des anderen so schön fand. Sondern als wenn sie's schon lange miteinander hätten und jetzt nur darauf warten, das Projekt allein machen zu können. Stehen Sie auf so was? Dann schicke ich Ihnen nachher das Video. – Mein Geld steckt in *Más Mallorca*. Und das nicht zu knapp. Jetzt brauchen die nur noch abwarten und sagen: Tut uns leid, aber wir meinen es ernst miteinander, wir wollen heiraten, oder so 'ne Scheiße."

Breithaupt schaute wieder an Korte vorbei. Was hatte er mit dieser privaten Fehde, Auseinandersetzung, Krise zu tun. *Más Mallorca* war es egal, wer und wie viele dieses Hotel führten. Das konnte Korte auch allein. Er musste nur die zwei Querschläger rauswerfen und sich einen neuen Vertrauensmann organisieren. Das konnte ja nicht so schwer sein. Wie hat er mit seinen Buden nur so einen Erfolg haben können, wenn er Privates und Geschäftliches nicht auseinanderhalten konnte? Wenn alle so wären, gäbe es alle naslang Konkurse und neue Geschäfte.

„Wissen Sie, Zacarias hätte das Ding von mir bekommen. Er wäre der Chef, sozusagen der Pächter geworden und ich mit Erna in Inca geblieben und hätte mir mit ihr und dem Verdienst einen schönen Lenz gemacht. Jetzt sieht's so aus, dass er mit Erna das allein dreht und mich aus dem Ganzen herauskatapultiert."

„Ich glaube, mit einem guten Anwalt ..."

„Ja super! Dat maach ich zum Verrecke nit. Was hab' ich davon? Nee, ich dreh den Geldhahn jetzt zu und such' mir ein neues Zuhause. Mallorca muss nicht für die Ewigkeit sein. Leever de dunkelste Kneip als wie de hellste Arbeitsplatz. – Ach, da fällt mir ein: Falls Sie noch Geld bekommen sollten, Pech gehabt, von mir kriegen Sie auch nix."

Korte stand auf und schubste dabei den Stuhl so heftig nach hinten, dass dieser krachend umfiel. Breithaupt verzog kopfschüttelnd das Gesicht und nahm das Glas Wein an, das die junge Frau ihm herüberreichte.

„Ich glaube, darüber werden wir noch mal sprechen müssen. Sie sind jetzt verständlicherweise nicht in der Laune. So etwas kommt in den besten Familien vor. Aber deshalb lässt man nicht seine ganzen Pläne platzen. Vielleicht sollten Sie ...“

„... kann es sein, dass sie mich schon wieder auf den Arm nehmen? Und kann es sein, dass dieses Hotel, oder was auch immer das sein soll, bei allem mitmischt? War Zacarias schon damals aktiv?“ Er setzte sich wieder.

„Jetzt versteh ich! Ist aber totaler Quatsch! Ihn habe ich erst durch Sie kennengelernt. Ich weiß beim besten Willen nicht, was Sie immer mit diesem Hotel haben?“

„Weniger mit dem Hotel als mit dem Grundstück, denn das wird jetzt vielleicht zum dritten Mal lukrativ angeboten werden können. Bisher zweimal durch Sie. Und das dritte Mal? – Oder habe ich mich vielleicht sogar verzählt? Wie oft verkaufen Sie Ihre Objekte?“ Breithaupt atmete tief durch und schaute der Bedienung hinterher, um sich ein wenig abzulenken, bevor er leise und sehr unterkühlt meinte:

„Lieber Herr Korte, wir leben hier nicht im Dschungel oder in einem juristischen Niemandsland. Derjenige, der Besitzurkunden hat, hat auch das, was auf diesen festgehalten worden ist. Soweit ich weiß, haben Sie inzwischen dieses Grundstück erworben. Und damit eigentlich auch ein Stück Verantwortung in vielerlei Richtungen. Aber wenn Sie es veräußern wollen, tun sie es. Es könnte sogar mit Profit geschehen.“

„Und genau das ist der Spaß, den ich mir jetzt nämlich gönne, allerdings anders als Sie denken, das Grundstück behalte ich nämlich, aber das Objekt, an dem ja schon bei mir zu Hause im Garten herumgebaut wird, könnt ihr oder wer auch immer haben. Ich verspreche Ihnen, das wird eine lustige Sache."

„Die innerhalb von wenigen Tagen eingestellt wird, weil niemand unter solchen Umständen baut. Es wäre dann ausschließlich Ihr Geld, das weg ist. Nicht deren und nicht meines. – Nicht ich habe Sie unter Druck gesetzt, sondern Sie mich. Und ich erspare Ihnen die Schilderung über mein Schicksal, das mit diesem Grundstück in Verbindung steht. Und damit *adiós*, auf Wiedersehen. Ich hab' genug von diesem Geschwätz. Übernehmen Sie endlich selber Verantwortung, statt alles auf andere zu schieben. Ihre Eheprobleme sind unter Umständen schon etwas älter und ich nicht ihr Psychiater oder so. Ich nehme Erfolgsprämien, sonst nichts!" Breithaupt stand auf, zückte seinen Geldbeutel und warf zwei Zwanziger auf den Tisch.

„Das nächste Mal überlegen Sie sich, was Sie mit Ihren Mitmenschen besprechen wollen!"


## 30. August, 22 Uhr 20

„Du bist ein Scheusal", meinte Inés und zog sich auf dem Rücken liegend wieder ihren Slip über. Den hellblauen. In ihrem Blick ein unübersehbarer Vorwurf, der ihrem Verhalten in den letzten zwei Stunden heftig widersprach. Miguel grinste deswegen und drehte sich noch einmal zu ihr. Ihr Versuch, schneller aufzustehen als er sie in den Arm nehmen konnte, scheiterte.

„Nicht noch mal", wehrte sie sich, aber er streichelte schon über ihre Haut und sie gab nach. Blieb aber wie ein Brett liegen.

„Bitte!", bat sie, allerdings nicht mehr so vehement. „Die Jungs", ergänzte sie, als sei das eine Erklärung, allerdings ohne den erforderlichen Ernst in der Stimme.

„Nicht deine Mutter?", provozierte er.

Inés schob ihn, so gut es ging, von sich weg.

„Wie steh' ich da, wenn ich zu Pelleter gehe und sag' *¡Inocente! ¡Inocente!* Tut mir leid, aber ich hab' mich irgendwie getäuscht."

„Ist doch halb so wild. Wir haben ja noch nicht den Tag der Unschuldigen, den 28. Dezember, *Día de los Santos Inocentes*", lachte Miguel, „er wird es also nicht als Scherz verstehen, sondern sich höchstens väterlich wundern."

Dann beugte er sich mit seinem Kopf über ihren Bauch, um einen Kuss auf ihren Nabel zu platzieren. Es war die falsche Bewegung, denn Inés schaffte es, sich zur anderen Seite zu drehen und aufzustehen. Entrüstet stemmte sie die Fäuste in die Seiten und schaute auf ihn herunter. Wie schön sie ist, wenn sie sich ärgert, dachte Miguel und betrachtete den noch feuchten Schatten ihrer Scham unter dem dünnen Stoff ihres Slips. Gerade wollte er eine Hand nach ihr ausstrecken. Doch kannte sie ihn gut genug und war schon vorher einen Schritt zurückgewichen.

„Miguel. Es kann so nicht weitergehen! Das geht mir alles zu schnell. Du planst einen Balkon und gleichzeitig bumst du mich noch in meinem Jugendzimmer."

„Aber Kinder hast du schon."

Kaum hatte er den Satz ausgesprochen, wusste er, was er – ohne es zu wollen – damit alles ausgesagt hatte. Prompt zischte sie:

„Gut, dass du mich *dabei* auf die zwei hinweist, die sind zufälligerweise nicht hier entstanden. Eigentlich sollte dir die Vorgeschichte bekannt sein. Und die hat vor allem nichts damit zu tun, dass ich jetzt wieder die

Siebzehnjährige spielen muss. Ich würde gerne endlich über mein Leben selbst entscheiden und vorher gefragt werden wollen, bevor jemand Immobilienprospekte wälzt. Es gäbe da sicher noch den ein oder anderen Punkt zu klären."

Manchmal hatte Miguel einfach nur blöde Sprüche auf Lager. Wie ein kleiner Junge. Wie Diego. Wahrscheinlich verstanden sie sich deshalb auch so gut. Dass ihre zwei Jungs trotz ihrer aktuellen Eskapaden einigermaßen normal geblieben waren, lag aber mit Sicherheit auch daran, dass sie selbst unter ihrem Vater gelitten hatten und in diesen Momenten immer wieder zu ihr geflüchtet waren. Rafael, der jüngere, verstand nicht, was Juan in Lauf der Zeit veränderte. Er sah ihn nur nach der Flasche greifen. Sagte er dann ein falsches Wort – und er wusste bis heute nicht, was er besser hätte *nicht* sagen sollen –, bekam er von Juan eine geschmiert, dass ihm Hören und Sehen verging.

Einmal versuchte Diego dazwischenzugehen und wurde von Juan nach Strich und Faden verprügelt. Die Folgen waren aufgeplatzte Lippen und eine tiefe Wunde am Hinterkopf, weil er gegen einen Türrahmen geknallt war. Von da an hatten beide immer nur Angst und versuchten nicht in die Nähe von Juan zu geraten.

Am selben Abend versuchte sie ihn zur Rede zu stellen. Und erlebte die Steigerung des nachmittäglichen Wutausbruchs.

„Was glaubt ihr eigentlich zu sein?", schrie er sie an.

„Deine Kinder und deine Frau." Sie zitterte und ihr fiel nichts Besseres zur Beschwichtigung ein.

„Ja, wunderbar! Und was habe ich davon? Ständig geht mein Geld aus, weil ihr es tonnenweise ausgebt. Meine Freunde fragen mich schon nicht mehr, ob ich mich mal mit ihnen treffe und wir einen draufmachen.

Und dann kommen deine impertinenten Kerlchen daher und wollen ständig was von mir ..."

„... es sind auch deine Jungs!", gab sie zurück.

„Hättest du gemacht, was ich dir gesagt hatte, gäbe es sie nicht. Also hast du dich jetzt um die allein zu kümmern. Bring ihnen bei, wie man sich gegenüber einem Vater verhält. Mit Respekt nämlich! So hab' ich es auch gelernt von meinem Vater."

„Soweit ich weiß, hat er dich auch nur geprügelt, du solltest es also besser wissen, verdammt noch mal! Wolltest du es deshalb nicht anders machen?"

„Lass meinen Vater aus dem Spiel. Ich bin wenigstens was geworden, wer verdient denn hier das Geld?"

„Wir beide!", gab sie zurück: „Wie kann man nur so ein bescheuerter Widerling sein?"

„Widerling? Ich? Aber es hat dir sehr viel Spaß gemacht. Zwei Kerle. Oder bist du die heilige Maria?"

„Damals ..."

„... was damals? – Und jetzt?"

Sie hatte an der falschen Stelle gestanden. Konnte nicht an ihm vorbei, als sie das Flackern in seinen Augen sah und dieses Zucken im Gesicht.

„Juan! Nein! Nicht hier!" Sie schob ihn mit beiden Händen für einen unzulänglichen Augenblick weg, dann traf sie der erste Schlag. Der zweite folgte.

Danach lag sie halb entblößt in der Tür zwischen Flur und Küche. Mit blauen Augen, mehreren Verletzungen an ihrem Körper und blutenden Wunden im Gesicht. Alles tat weh. Alles schmerzte. Alles ließ sie wimmern. In ihrem Kopf ratterte es: Hoffentlich hatten die Jungs nichts mitbekommen?! Welch frommer Wunsch! Nachdem Juan hochnäsig und irgendwas Abfälliges über sie murmelnd seine Hose geschlossen und sogar noch auf sie runtergespuckt hatte, drehte er sich um, nahm aus ihrer Tasche die Geldbörse und haute ab. Während sie für Minuten nur liegen bleiben konnte und ihre Sinne zusammensuchte.

Anschließend schleppte sie sich ins Bad. Ohne in den Spiegel zu schauen, wusch sie sich ihr brennendes Gesicht und ging dann in das Zimmer ihrer Jungs. Die standen leise weinend sich umarmend am Fenster und sahen sie verstört, verschreckt und vollkommen aufgelöst an. Inés hatte keine bessere Antwort als:

„Es wird alles gut! Es wird alles gut!"
Als alles endlich auseinander und dadurch gut gehen sollte, blieb ihr gar nichts anderes übrig, als zu ihrer Mutter zu ziehen. Fürs Erste. Wie sie dachte. Wohnungen waren in Palma nicht mehr erschwinglich, seitdem der Tourismus mit dem Zuzug neuer Arbeitskräfte damals seinen Tribut forderte. Die Wohnung ihrer Mutter war natürlich zu klein und sie vom ersten Tag eine kämpferische, häufig übertrieben schützende Glucke, die ihre Flügel immer und überall über sie legen wollte. Mutter zog allein schon deshalb ins Wohnzimmer. Rafael und Diego bekamen das Schlafzimmer und Inés durfte in ihr fast unverändertes Jugendzimmer ziehen. Oma hatte den Generalplatz. Von ihrem Sofa kontrollierte sie den Eingang, sah, wer kam und ging. Vor allem wann! Entgegen allen Behauptungen wurde auf diese Weise doch nicht alles besser.

Für Diego war es inzwischen am schwersten. Seine sprießende Pubertät verlangte nach Befriedigungen. Aber Inés' Mutter war auf Verfolgungsjagd und – ¡Mira! ¡Compra pornos! – wedelte vor deren Nase nicht nur dieses eine Mal mit einem Porno, ausgeschnittenen Fotos – natürlich nackter Mädchen – und einem zusammengeknüllten und noch etwas feuchten Taschentuch herum. Kein Wunder, dass er sich mit Luisa nicht nach Hause traute.

Miguel ahnte nur ansatzweise, was hinter Inés' verzogenem Gesicht vor sich ging. Ohne lange nachzudenken, entschied er sich für die nach seiner Ansicht einzig mögliche Antwort:

„Willst du meine Frau werden?"

„Vollidiot!"

Das alte Transistorradio flog nur knapp an seinem Kopf vorbei und zerschellte hinter ihm am Türpfosten. Drei Sekunden später klopfte es an der Tür und Inés riss sie, halb nackt wie sie war, auf. Natürlich stand dort ihre Mutter und schlug sofort die Hand vor den Mund.

„¡Por Dios!", entfuhr es ihr.

Und Inés drehte sich zu ihm um und fauchte ihn an:

„Weißt du jetzt, was ich meine?" Dann schob sie sich an ihrer Mutter vorbei in die Küche. Vielleicht saß nun auch noch einer ihrer Söhne dort.

„Doch eine neue Wohnung?", rief er hinter ihr her und stand auf. Er war allerdings gänzlich nackt. Fast hätte er daher erwartet, dass ihre Mutter nun schreiend in Ohnmacht fallen würde, doch sie schaute ihn nur mit offenem Mund von oben bis unten an. Ihr Blick schwankte zwischen Erstaunen und Verachtung. Dann sah sie ihm in die Augen und hatte sich wohl für ein Dazwischen, eine Art Anerkennung entschieden.

## 30. August, 22 Uhr 45

Es war doch wieder ein langer Tag geworden. Die abendlichen Sonderführungen durch das *Baluard* zogen sich immer ein wenig hin. Nach einer Stunde war zwar alles gezeigt und erklärt, aber das anschließende Verabschieden zog sich immer ein wenig hin. Es war dann doch wieder fast zehn geworden. Nun saß Alfonso in seiner Bar über einem Glas Wein und war wieder hellwach. Es spielte keine Rolle, wie schwer oder zäh der Arbeitstag war, den er ohnehin nur absolvierte, um den Tag unter Menschen zu verbringen. Zu Hause rückten die Wände seiner kleinen Wohnung nach dem Tod von Josefa, seiner Frau, viel zu nah an ihn heran. Die Pflege, die sie in den letzten Jahren ihres Lebens benötigte, kostete Freundschaften. Einige seiner Freunde, oftmals nicht wesentlich älter als er, waren bereits sogar verstorben, ohne dass er sich verabschieden konnte. Und neue Freunde zu gewinnen, war in seinem Alter nicht leicht. Im Grunde genommen sogar unmöglich.

Klar, in einem Café setzte sich schon mal ein Bekannter neben ihn und für ein, vielleicht zwei Stunden gab es gelegentlich ein Gespräch, das vom Alltag ablenkte. Doch die meisten Gespräche endeten nach wenigen Minuten mit einem Kopfnicken und einem *¡Así es la vida!*

So ging er dann irgendwann nach Hause. Vorbei an den wenigen letzten alten Häusern, die ihn fast an Havanna erinnerten und in denen früher Fischer und Kapitäne gewohnt hatten. Jetzt waren junge Leute in die zwei- oder dreistöckigen Häuser eingezogen, manche davon fast 150 Jahre alt und einige in Bars, Restaurants und kleinere Geschäfte, meist Boutiquen, verwandelt. Sofern die Gebäude renoviert worden waren und ihre schönen Jugendstilfassaden bewahren konnten.

Er hingegen wohnte in einem der alten Stadthäuser, dessen alten Anstrich er bestenfalls pastellfarben nennen konnte. Als er hochschaute, sah er den kleinen französischen Balkon. Einst von Josefa und immer noch übervoll mit darbenden Pflanzen zugestellt. Er nahm sich vor, sie alle sofort zu gießen, und hoffte, genau das nach all den Stufen nicht wieder vergessen zu haben. Über seine Befürchtung den Kopf schüttelnd stieg er die

Treppen hoch. Von irgendwo aus einer der Wohnungen tönte ein lautes Radio mit Ranchera-Musik. Er mochte sie. Vielleicht Vicente Fernández oder Javier Solís. Letzterer war viel zu früh gestorben. Zu seiner Musik hatten sie einmal zu tanzen versucht und das Ganze mit großem Gelächter abbrechen müssen. Es hatte doch zu wenig mit ihrer Art zu tanzen zu tun.

Daran denkend freute er sich auf den nächsten Tag. Denn wenn er abends abgeschlossen hätte, würde er direkt nebendran an der ehemaligen Stadtmauer mit seinen Freunden der Tanzgruppe für eine Flamencovorführung proben. Flamenco, das war seine neue Welt. In die konnte er fliehen und glauben, alle, die mit ihm auf der Bühne standen, danach als seine neuen Freunde mitnehmen zu können. Wieder schüttelte er den Kopf und lächelte, ging in das kleine Bad und füllte das Glas, in dem seine alte Zahnbürste stand, und begann die Blumen auf dem Balkon zu gießen. Auf diese Weise hatte er sicher für die nächste halbe Stunde etwas zu tun. Auch um das laute Radio in der anderen Wohnung zu übertönen, begann er seine Liedpassagen zu singen. Ihm war dabei egal, was die Leute unten auf der Straße davon hielten. Morgen wollte er Susana zur Aufführung einladen. *Una gitana morena nacida en el Albaicín de ojos grandes y con ojeras del monte la vi venir.*

## 31 August, 6 Uhr 10

Ein Laster mit einem kleineren Kran stand auf dem Grundstück vor dem Gebäude und einer mit einem Bagger. Aber von Bauarbeitern weit und breit keine Spur. Wenn das stimmte, was er gehört hatte, würde hier auch so schnell nichts vorwärtsgehen. Das schäbige Haus war nämlich mit Polizeiabsperrbändern regelrecht umwickelt und in dem Durchgang zwischen diesem und dem Schuppen auf der anderen Seite, in dem sich jede Menge Gerümpel befand, standen Absperrgitter. Hier wurde noch untersucht, geschnüffelt und auf andere Weise umgegraben. Das konnte dauern. Er grinste und sah sich das Ensemble durch die Seitenscheibe seines Mietwagens an. Korte muss wirklich eine blühende Fantasie haben, wenn er sich hier ein Resort, Spa oder was auch immer in dieser Art vorstellen konnte. Manchmal sollte man Ideen wirklich nicht weiter ausbrüten. Das ging schon in Padua daneben. Das meiste, was in einer *Bierlaune* – wieder grinste er und erinnerte sich gleichzeitig an dieses komische deutsche Wort – erdacht und zusammengebastelt wurde, war nicht den anschließenden Schaum im Glas wert.

Er fuhr die Einfahrt bis vor das offen stehende Tor hinunter, stellte den Motor ab und stieg aus. Die Gegend war menschenleer, wenn man von den wenigen Radfahrern absah, die auf der Landstraße oberhalb von ihm den Berg hinabsausten und sich nicht einmal für die zugegebenermaßen imposante Landschaft interessierten. Er schaute ihnen kurz hinterher, dann auf dieses *Objekt*, wie dieser Immobilienmakler gemeint hatte. Vielleicht konnte er wenigstens eine Ahnung von dem Vorhaben bekommen, wenn er sich alles aus der Nähe betrachtete. Geld war hier auf jeden Fall noch nicht großartig ausgegeben worden. Das beruhigte ihn. Die 720.000 mussten also noch irgendwo vorhanden sein. Ohne ein paar Scheinchen vorab spitzte auch in einem solchen Land weder ein Architekt noch ein Bauleiter seinen Bleistift.

Auf dem Vorplatz waren jede Menge Reifenspuren zu sehen. Er querte ihn und ging auf das Haus zu. Hinfällig in jedem Detail. Wenn er an der linken Ecke den ersten Dachziegel anstieße, würde es gänzlich einfallen. Hier reichten ein paar Baggerbisse und ein Muldenkipper, um diesen Unrat abzutransportieren. Durch das Loch eines Fensterladens versuchte er ins Innere zu lugen. Außer dem Schatten eines offen stehenden Schrankes und einem ramponierten Bett konnte er nichts erkennen. Um das Gebäude herumgehend sah er in die bergige Landschaft. Aus dieser Perspektive stimmte wenigstens die Optik, was Ruhe und Zurückgezogenheit anbetraf. Korte hatte ja in höchsten Tönen davon geschwärmt: „Der ideale Platz, um auf andere Gedanken zu kommen." Oder schöne Frauen, wie er nun dachte, und tippte sich an die Stirn.

Hinter der Bruchbude gab es eine Art Bretterverschlag. Ohne Fenster und Türen. Doch drei, vier Bretter waren hinter einem Holzstapel lose und nur angelehnt. Vorsichtig räumte er sie zur Seite, quetschte sich zwischen Wand und Stapel und starrte anschließend in ein nahezu undurchdringliches Dunkel. Er zwängte sich durch die Lücke und wartete, dann waren ein paar Konturen zu erahnen. Kisten, alte verrottete Decken und noch mehr Bretter. Links vor ihm ein Loch im Boden. Als er in die schwarze Tiefe schaute, erkannte er eine Treppe. Er kramte sein Handy heraus und startete die App für eine Taschenlampe. Das hölzerne und nicht besonders vertrauensvoll erscheinende Ding führte sicher um die drei Meter nach unten. Ein bestenfalls als modrig zu bezeichnender Geruch kam von dort.

Die erste Stufe testend trat er auf das knarrende Brett. Das nächste gab keinen Ton von sich. Auch nicht das dritte und vierte. Keine halbe Minute später stand er auf sandigem, etwas feuchtem Boden. Ab und zu schaute nackter Fels hervor. Es waren mehr als drei Meter gewesen. Das Licht beleuchtete die mit grobem

Mörtel verputzten Wände eines langen, relativ niedrigen Ganges nur spärlich. Was zum Teufel war das denn? Er hatte nur Unzureichendes über den Fall gelesen. Aber er glaubte sich nun doch an einen Gang, der zu einer Quelle führte, zu erinnern.

Langsam ging er ihn entlang, bis dieser am Ende nach links abbog. Ab hier war der Geruch unangenehm. Er spürte eine Übelkeit hochkommen und räusperte sich. Dumpf hörte er den Widerhall. Gleich ums Eck erkannte er in der rechten Seite eine Art Gruft, die denen in den Katakomben in Rom ähnelte. Gegenüber gleich die nächste. Sie waren leer. Er leuchtete den zu einem Raum gewordenen Gang ab und sah mindestens sechs weitere solcher Nischen. Alle mit Absperrbändern abgesichert. Soweit solche Plastikbänder es vermochten. Plötzlich glaubte er eine Bewegung, einen Schatten wahrzunehmen und zuckte deshalb erschrocken zusammen. Mit dem Strahl der Taschenlampe leuchtete er in die Richtung und sah in einen weiteren Gang. Eigentlich für eine solche Bewegung ungeeignet, zumal in diesem ein senkrecht gestelltes und mit Eisenstäben verkeiltes Absperrgitter den Weg versperrte. Trotzdem glaubte er nun auch noch Gespenster zu hören, irgendwelche komischen Geräusche. Er blieb bewegungslos stehen. Hatte er sie erzeugt? Aber vielleicht hatte er nur ein paar Ratten aufgescheucht. Er ging näher an das Gitter heran und erhellte mit dem doch mageren Licht so gut es ging den dahinter liegenden Gang. Es gelang nicht allzu gut. Zu sehen war nichts.

Als er wieder ein Geräusch hörte, leuchtete er nach links. Geradewegs in ein Gesicht, das ihn anstarrte. Der Schreck traf ihn wie ein Faustschlag, sodass er stöhnend und stolpernd nach hinten fiel. Unsanft schlug er auf. Über ihm eine allzu bekannte Stimme:

„Sie hier?"

## 31. August, 6 Uhr 30

Den Rest des späten Abends hatten sie dann vorne in der kleinen Bar an der Ecke verbracht. Auch nicht gerade die erste Adresse, um über Krisen, Lebensplanungen und ein Nachher zu sprechen. Miguel hatte zudem sicher schon ein Glas Bier zu viel getrunken und versuchte dies mit genauso viel Kaffee zu neutralisieren. Als der Wirt kurz nach Mitternacht nervös mit seinen Fingernägeln auf der Theke herumklickte, die touristenfreundlichen Schließstunden der Innenstadt waren hier egal, fuhren sie in seinem alten Twingo doch zu ihm nach Hause. Parkten in eine knappe Lücke wie hingeworfen vorwärts ein, halb noch in die Straße, halb schon über den Bürgersteig ragend.

„Warum willst du mich nicht verstehen?", fragte Inés zum soundsovielten Mal, als sie die Tür des Autos so laut knallend zuwarf, dass Miguel zusammenzuckte und die Front des Hauses absuchte. Doch war hinter den Scheiben keine Reaktion zu sehen. Jeder war längst im Land der Träume und hatte dieses morgen früh jäh zu verlassen, weil er arbeiten musste. Nur bei der alten Menguez wurde wie jede Nacht das Zimmer durch das flimmernde Licht des Fernsehers beleuchtet. Den Ton, den dieser absonderte, konnte man, wenn auch leise, bis hier unten hören, dafür erst recht in seiner Wohnung. Wie konnte man bei so einem Lärm nur schlafen?

„Ich versuche es doch!", erwiderte Miguel unwirsch. „Ich frage, bekomme aber nicht immer ehrliche oder ausreichende Antworten."
Immerhin hatte sie ihn zuvor nicht rausgeworfen oder war geflüchtet. Immerhin war sie mitgekommen, obwohl er den Eindruck hatte, eher, weil ihre Mutter sich umgedreht hatte und zu ihr in die Küche kam, in der

sich keiner der Jungs befand, und gleich zu schimpfen begann.

„Und das vor meinen Augen!"

„Was soll *das*, Mutter? *Das?* – Wie hast du mich denn bekommen? Hast du mir nicht mal erzählt, das mit dir und Papa war sogar in einem Heuschober? Und wenn ich richtig rechne, warst du gerade mal eineinhalb Jahre älter als ich."

„Aber nicht vor den Augen meiner Eltern!", keifte sie zurück.

„Du warst gerade nicht dabei!"

„Er steht ja jetzt noch nackt herum!", kam zurück und sie zeigte mit einem Daumen nach hinten.

Er stand nicht mehr nackt herum, sondern hatte sich angezogen, stand in der Tür und winkte ihr zu: „Komm! Lass uns gehen!"

Inés nickte, stand auf, zog sich lediglich eine Jeans und ein Shirt über und folgte Miguel wortlos.

Bis morgens um zwei versuchten sie von unmöglichen Enden ihrer Gesprächsfäden sich zu einer Lösung vorzuarbeiten. Dann wechselten sie in sein Schlafzimmer und er war froh, es gestern noch umgeräumt zu haben. Das Regal mitsamt der doofen Kerze gab es nicht mehr und das Bett war um 90 Grad gedreht. Inés nahm nichts davon wahr oder zeigte es nicht. Sie zog sich das Shirt und die Hose wieder aus und legte sich auf ihre Seite. Miguel schaute ihr fasziniert zu. Der Kaffee hatte ihn wieder nüchtern genug werden lassen.

Nun schrillte der Wecker und riss beide aus einem traumlosen Schlaf. Miguel war als Erster wieder zu sich gekommen und rollte auf ihre Seite. Sofort streichelte er ihr brummend über den Bauch unterhalb ihres Nabels.

„Du bist nicht nur ein Scheusal, du bist auch noch unersättlich!", knurrte sie. Zunächst erwiderte sie seine

Küsse und ließ ihn zwischen ihre Schenkel. Doch dann schubste sie ihn weg und meinte:

„Es kann so nicht weitergehen! Das geht mir alles zu schnell. Du planst einen Balkon ...“

„... und gleichzeitig bumse ich dich noch in deinem Jugendzimmer. – Du hattest es bereits gesagt!“

„Ist doch wahr!“, raunzte sie ihn an und schob seine Hand weg. „Ich weiß gar nicht mehr, wer ich bin.“

„Vielleicht bald meine Frau?“

„Miguel!“

„Warum nicht?“

„Und dann? – Mann und Frau lösen gemeinsam Mordfälle, oder was? Hast du so was schon mal gehört? Schon allein deshalb muss ich weg!“

„Das klingt wie ein Ja auf meinen Antrag“, stellte er lächelnd fest und sah ihr dabei zu, wie sie nun doch ihren Slip auszog.

„Weißt du, was viel schlimmer ist?“ Breitbeinig und mit den Fäusten in die Seiten gestemmt präsentierte sie ihre ganze unwiderstehliche Weiblichkeit. Miguel fühlte, wie sein Verstand auszusetzen begann. „Dass du in Diego einen großen Fan hast, ist mir klar. Aber Rafael meinte neulich: Von Miguel trennst du dich nicht mehr, oder? So einen Freund hast du noch nie gehabt. Wäre geil, wenn das unser Vater werden könnte. – Stell dir vor: *So einen Freund hatte ich noch nie gehabt!* Weißt du, wie viele Männer ich gehabt habe? Juan und dich. – Das war's. Zwei. Vielleicht sollte ich was nachholen.“

„Statt mit deinem Mann auf Mörderjagd zu gehen.“

„Du bist auch noch ein Vollidiot. Denk dich bitte mal in meine Situation! Was mach' ich mit meiner Mutter? Was mach' ich mit meinem Beruf? Was mach' ich mit meinen Söhnen, während wir Mörder jagen? Was mach' ich überhaupt?“

Miguel seufzte, zog die Decke über seinen nackten und mittlerweile sehr männlichen Unterleib und rutschte zum Kopfende hoch. Mit unpassendem Ernst meinte er:

„Ein bisschen Ehrlichkeit könnte nicht schaden und ein wenig mehr Vertrauen zu mir. Statt zu Pelleter zu rennen und ihn als Ersten zu fragen, was du machen sollst. Das mit Diego war ein Fehler von mir. Ohne Frage! Wenn ich sage, es tut mir leid, macht das nichts ungeschehen. Trotzdem sage ich andererseits, besser die erste Liebe mit meinem, unserem Wissen, als in diesem grässlichen Betonbau da drüben oder bei irgendwelchen Bekannten oder am Strand oder sonst wo. Und dann doch mit Alkohol oder Drogen, weil es so hip ist. So waren die Spielregeln bekannt. Die habe ich ihm nämlich mit auf den Weg gegeben und ihm gleichzeitig angedroht die Freundschaft zu kündigen, wenn er sich nicht daran hält. Ich hatte den Eindruck, dass er das sehr gut verstanden hat. Auch kamen er und Luisa sofort zu uns, nachdem ich sie einbestellt habe. Nun wissen beide, in welche Scheiße sie hätten geraten können. Ja, in die er sogar fast schon geraten war, als er glaubte, den großen Schutzengel spielen zu müssen. Auch er muss lernen, sich mit den richtigen Leuten *vorher* zu unterhalten. – Ich mache uns jetzt einen Kaffee. Leider haben wir einen normalen Arbeitstag vor uns. Vielleicht können wir heute Abend noch mal darüber sprechen."

Nackt wie er war, stand er auf, ging in die Küche und füllte in die *cafetera* Wasser und Pulver und hoffte, ihr Blubbern anschließend richtig zu deuten.

„Heute Abend werde ich mich mal mit den Jungs beschäftigen und etwas für mich machen."

„Dann vielleicht morgen."

„Lass uns das Wochenende mal pausieren. Du hast doch jetzt von mir genug bekommen. So komme ich nie dazu, herauszufinden, was ich eigentlich will. Ich bin doch keine sechzehn mehr und kann einfach in den Tag hineinleben."

„Das verlange ich ja auch nicht von dir."
Er erhielt keine Antwort und hörte stattdessen die Badezimmertür zufallen. Als gäbe es etwas, wofür sie sich schämen müsste, schloss sie sogar ab. *Du hast doch jetzt genug von mir bekommen.* Was ist genug?, fragte er sich. Sekunden später prasselte das Wasser und er ging ins Schlafzimmer, um das Bett zu machen. Irgendwie befiel ihn ein komisches Gefühl. An der Badezimmertür lauschend versuchte er herauszuhören, ob alles in Ordnung war. Gerade stellte sie die Flasche mit dem Duschgel auf die Ablage. Trotzdem.

Er kehrte in die Küche zurück, nahm sich einen Stuhl, legte die Füße auf die Fensterbank und starrte sinnierend nach draußen. Vor ihm dieser Betonklotz, der langsam vor sich hin bröselte. Zumal sich Tauben und Katzen oder wie das ganze Viehzeug hieß, nicht davon abhalten ließen, ihre ätzenden Geschäfte genau dort zu verrichten. Auch eine Art von Freiheit. Er zuckte mit den Schultern und die *cafetera* begann brodelnd das letzte Wasser durch das Kaffeepulver zu pressen. Besonders weissagend war das Geräusch allerdings nicht. Er stand auf und schaltete den Herd aus. Kurz darauf spürte er Inés' Umarmung und ihre Haut und Hände auf seiner immer noch nackten Haut. Ihre Finger wanderten.

„Gib mir Zeit! – Und frag nicht. – Egal was passiert."

## 31. August, 7 Uhr 25

„Ich weiß, Korte stellt Ihnen auch andauernd die Frage. Aber ich möchte sie etwas anders formulieren. Wie kamen Sie eigentlich dazu, *dieses* Grundstück zu vermitteln?"

Breithaupt ließ den Hörer etwas angewidert sinken und starrte für einige Bruchteile von Sekunden in den Garten. Über einen Monat würde es noch dauern, bis Karin vielleicht wieder in ihm Platz nehmen würde und ihn von diesem täglichen Schwachsinn ablenkte. Er hob den Hörer wieder ans Ohr und antwortete unwillig und knapp:

„Das können Sie wunderbar in dem Bericht der *Ultima Hora* vom ... warten Sie! ... ach, ich müsste nachschauen ... nachlesen. Bis auf die Namen steht auf jeden Fall alles haarklein drin."

„Nun, aber nicht, wie es dazu kam, dass Sie ..."

„... ich bin nun mal Immobilienmakler und dieser in Ihren Augen nicht ganz einfache Verhandlungspartner, Joan Antoni Gavino Ballaguer, der älteste der drei Brüder, sprach mich vor Monaten an. Er hatte meinen Namen aus einem Bericht über eine Immobilienmesse in Manacor entnommen. – Ich habe nicht den blassesten Schimmer, was Sie meine geschäftlichen Quellen angeht. Sie haben, was Sie wollten. Und falls es Sie beruhigt, auch weil Korte immer wieder danach fragt, ich habe keine finanziellen Ansprüche mehr. Alles wurde bezahlt. Und damit ist diese Sache für mich erledigt."

„Aber ..."

„Ich glaube, ich möchte von Ihnen nicht weiter behelligt werden."

„¡Vale! Entschuldigen Sie, es geht in diesem Fall auch nicht um Sie, aber mir würde es sehr helfen, wenn Sie mir noch einmal Kopien zukommen lassen könnten."

„Kopien? Kopien von was? Und vor allem, was soll das Ganze?"

„Sie haben ja an manchen Tagen die Differenzen mitbekommen, als es um die – wie soll ich sagen – Projektierung des Vorhabens ging. Ich hätte da gerne meine eigenen Gedanken und Pläne gemacht. Zurzeit ist auch zufälligerweise eine weitere Person auf der Insel, die an den Details interessiert ist. Ich glaube, nein, ich bin davon überzeugt, dass Korte nicht das Gesamtvorhaben überschauen kann. Leider bin ich gerade nicht im Besitz der wichtigen Unterlagen und Korte ist wieder einmal unterwegs ..."

Breithaupt schüttelte den Kopf. Ausgerechnet der ruft an!, dachte er und verzog das Gesicht. Ausgerechnet der! Ihm würde er jederzeit zutrauen, auch über Leichen zu gehen. Kurz schoss ihm der Gedanke durch den Kopf, dass *Ausgerechnet der* mehr über Regine und den Fall wusste, als ihm lieb sein könnte. Das hätte sogar eine gewisse Logik. Hatte der nicht immer wieder dafür gesorgt, dass sie beide ohne Korte die Inhalte der Verträge durchgegangen waren? Er wollte sich lieber nicht ausmalen, was deshalb der und Gavino Ballaguer bereits ausgeheckt hatten, bevor Korte seine Unterschrift unter alles setzte. Aber warum sollte Regine dafür büßen müssen? Was könnte sie damit zu tun gehabt haben? Was sollte sie vielleicht herausbekommen oder gewusst haben? Immer wenn er daran dachte, glaubte er, sich in bescheuerten Verschwörungstheorien zu verlieren, und schimpfte sich deswegen einen Idioten. Wie sagte Sanchez Olivero, ein paar Tage nachdem man sie dort unten in diesem Keller gefunden hatte? „Sie war zum falschen Zeitpunkt am falschen Ort. Dieser Gavino Ballaguer hatte Angst, dass durch sie das mit dem Gold herauskommen würde. Diese Angst hatte er schon bei dem Soldaten und den anderen. Und seine

Brüder waren von Anfang an gegen seinen Plan. Auch bei denen befürchtete er, dass sie plaudern könnten." Das war die eine Seite. Aber Regines Auftauchen dort hatte er dem Inspector andererseits als Wanderung verkauft und ein, zwei Sachen verschwiegen. Die würden Regine allerdings nun auch nicht mehr lebendig machen. Nun war das Ganze auch zu lange her, um daran noch etwas zu ändern. Er hatte mit dem falschen Entschluss von damals zu leben. Und Karin war ein wunderbarer Grund, genau das hinzubekommen. Wenn dieses bekloppte Gespräch zu Ende wäre, würde er sie sofort anrufen, um auf andere Gedanken zu kommen. Irgendwann könnte er ihr vielleicht sogar die Wahrheit sagen.

„Schon gut. Sie benötigen also die Unterlagen zum Grundstück und so weiter", antwortete er einlenkend. „Ich dachte allerdings, dass die Polizei noch für einige Zeit die Baunutzung sperren wird."

„Sie wird sie ja nicht verbieten. Wir sind ja nicht die Mörder und der Zeitdruck auf unserer Seite ist enorm. Wir können uns wirklich keine weiteren Zeitverzögerungen erlauben. Deshalb meine Bitte."

„Warum dann die Frage, wie ich dazu gekommen bin?"

„Ich möchte nicht noch von irgendwelchen Dritten angesprochen werden, wenn es darum geht, wie wir nun weitermachen werden."

„Verkauft ist verkauft. Wer soll da noch kommen?"

„Es ist wegen der Nutzung."

„Die ist nicht mein Bier. – Gott sei Dank!" Breithaupt sah vor seinem geistigen Auge ganze Heerscharen von Nymphen als Animateure über das Grundstück tanzen, im Hintergrund angetrieben von dieser Erna, die auch ihren Beitrag leistete und die Anweisungen gab. Erfahrungen hatte sie ja genug, wenn denn stimmte, was man ihm erzählt hatte.

Am liebsten hätte er diesen Zacarias darauf angesprochen. Aber schon als er abgenommen und dessen Stimme gehört hatte, wusste er, dass er genau dieses Wissen verheimlichen musste. Das alles war im Grunde genommen ebenso wenig sein Bier. Ihm stand es nicht zu, darüber zu richten. Hätte er es kommentiert und dieser arrogante Kerl hätte aus Rache das Herumschnüffeln angefangen und in den Dingen von damals herumgekramt, wäre wahrscheinlich manches herausgekommen und er könnte alles vergessen. Das Aufhören, Neuanfangen und Karin. Also spielte er lieber ein anderes Spiel und tat von A bis Z unwissend.

Was ging es diesen Zacarias auch an, was er, Sebastian Breithaupt, alles schon wusste? Was er über Korte, Zacarias, Ruiz Castedo, Erna und deren Zeit in Padua beziehungsweise drüben auf dem Festland herausgefunden hatte? Welche Spielchen sie dort schon von Anfang an gegeneinander spielten? Und warum hatte er, nachdem er das ein oder andere erfahren hatte, sein Engagement für dieses bescheuerte Projekt *Más Mallorca* nicht gleich aufgegeben? Hatte er tatsächlich geglaubt, dieser Gavino Ballaguer hätte ihn teilhaben lassen? Nachdem er in dieser verfluchten Holztruhe aus dessen heruntergekommenem Schlafzimmer die Aufschriebe von dessen Bruder bezüglich der Goldmünzen und der damaligen Geschehnisse gefunden hatte. – Und er war so blöd oder naiv oder bekloppt, zu hoffen, Regine könnte diesen alten Mann bei einem eventuellen Treffen weichkriegen. All das konnte er beim besten Willen keinem erzählen.

Er riss sich aus seinen Gedanken, schüttelte deshalb wieder den Kopf, bevor er mit neutralem Ton fortfuhr: „Die Nutzung, wie Sie sie geplant haben, wurde vom

Inselrat nicht beschränkt. – Falls Sie das meinen. Wie lautet Ihre Fax-Nummer?"

## 31. August, 8 Uhr 05

Sanchez Oliveros Blick war irgendwas zwischen verwundert und genervt.

„Hast du nicht Schule?"

„Nee, noch sind Ferien. Erst in zwei Wochen wieder."

„Und da dachtest du ..."

„... ich komm euch besuchen. Vielleicht wisst ihr was Neues. Hat Pelleter schon mal was gesagt?"

„Wegen deines – Berufswunschs?"

„Ja! – Klar! – Was sonst? – Was ich heute noch einkaufen muss, weiß ich auch so. Da brauch ich den nicht", gab Vicenç mit verdrehten Augen zurück. Von seinem Hals hingen wieder mal auf beiden Seiten kleine Kopfhörer herunter und verstreuten laut irgendein Musikstück – wenn man es denn Musik nennen konnte.

„Nicht zu mir", stellte Sanchez Olivero ungerührt und ohne die Miene zu verziehen fest. Fast hätte er gefragt, was dieses Mal so viel Lärm machte, aber ihr Geschmack war in dieser Hinsicht zu weit auseinander. „Aber vielleicht weiß deine Kombattantin in solchen Sachen Bescheid."

„Komba was?"

„Mitkämpferin! Ihr steckt doch unter einer Decke!" Miguel verschränkte seine Arme vor der Brust.

„Sie nimmt mich nun mal ernst, im Gegensatz zu dir. Du bist immer nur eifersüchtig. Dabei bin ich leider für sie zu jung. – Noch", stellte Vicenç mit hochgezogenen Mundwinkeln fest. „Wo ist sie überhaupt?"

„Etwas regeln."

„Probleme? Kann ich ihr helfen?"

„Du?" Der Inspector lachte auf.

„Mich habt ihr letztes Jahr zu einem Dritten geschickt, der sich meine anhören sollte, nun kann ich ja der Dritte sein, wenn ihr Stress miteinander habt, oder?"

„Woher willst du das schon wieder wissen? Warum wer womit Probleme hat?" Miguel schüttelte verärgert den Kopf.

„Ich kenne euch schon eine Weile. – Also werdet ihr es in Ordnung bringen. Gibt's einen interessanten Fall zurzeit?"

Vicenç stocherte mit einem Finger in dem Papierstapel vor Sanchez Olivero herum. Der beugte sich sogleich vor, nahm die Hüllen mit den Papieren und ließ das Ganze in der Schublade seines Schreibtisches verschwinden.

„Nichts, was dich zu interessieren hätte!", stellte er säuerlich fest.

„Du weißt, auch da könnte ich ansonsten helfen. Gesichter sind ja inzwischen mein Spezialgebiet. Aber ehrlich, mir ist das wichtig mit Pelleter."

„Und du hast immer noch ein Jahr."

„Aber in diesem Jahr bewerben sich eine ganze Menge. Deshalb brauche ich Fürsprecher. Wer weiß, was nächstes Jahr ist."

„Und da vertraust du auf mich?"

„Ehrlich gesagt, habe ich ja gehofft, Inés zu treffen."

„Wie du siehst, ist sie unterwegs ..."

„... und versucht eine anständige Lösung für euren Streit zu finden."

„Was hast du dauernd mit einem Streit?"

Vicenç rutschte auf dem Stuhl herum und nestelte an den kleinen Ohrhörern herum.

„Ich habe gute Ohren", meinte er dann nur.

„Warst du etwa gestern schon da?", zischte Sanchez Olivero.

Vicenç nickte nur. Nach einer Sekunde stellte er fest:

„Hast mich gestern also nicht gesehen. Bist grad mit Pelleter reingegangen. Da hab' ich gedacht: Ach, vielleicht wegen mir. Und hab mein Ohr an die Tür ..."

„Mannomann, dein Alter hat wirklich kein Gramm Erziehung an dich rangelassen."

„Stimmt! Höchstens Ohrfeigen. – Also, wann gehst du zu ihm und fragst wenigstens mal nach? Ich will nicht nach Manacor oder Inca fahren müssen. Wär' doch echt geil, wenn ich hier was bekommen könnte."

„Ich hab's dir schon mal gesagt, wir bilden hier nicht aus. Hier machst du höchstens mal ein Praktikum – wenn überhaupt."

„Ich seh' schon, ich muss mich mit Inés in Verbindung setzen."

Vicenç stand auf, deutete auf den Bildschirm und grinste frech.

„Du hast den Zugang im Übrigen immer noch nicht mit einem Passwort geschützt."

„Hab' ich wohl." Miguel verschränkte siegesgewiss die Arme.

„Nur den zum Computer. Mit dem einfachsten Passwort überhaupt: Ines. Sogar ohne Akzent. Da muss ich keine drei Mal raten."

„Verdammt noch mal Vicenç!" Miguel sprang auf. Jetzt hämmerte ein neuer, vor allem lauter Song aus den kleinen Dingern auf Vicenç' Schultern.

„*¡Dios mío!* Was ist das?", wollte Sanchez Olivero trotz allem nun doch wissen.

„Du kennst das nicht? Extra was Altes ausgesucht. *Nirvana. Smells like teen spirit: I'm worse at what I do best.* Du kannst doch Englisch, oder?"

75

„*¡Anda!* Jetzt fallen mir auch noch die Ohren ab. Ich hoffe, du bist besser als der Typ!"

„Wenn ihr mich lasst, bin ich natürlich besser als Curt Cobain. Ist ja klar. – Gehen wir zusammen zu Pelleter? Ich hätt' grad Zeit."

„*Oh no, I know a dirty word ...*"


## 31. August, 12 Uhr 45

Wusste er tatsächlich, was zu tun war? Eine Antwort darauf würde er so schnell nicht erhalten, egal, wie lange er darüber nachdächte. Schaute er stattdessen in seinen Kopf, würde er sicher in eine Mülltonne gucken. Das Durcheinander hatte ihn jedenfalls nach Port de Sóller fahren lassen und nun saß Korte im Schatten der Bar *Mar y Montana* vor einem Glas Bier und sinnierte trotzdem vor sich hin. War das mit Erna schlimm oder das mit seinem kleinen Hotel? Das mit dem vielen Geld, das nun vielleicht verloren war oder das mit seinem gekränkten Stolz? Dass es Zacarias war, oder dass die zwei es vielleicht absichtlich *so* gemacht haben?

Eigentlich hatte er ja vor Jahren schon damit gerechnet, sie zu verlieren. Dass er nicht Sabas, Adonis oder Brad Pitt war, war ihm von Anfang an klar. Er hatte Geld, in der damaligen Situation ein Vorteil. Weniger, dass sie ihn Dickerchen nannte. Aber im Bett stellte er sich nicht allzu dämlich an. Das spielte Monate später dann auch keine große Rolle mehr, nachdem sie geheiratet hatten, und er dachte, alles sei gesichert. Doch in Padua hätte er schon Verdacht schöpfen können –, wenn er denn genau hingesehen hätte.

Unruhig ließ sein massiger Körper den Stuhl unentwegt knarzen. Ja, fünfzehn, vielleicht zwanzig Kilo waren im Lauf der Jahre hinzugekommen. Aber gesagt hatte sie nie etwas. Jetzt glaubte er zu wissen, warum. *Leck mich am Dell!* Er ballte die Fäuste und schaute nach rechts, von wo es immer lauter zu ihm herüberschallte. Er spitzte ein wenig die Ohren. Am nächsten Tisch, ein Deutscher, der glaubte, er müsste seine gerade erlebte Krankheitsgeschichte, die er in seinem Urlaub hier erlebt hatte, dem Besitzer so genau und vor allem laut wie möglich schildern.

Eine halbe Stunde bevor die Rollladen hochgezogen wurden, hatte er schon auf einem der mit Ketten gesicherten Stühle gesessen, meinte er deklamieren zu müssen. Und nun referierte er so laut, dass Korte nicht richtig weghören konnte. Geduldig stand der schlanke Wirt mit blauem Käppi daneben. Der war auch Deutscher, hatte Korte kurz gemustert und ohne zu zögern an sein Käppi getippt und ihn auf Deutsch begrüßt. Nachdem er ihm die Speisekarte gegeben hatte, war er wieder zu dem anderen hinübergegangen und hörte dem Bericht weiterhin gelassen zu. Was für ein Job, wenn man sich tagtäglich das Geflenne der Gäste anhören musste. Als müsste er jedes Wort beweisen, hielt der nicht mehr ganz junge Typ dem Wirt sogar den Arm unter die Nase. Am Handgelenk ein weißes Patienten-ID-Band, auf das er deutete.

„Ja, kann man nicht anders sagen, war lebensrettend", verkündete er, „zwei, drei Stunden später und es wäre nicht so glimpflich ausgegangen, vielleicht sogar ..." Er wiegte seinen Kopf vieldeutig hin und her, „... aber das *Son Llàtzer* ist wirklich ein gutes Krankenhaus. Die haben viel mehr Personal als in unseren Provinzkrankenhäusern. Alle zwanzig Minuten stand jemand im Zimmer. Mit Handtuch oder 'ner Spritze oder 'nem Putzlappen oder 'n Pfleger oder 'ne Pflegerin hat nachgefragt."

„So einen blöden Leistenbruch hatte ich auch mal. War nicht schön ... nicht wirklich ...", entgegnete der Wirt gelassen.

„Hoffentlich nicht als Notoperation, wie bei mir. Echt, keine feine Sache. Peng! Von einer Sekunde auf die andere war der da. Rausgequollen und dick wie 'n Tennisball. War nix zu machen. Ging nicht mehr zurück. Die haben alles versucht. Haben Blut und Wasser geschwitzt. Mann, tat das weh! So Schmerzen hatte ich noch nie. Aber unsere Deutschen können sich von denen 'ne Scheibe abschneiden. Bestens betreut. Nur das Essen ist eine Katastrophe. Nichts im Vergleich zu deinem ..."

„Ich hätte gerne ein *pa amb oli.*" Korte hatte langsam genug von dem Geschwätz, deshalb fuhr er mit einem etwas scharfen Ton dazwischen und fügte noch ein unmissverständliches „Wenn's geht!?" hinzu.

„Gerne!", bekam er mit einem ehrlich wirkenden Lächeln zurück.

„Oh! Frank! Das ist 'ne gute Idee. Mir bitte auch!", rief der Genesene dem Wirt so laut hinterher, dass sich sogar ein paar am Strand umdrehten, bevor er sich zu Korte wandte und leise meinte: „Ist hier wirklich eine Wucht. Gut ausgewählt."

Korte nickte dem Schwätzer kurz zu, als wäre er für diese Bestätigung unendlich dankbar, doch um weitere Kommentare zu verhindern, nahm er zuerst sein Handy und dann das Glas Bier in die Hand. Ein Geistesblitz ließ ihn auf dem Display herumtippen und er lehnte sich in seinem Stuhl zurück. Zehn Sekunden später hatte er die gewünschte Verbindung.

„Ich weiß, ich geh Ihnen mächtig auf die Nerven, aber ich würde mich gern noch mal mit Ihnen unterhalten. Mir ist gerade eine ganz fantastische Idee gekommen. Zu der brauche ich Ihre Meinung. Ich bin in Port de Sóller. Bar ...", er schaute auf die Speisekarte, *„Mar y Montana*. Wann können Sie hier sein?"

Seine Frage ließ kaum einen Widerspruch zu. Am anderen Ende entstand eine deutliche Pause, dann antwortete Breithaupt seufzend:

„Ich geb' Ihnen absolut recht! Sie verstehen wirklich zu nerven. Aber okay! Ein letztes Mal. Hinterher fällt irgendein Mist, den Sie machen, auf mich zurück. Doch eine Stunde müssen Sie mir schon Zeit geben."

„Machen Sie die so kurz wie möglich. Bis gleich."

Sofort drückte Korte auf *Beenden*. Dann schaute er nach rechts zu dem Deutschen, der war immer noch voll in seinem Element und erklärte diesem Frank, dem armen Wirt, mit Händen und Füßen, was er sonst noch im Krankenhaus erlebt hatte.

„Technisch sind sie auch nicht ganz auf der Höhe der Zeit. Ich wollte mit dem Fahrstuhl runterfahren, drücke die Taste und – alles schwarz. Nix. Kein einziges Lämpchen. Ich drück die Notruftaste, wieder nix. Ich denke: Na, die werden schon merken, dass hier nichts läuft. Also warte ich drei Sekunden, dann seh' ich, Licht im Türspalt. Also versuch ich sie aufzuschieben. Funktionierte. Geh ich vor an die Rezeption und sag: Der Fahrstuhl ist kaputt, meinen die: Wissen wir! Da fehlt ein Teil. Das kommt leider erst heute Nachmittag." Schallend lachend beendete er seinen Rapport und prostete Frank zu. Dann meinte er noch: „Klasse, oder?" Ohne eine Antwort abzuwarten, folgte noch die Beschreibung einer dunkelhaarigen Ärztin, für die er nur seine beiden Hände, hochgezogene Brauen und ein paar Vokale brauchte.

Korte tippte sich an die Stirn und flüsterte leise:

„Gute Besserung!"

„Du?"

Erschreckt schaute sie ihm ins Gesicht.

„Was machst du hier? Was willst du?"

Sie hielt sich etwas hinter der Haustür versteckt. Vielleicht konnte sie die noch zuschlagen. Am besten ihm ins Gesicht.

„Ist Korte da?", fragte er lediglich und musterte sie nur beiläufig. Es war klar, dass er sie bei *etwas* gestört hatte. Nur ein mageres Oberteil und ein Pareo, den sie sich um den Unterleib geschlungen hatte.

„Nein! Schon seit Tagen nicht."

„Kann ich reinkommen?"

„Unmöglich. Ich bin nicht ..."

„... allein?"

Erna nickte leicht.

„Zacarias", stellte er fest, „wie – nein – seit damals. Stimmt's? – Lass mich rein. Wir beide haben etwas zu besprechen. Er ist mir egal. Noch!"

Er machte einen Schritt vorwärts und drückte die Tür nach hinten.

„Zier dich nicht so", fügte er hinzu, „ich hab' dich schon anders erlebt oder hast du deinen Anteil an dem Geschäft auch schon vergessen?"

Zoppelli ging an ihr vorbei, ohne einen weiteren Blick für sie. Im Foyer schaute er sich um, als würde er einen möglichen Hinterhalt suchen.

„Mag sein, dass Zacarias da ist. Mag sein, dass er mich nicht noch mal sehen will. Aber das haben wir ohnehin gestern schon alles erledigt. Wenn er lauschen will, kann er das. Er kann sich von mir aus dazusetzen. Aber er hat in allem schlechte Karten." Zoppelli drehte sich wieder zu ihr um: „Das bisschen, was er seinerzeit organisiert hat, spielt eh keine Rolle. Er ist einer der

80

größten Schwätzer, die ich kenne. Immer große Klappe. Aber wenn's ernst wird, müssen andere die Arbeit erledigen. Und wenn ich die Dreiviertelmillion von Korte schon nicht wiederbekommen sollte, will ich wenigstens das Geld, das du mir abgeschwätzt hast. Ich bin nicht so vermögend, weder um mir so etwas wie das hier leisten zu können ..." Er machte eine ausholende Bewegung mit seinen ausgestreckten Armen. „Noch, um darauf verzichten zu können. Euer Spiel damals hat mich nicht nur mein Geld gekostet, sondern auch meine Zukunft. Das weißt du. Haargenau! Oder soll ich dir die ganze Geschichte mit Tiziana noch mal erzählen?"

Nun machte er doch einen Schritt auf sie zu, fasste sie voller Wut mit seinen riesigen Händen fest an der Schulter und drückte seine Fingerspitzen tief in das Fleisch ihrer Arme.

„Insgesamt über eine Million habt ihr mir rausgeleiert. Selbst schuld könnte man sagen, oder schön blöd. Aber für die Art des Geschäfts war das normal. Aber nicht normal ist, das Geld gar nicht zu investieren, sondern sich damit davonzustehlen und sich Schlösser zu bauen." Wieder die ausholende Armbewegung. „Nichts von dem Projekt habe ich umgesetzt gesehen. VIP-Lounge. Dass ich nicht lache. Korte weiß vielleicht nicht einmal, was du für ein Geschäft betrieben hast. Zacarias vermutet es dafür seit gestern."

„Das mag sein, Zoppelli", kam von hinten, „lassen Sie sie los!"

Wie in schlechten Kinofilmen umfasste Zoppelli Ernas Körper, drehte sich mit ihr im Arm um und stellte sie als Schutzschild vor sich. Zacarias hingegen stand lässig, die Hände in die Taschen seiner Jeans geschoben mit einem offenen weißen Hemd darüber, gegen den

Rahmen einer Tür gelehnt. Ohne Waffe. Ohne Aggressivität. Nur mit einer Zigarette zwischen den Fingern, die er gerade wieder zwischen seine Lippen schob.

„Sie wissen auch, dass in Padua nichts wie geplant gelaufen ist." Die Süffisanz in seiner Stimme war nicht zu überhören. „Da ist einiges von Ihnen schiefgelaufen."

„Ich hab' euch, wie ausgemacht, den Rücken freigehalten und dabei alles verloren."

„Tun Sie nicht so. Das Theater am Prato war nicht ausgemacht, das haben Sie sich selbst eingebrockt." Erna wand sich aus dem leichter werdenden Würgegriff und lief zu Zacarias rüber, der sie sogleich wie ein kleines Kind in den Arm nahm und ihr dabei provozierend zärtlich über den Hintern strich.

„Das, was Sie Theater nennen, war der Versuch, in letzter Sekunde meine Haut zu retten", antwortete Zoppelli aufgebracht. Sein linkes Auge zuckte.

„Mit einer gewissen Genialität vollkommen danebengegangen. – Falls Sie es noch nicht mitbekommen haben", lachte Zacarias auf.

„So, wie Sie es sagen, hätte ich gerne die Rolle, die Sie bei dem Ganzen gespielt haben, gewusst. Vielleicht sollte ich dem Theater hier einen letzten Akt schenken."

„Uns umlegen und das Haus leer räumen. Gute Idee. Aber leider wieder genial daneben. Korte hat schon alles leer geräumt. Inklusive Tresor. Sie kommen zu spät."
Zoppelli schaute die beiden an. Unschlüssig, ob er das Gesagte als Lüge oder Wahrheit aufnehmen sollte. Aber was spielte das jetzt noch für eine Rolle, nachdem er am Prato längst alles verloren hatte: Geld, Tiziana, das gemeinsame Leben in Argentinien.

Von Anfang an war er wohl auf seine eigene Naivität reingefallen. Und auf die gelogenen Verheißungen. Eine davon hieß für einen frivolen Moment im dritten Stock des *Crowne Plaza* Erna. Das hätte Tiziana vergessen lassen können. Aber danach waren seine Beziehungen in der Branche von A bis Z ausgenutzt und kurz darauf gänzlich zerstört worden. Er musste deshalb auf Tauchstation gehen. Geflohen mit einem Rest von Geld. Zu wenig, um sich für immer unsichtbar zu machen. Zu viel, um es nicht doch zu versuchen. Drei Monate Argentinien. Im Schmelztiegel Buenos Aires. Jedoch ohne Chance, unerkannt in irgendein Geschäft einsteigen zu können. Trotz der ganzen Beziehungen, die er in all den Jahren aufgebaut hatte. Selbst die zuckten zurück.

Durch Tizianas Freundin, Vittoria Mistretti, wusste er, dass man schnell hinter die Zusammenhänge und auf seinen Namen gekommen war und ihn suchte. Mit internationalem Haftbefehl. Egal, wo er war. Erst ein gefälschter Pass verschaffte ihm etwas Luft, machte ihn eine Zeit lang anonym. In Bolivien, Ecuador, Alicante und nun auf Mallorca. Aber sein verschobenes Gesicht reichte, um im falschen Moment erkannt zu werden.

Fast wäre das auch geschehen. Vor einigen Wochen in Alicante, als am Strand ein durchgedrehter – wie sich später herausstellte – Polizist halb nackt einem Halbwüchsigen hinterherrannte und dabei fast über ihn gestolpert wäre. In diesem Augenblick traf der Irre nämlich die Flasche in seiner Hand, die ihm daraufhin mit voller Wucht ins Gesicht flog. Für einen kurzen Moment hatte er wohl das Bewusstsein verloren, denn als er wieder zu sich kam, schaute ihn ein anderer Polizist einerseits besorgt, aber auch verwundert an.

„*¿Todo en orden?* Alles in Ordnung?", fragte der außer Atem.

*„¡Si, si! Todo va bien!"*, antwortete er benommen und gleichzeitig froh darüber, durch seine Aufenthalte in Argentinien, Bolivien und Ecuador einen südamerikanischen Akzent zu haben. Ansonsten hätte der Typ sicher in die Dateien geschaut und sein Gesicht gefunden. Doch fünf Minuten später hatte er seine Sachen gepackt und war gegangen. In seinem Zimmer 301 im Hotel *Hospes Amerigo*, fernab von den trubeligen Zimmern in Richtung Meer, setzte er sich dann mit einer Flasche Wein auf den kleinen Balkon und schaute auf das gegenüberliegende Haus. Ein grüner alter Bau, dessen oberster Stock von dem Dach über diesem erdrückt zu werden schien. Den Kopf voller Gedanken saß er da und überlegte den nächsten Schritt. Der war ihm klar, als er sah, wer dort drüben wohnte. Dieser Polizist.

Eine Stunde darauf hatte er die Rechnung bezahlt und den Bus zum Flughafen genommen. Nicht auszudenken, wenn dieser nun nicht mehr halb nackte Polizist ihn erkannt und identifiziert hätte. So landete er mit einem der nächsten Flüge auf dieser Insel. Ein Zufall wollte wohl, dass es das richtige Ziel war. Erna war hier.

Ein anderer Zufall aber, nämlich all diese Erinnerungen, hatte ihn nun plötzlich zu einem Schuljungen mutieren lassen. Mit wenigen Sätzen von diesem wichtigtuenden Zacarias klein gemacht. Seine einstige Kaltblütigkeit war durch ihn wie eine Silvesterrakete im Himmel verschwunden. Hatte sich ohne den erhofften Knall in nichts aufgelöst. War er das überhaupt je gewesen? Kaltblütig? Eine Frage, die er im Lauf der Zeit aufgehört hatte, sich zu stellen. Er fühlte sich seit Langem ausgepowert, leer und – viel schlimmer – ihm wurde von Tag zu Tag mehr und mehr bewusst, was er damals *angerichtet* hatte. Und dass diese Vokabel viel zu beschönigend war. Über seiner Akte stand, wie er erfahren hatte, „*Der letzte Mörder*". Nicht unbedingt eine Auszeichnung für einen, der die Welt mit Beton beliefern wollte und sogenannte *Bereinigungen* durchgeführt hatte.

Er schaute das für jeden billigen Pornostreifen geeignete Duo vor sich an. Wie dumm sie wirkten. So billig. Produkte des Irrsinns in diesem Geschäft. Zacarias' Hand unter dem Pareo auf Ernas Hintern herumgleitend. Eine überhebliche Demonstration. Er hatte längst verstanden. Es war vorbei. Alles. Sein Blick versteinert. Wehren konnte er sich nicht. Nicht mehr. Zumal er die Waffe kurz nach den Geschehnissen damals in einem Fluss versenkt hatte. Resigniert winkte er ab. Fast hätte er auf den glänzenden Boden gespuckt. Es hatte alles keinen Sinn. Im Umdrehen meinte er nur:

„Ihr hört noch von mir."


## 31. August, 13 Uhr 15

Den ganzen Morgen hindurch war die CD gelaufen. Jetzt schwirrte ihm der Kopf. Gedichte auswendig lernen war schon in der Schule eine Schwierigkeit für ihn. Den Liedtext sollte er allerdings nun können. Die Melodie summte er ja schon seit Tagen. Und die Schritte und der Rhythmus waren kein Problem. Das war im Blut. Das war sein Leben. Damit ging sein Herz auf. Mit der Fernbedienung schaltete er die kleine Musikanlage aus, die ihm seine Tochter vor vielen Jahren geschenkt hatte. Wie lang hatte er sie nun schon nicht mehr gesehen? *Papa, du bist ein Feigling*, lachte sie immer. Sich Vorwürfe machend schüttelte er den Kopf. Aber mit einem Flieger nach Bilbao fliegen, wo sie inzwischen wohnte und arbeitete, war nicht sein Ding. Flugangst war das eine. Die Enge in so einem Jet, die einen so gut wie bewegungslos machte, das andere. So zumindest waren seine Vorstellungen vom Fliegen. Und mit Bus, Fähre und Zug hatte er es im letzten Jahr einmal versucht und war zwei Tage unterwegs. Also musste er warten, bis sie ihn besuchen würde.

Er setzte sich in dem engen Flur auf den Stuhl und zog sich Schuhe an. Bevor er nachher ins Museum ging, wollte er noch einmal Luft tanken. Vielleicht durch den *Mercat Santa Catalina* schlendern und in der *Bar Joan Frau* eine Kleinigkeit essen. Joan kannte er fast seit der Eröffnung. Irgendwann Mitte der 60er-Jahre war das. Sie waren fast gleich alt. Alfonso nur ein wenig jünger. Jetzt führte María, Joans Frau, mit den Söhnen die kleine, aber inzwischen berühmte Bar, die vom Tourismus, den überschwänglichen Beschreibungen im Internet und davon profitierte, dass das ganze Viertel Zug um Zug saniert wurde und nun ein sogenanntes Szeneviertel geworden war.

Wäre die kleine Wohnung nicht schon lange seine, könnte er sich das Wohnen hier kaum noch leisten. Er hatte die Rente und das Museum. Denn Mieten und Immobilienpreise waren in den letzten wenigen Jahren regelrecht explodiert. Genauso wie die Preise in den Geschäften. María kannte ihn allerdings auch schon lange genug. Fand er einen Platz an der Theke, schob sie ihm ein *canya* und einen kleinen Teller mit Tapas oder ihrer Paella hin. Für nur vier Euro. Das war mehr als fair.

Er schloss die Wohnungstür hinter sich zu, grüßte die alte González von oben, die sich mit einer Tüte die Treppe raufschleppte und trat vors Haus. Josefas Vater hatte einmal erzählt, dass der Weg in die Stadt, als er selbst noch ein Kind gewesen war, immer viel länger erschien als heute. Santa Catalina war seinerzeit nicht durch Bäume und Grün und neue Häuserzeilen mit der

*ciutat* verbunden, sondern wirkte wie durch eine Stein-
wüste von ihr getrennt. Nur die alte Brücke war schon
immer da. Aber das alles war nun schon gut hundert
Jahre her. Eine Ewigkeit. Und dazwischen waren sie
fünf Mal umgezogen. Alfonso bog nach rechts ab und
nach wenigen Metern betrat er die Markthalle. Natürlich war sie voll. Es würde schwierig werden, einen
Platz an der Theke zu bekommen. Kurz grüßte er Pepe,
der in der Bar gegenüber, dem *Montreal,* eine Schokolade schlürfte und ging weiter. Es war aussichtslos.
Selbst in einer dritten Reihe wäre kein Platz frei gewesen.

Draußen stieß er fast mit Juan Gallardo zusammen.
Der hatte ihm gerade noch gefehlt. Den roch man Kilometer vorher. Diesen vollidiotischen, vorbestraften
Schläger und uneinsichtigen Säufer, der meinte, er
müsse jeden in ein Gespräch verwickeln, um sein sozi-
alversichertes Leid zu klagen. Der sollte sich um Arbeit
kümmern, statt rumzuflennen. Aber so einer wusste
sich zu drücken. Dessen Sohn – wie hieß er noch? – ach
ja, Vicenç – war im Grunde genommen auf Dauer-
flucht. *Der* tat ihm wirklich leid. Ausgerechnet dessen
Vater wohnte jetzt also mit einer total verschlissenen
Frau nur drei Häuser weiter.

Wenn er Zeit hatte, spendierte er dem Jungen schon
mal eine heiße Schokolade oder einen Saft in dem kleinen Café an der Ecke. Und unterhielt sich mit ihm über
die Schule und was er so vorhatte. Auch wenn Vicenç
dann nicht besonders viel erzählte, sondern bei manchen Fragen mit den Achseln zuckte und wegschaute,
wusste Alfonso, was los war.

„Dein Vater ist nicht oft zu Hause, wenn du es bist",
bemerkte Alfonso hin und wieder.

„Er versucht wohl Arbeit zu kriegen."

„Und deine Mutter?"

Vicenç sah an diesem Tag wieder zum Fenster hinaus. Vielleicht hoffte er eine so bedeutende Ablenkung zu finden, die es ihm möglich machte, sich zu entschuldigen und nach draußen zu gehen. Doch schaute er dann plötzlich Alfonso lange an, bevor er ihm mit etwas feuchten Augen erklärte:

„Meine Mutter hat die Koffer gepackt und ist ab. Mich hat sie sitzen lassen mit diesem Schwachkopf. Der ist nicht auszuhalten, wenn er nach Hause kommt. Seine neue Schnalle auch nicht."

Und Alfonso wusste Bescheid. Von dieser Sekunde an hatten die beiden ein stilles und geheimes Bündnis geschlossen, welches ihm ein oder zweimal im Monat einen Besuch im Café bescherte oder einen Buchwunsch oder Ähnliches erfüllte. Zu Beginn der Sommerferien tauchte er sogar im Museum auf. Er hatte Langeweile und ließ sich von Alfonso durch die Ausstellung führen. Ohne allerdings besonders viel Interesse zu zeigen. Er war froh, keine Langeweile zu haben, und Alfonso erfuhr von ein paar Hintergründen und Vicenç' Berufswunsch.

„*Hola! ¿Com està?*", tönte es hinter Alfonso.

„*Bé, gràcies*", antwortete er knapp und war schon einen Schritt weiter. Wohl einen Schritt zu viel, denn:

„*¿Què li passa?* Was ist mit Ihnen los?" Schon stand Gallardo neben ihm. Seine Augen rot und aufgequollen. Die Fahne roch nach billigem Fusel.

„Bin auf dem Weg zur Arbeit", erklärte Alfonso und ging weiter.

„Das tät mir grad' noch einfallen, in Ihrem Alter zu arbeiten", lallte Gallardo.

„Haben Sie überhaupt eine?" Alfonso war stehen geblieben und schaute ihn mit verzogenem Gesicht an.

„Bin grad' auf'm Weg. Meld' mich als Türsteher, als *gorila,* bei 'ner Disco", grinste Gallardo zurück, „bisschen aufräumen abends. Die jungen Leute wissen ja nicht mehr, was sich gehört. Muss ich meinem Sohn auch immer erklären. – Hab'n Sie ja auch Erfahrung mit in Ihrem Museum, oder?"

„Junge Leute kommen selten. Nur Schulklassen. Aber gerade sind ja Ferien."

„Wem sag'n Sie das. Wenn ich meinen Filius nicht dauernd wegschicken würde, hätte ich keine Ruhe. Die ganze Zeit würde der mir auf den Füßen herumstehen. Kann ich wirklich nicht brauchen."

Alfonso unterdrückte seinen Missmut und meinte stattdessen:

„Vielleicht klappt es ja mit seinem Berufswunsch?!"

„Die bekloppteste Idee, die er je hatte. Der soll was Anständiges machen. Warum hab' ich so viel in seine Erziehung investiert?"

In Erziehung? In Schläge und Rumschreierei und, ja, vor allem in Alkohol, hätte Alfonso am liebsten geantwortet. Und in zweifelhafte Damen. Was hatte er diesbezüglich nicht alles gehört!? Aber er zuckte nur mit den Schultern und erwiderte nur:

„Viel Erfolg!"

Dann hob er eine Hand zum Gruß und wendete sich ab. Der Typ hinter ihm brummelte etwas. Hoffentlich etwas halbwegs Höfliches.


## 31. August, 13 Uhr 35

War das jetzt der neueste Spleen? Miguel runzelte die Stirn. Inés lief in voller Montur herum. Gurt mit Pistole und Handschellen rechts, Schlagstock und Empfänger für das Funkgerät links. Darüber ihre schusssichere

Weste. Ihre Figur veränderte sich so von weiblich in Röhre. Von sexy in maximal neutral. Und das bei den Temperaturen. Ihr schöner Po war jedenfalls verschwunden und Sanchez Olivero starrte ihn nun erst recht an, als könne er ihn auf diese Weise unter der dusseligen Kleidung wieder hervorzaubern.

„Kommst du mit auf einen Kaffee?", fragte er sie, als sie mal wieder an seinem Schreibtisch vorbeikam: „Ich brauche eine Denkpause."

„Hmh?", kam lediglich zurück.

„Ach, dein größter Follower, Vicenç, war heute Morgen auch da. Hab' ich ganz vergessen."

Abrupt blieb sie stehen und schaute ihn entrüstet an. Ihre rechte Hand knapp über der Waffe.

„Und das erzählst du mir erst jetzt? Durfte er zu Pelleter?"

„Das mit seiner Bewerbung wird doch frühestens nächstes Jahr spruchreif."

„Hast du 'ne Ahnung. Diego ist älter und deswegen sogar viel zu spät dran. Hätte sich längst schon darum kümmern müssen. Und leider hat er auch die Flause im Kopf, Polizist zu werden."

„Bei so einem Vorbild!", lästerte Miguel. „... und für weibliche Interessenten läufst du ja gerade auch erfolgreich Werbung", fügte er hinzu und grinste. „Kommst du also mit?"

Er stand auf und ging, ohne abzuwarten, zur Tür. Wieder erhielt er nur ein „Hmh". Als er fast schon aus dem Haus war, trottete sie hinter ihm her wie ein kleines Mädchen, das keine Ahnung hatte, ob es nun auf dem Spielplatz oder mit ihren Sachen in ihrem Zimmer spielen wollte.

„Ich war vorhin noch mal bei Pelleter", meinte sie hinter ihm.

„Und wohin versetzt er dich?" Er grinste, weil er die Antwort schon kannte.

„Er hat dir ja schon alles erklärt", stellte sie ein wenig beleidigt fest.

„Stimmt. Wir sollen unsere Probleme ohne ihn lösen. Also heirate ich dich."

Ausgerechnet in diesem Moment kam der zukünftige Rentner Ràfols um die Ecke. Sein Gesicht verriet, alles mitbekommen zu haben.

„Das will ich aber noch in meiner Zeit hier erleben", seine Reaktion. Grinsend drosch er mit einer Hand auf Miguels Schulter ein. Dann leise dicht an seinem Ohr: „Du weißt, alle hier sind neidisch. Aber die würde ich auch nicht so einfach springen lassen."

Sanchez Olivero lächelte gequält und Inés schimpfte:

„Danke, Ràfols! Am besten ich kündige gleich. Jetzt werd' ich auch noch zum Geschwätz der Truppe."

Als sich Miguel umdrehte, um irgendwas Beruhigendes zu sagen, war sie schon verschwunden.

„Danke!", meinte nun auch er zu Ràfols, der nur mit seiner rechten Faust in die linke Handfläche klatschte. Fünf Minuten später saß er allein vor einem Kaffee und ein paar Tapas. *Gib mir Zeit! – Und frag nicht. – Egal was passiert.*

Egal was passiert. Was für ein Satz? Was war passiert, dass sie so etwas sagte? Oder dachte er zu kompliziert? Er starrte in die Pfütze des letzten Schlucks Kaffee in seiner Tasse. Der schmeckte ihm genauso wenig wie Inés' merkwürdiges Verhalten. *Gib mir Zeit!* Okay. Wenn das alles ist. Damit könnte er sich arrangieren. Er musste zugeben, in den letzten zwei Tagen war er ihr oft auf die Pelle gerückt. Vielleicht zu egoistisch. Dabei war sie es doch, die ihn verführt hatte. Fünf Sekunden später klingelte sein Handy:

„Ich hatte dir ja gesagt, das Ding wird größer als du denkst. Hab' gerade einen Anruf bekommen. Meine Quellen versiegen ja nie." Eduardos Lachen ließ den Hörer knarzen. „Er hat auf derselben Bank wie ich sein Konto. Der Deutsche ist ausgestiegen. Wahrscheinlich ist er von allein draufgekommen, dass es heiß werden könnte. Auf jeden Fall hat er seinem Kompagnon das Geld entzogen."

„Was ist daran so ungewöhnlich? Vielleicht hat er Mist gebaut?"

„Der? Nun, bislang kannte ich den ja auch nicht besonders. Alles krieg ich nicht mehr mit. Also hab' ich mich erkundigt. Ich hab' ja sonst nichts zu tun und war neugierig. Und was erfahre ich? – Der ist in *der* Branche bekannt wie ein bunter Hund. Ich sag' dir, das gibt noch was. Zieht euch warm an!"

„Eduardo, du solltest die Seiten wechseln", stellte der Inspector fest.

„Ach, lieber nicht", lachte dieser zurück, „ihr putzt ganz gut den Dreck um mich herum weg. So habe ich auch etwas davon. Den Frauenhandel habt ihr ja letztes Jahr im Oktober ganz gut unter Kontrolle bekommen. Allein acht habt ihr auf Mallorca hopsgenommen. Hochachtung! Das verschafft mir etwas Luft."

„Was hast du verdammt noch mal damit zu tun?"

„Nichts. Null. Nada. – Das ist es ja. Aber solche Typen turnen in zu vielen Geschäftsfeldern herum und stören dabei die Linien. Man sollte konsequent und konzentriert immer nur ein Geschäft verfolgen, statt alles parallel zu machen: Frauen, Drogen, Beförderungsgelder, Erpressung, Schmuggel und dann noch alles mit Voodoo-Zauber garnieren."

„Hilf mir auf die Sprünge! Was steckt hinter dem Geschäft mit dem Deutschen?"

„Ähnliches. Nur, statt in den *divisiones regionales*, in den Regionalligen, rumzuturnen, wollten sie in die Champions League. Aber *das* Netzwerk ist straffer und effizienter. Die Mädchen und Frauen kommen nicht aus den schwächeren und schwächsten Gesellschaftsschichten irgendwo aus Afrika, sondern zumindest zu fünfzig Prozent aus Europa, vielleicht noch Südamerika, ein paar aus Asien. Die machen das professionell, die ziehen die Neuen in diesem Geschäft mit, zeigen das Wie und Wofür! Die verdienen damit sehr viel mehr Geld als du, als kleiner Polizist. Die lassen die schwächeren Frauen träumen …"

„Okay, das wissen wir ja aus Vernehmungsprotokollen. Was ist also so besonders daran."

„Erstens braucht man dann weniger Material. Eine Handvoll schöner Frauen reicht. Wenn von denen also schon zwei oder drei Profis sind, wissen die, wie man es macht, und die Organisation muss sich auf diesen Teil des Geschäfts nicht mehr konzentrieren."

„Schon hat man mehr Zeit für die anderen Partner?"

„Genau. Die Verbrauchsmaterialien", Eduardo lachte auf, „der ganze Alkohol, die vermeintlich teuren Austern, der Kaviar, die ganzen Kobe-Rinder, und was weiß ich, kommen aus getürkten Quellen und über mafiöse Strukturen …"

„… die wir nur schwer knacken können …"

„…, weil sie auf den simpelsten Wegen hierher gelangen. Eben weil wir keine großartigen Grenzkontrollen mehr haben. Eben weil die ganzen Hubschrauber und Wachleute von den Migranten abgelenkt sind."

„Eduardo, das weiß ich! Ganz blöd sind wir ja auch nicht. Ein Kollege in Alicante hat mir alles haarklein berichtet. Die waren im Übrigen letztes Jahr im Oktober auch an dem Fall beteiligt."

„Schön! Gratuliere. – Letzte Woche hat man wieder fünf Miniboote gefunden. Vierzig deiner Kollegen sind auf die Suche gegangen. Währenddessen kamen mit einem Flieger fünf Kilo Stoff aus Madrid. Im Handgepäck. Unkontrolliert. Inlandsflug. Eine Viertelmillion Euro. Das reicht schon mal eine Weile. Und trotzdem nur ein Köder! Warum? Erstens: Euer erfolgreicher Spürhund, der im März die gleiche Menge im Hafen gefunden hatte, wurde bei diesen Booten gebraucht. Zweitens: Auf anderen Wegen kommt in derselben Zeit das Mehrfache hinten herum hier an. Merkst du was?"

„Ja! Mir fällt auf, dass du offenbar die Termine kennst. Wenn ich dich nicht so gut leiden könnte, müsste ich jetzt zu dir und dich festnehmen."

Eduardo musste jetzt so heftig lachen, dass er einen Hustenanfall bekam.

„Wenn ich dich nicht so gut leiden könnte, hättest du längst, wie üblich in so einem Zusammenhang, ein sehr eindeutiges Schreiben erhalten."

Sanchez Olivero seufzte und starrte in seine inzwischen leere Kaffeetasse. Mit einer Fingerspitze versuchte er ein paar Krümel vom Teller aufzunehmen. – *Ein eindeutiges Schreiben.* In diesem Fall kein Spleen, sondern eine ziemlich neue Masche. Von der er bislang dachte, hier auf Mallorca wären sie dagegen gefeit. Aber Pelleter hatte vor ein paar Wochen davon gesprochen. Und dass ein Kollege, Lopéz, deshalb freigestellt wurde. Zu seinem eigenen Schutz. Er war nämlich so schlau gewesen, es auszuhändigen. 10.000 Euro wurden ihm geboten. Auch viel Geld, aber wohl zu wenig, um schwach zu werden, lästerten ein paar andere. Ohnehin würden Monate vergehen, um überhaupt ein paar Zentimeter mehr in die Nähe einer solchen Quelle zu kommen. Wahrscheinlich zu spät, denn die Struktur wäre zuvor längst wieder angepasst worden.

„Polizisten zu drohen, kommt meistens heraus", gab der Inspector deswegen zurück, „auf dem Festland hat man vor ein paar Wochen zwei erschossen aufgefunden."

„In meiner alten Heimat war das bis vor ein paar Jahren an der Tagesordnung."

„Eine beschissene Situation!"

„Lopéz hat dennoch richtig entschieden", natürlich wusste Eduardo auch jetzt Bescheid, „so wie all die anderen, aber sie konnten mit ihrem Wissen nicht mehr eingreifen. Sie waren und sind handlungsunfähig. Für Wochen, wenn nicht Monate. In der Zeit haben sich die Typen neu organisiert, neue Wege geschaffen, lästige Angestellte in Dauerurlaub geschickt und neue Dealer eingelernt. Das war unser Weg damals. Wer da mitmachte, kannte das Risiko."

„Was soll sich daran geändert haben? Unsere Arbeit hat sich kaum verändert. Mal ist die Aufklärungsquote gut, mal schlecht ..."

„Ihr seid besser geworden. Die Regionalligen zittern inzwischen. Das ist das, was *Más Mallorca* betrifft. Die sind nicht Champions League. Und nun werden sie nervös. Dabei spielt eine Sache eine wichtige Rolle: Manche Kartelle sind zwar zerschlagen, aber nun gibt es statt einem großen vier kleine. Das macht denen Angst und eure zukünftige Arbeit nicht leichter. Denn die kleinen sind wie diese Terrier. Sehr bissig."

„Aber dadurch, dass es mehr geworden sind, treffen wir besser."

„Ach, die schalten sich zunächst untereinander aus. Ihr schaut doch nur zu. Und in dieser Zeit kommen etliche Zentner wieder hier an und jede Menge Frauen in diesen Nussschalen. – Fünf Boote bedeuten circa vierzig Migranten. Sechzehn wurden sofort aufgegriffen, zwölf später mit ein paar Kindern. Aber vier Frauen sind verschwunden. Du kannst davon ausgehen, dass sie nicht mehr auf der Insel sind. Die werden zur Ablenkung in den Regionalligen gebraucht. Wer weiß, vielleicht waren die aus dem Tal genau an denen interessiert und nun stehen sie unter Druck."

„Aber diese Möchtegerns lassen wir doch schon viel früher in schöner Regelmäßigkeit hochgehen."

„Der Kerl, den du da suchst, kennt leider das Spiel."

„Und sucht sich anderswo Ersatz."

„Da sind wir dann wieder bei deinem Problem. Die Frauen für die Champions League kommen im Flieger."

„Auch das weiß ich. Und das weißt du auch. Wir haben erst unlängst einen solchen Fall gehabt. Die Köpfe der Truppe liegen entweder im Straßengraben oder haben ein Loch im Bauch."

„Der Fall dazu wurde weniger durch euch aufgeklärt, als durch einen Überläufer, Einsichtigen oder wie auch immer wir ihn nennen wollen. Wie hieß er noch? Mircea, oder? Und seine Flamme Cristina. Ja, die Liebe ist zu vielem fähig. Womit wir wieder mal bei deinem zweiten Problem wären. Inés."

„Welchen außergewöhnlichen Ratschlag hast du für diesen Fall?" Miguel schüttelte über Eduardos unendliches Wissen den Kopf.

„Lass sie eine Weile in Ruhe. Sie kommt von allein."

## 31. August, 14 Uhr 55

Breithaupt blieb kurz vor der Dusche am *Los Geranios* stehen und lächelte. Gerade stand ein kleiner Junge in dem kalten Wasserstrahl und wusch sich den Sand aus den Haaren, aber für eine Sekunde sah er statt dem Jungen Karin dort stehen, wie damals, als er sie das erste Mal gesehen hatte. Schmunzelnd schüttelte er den Kopf und ging dann mit einem Lächeln weiter, grüßte kurz, aber überaus freundlich einen durch eine Behinderung humpelnden Mann und ging dann auf die Bar *Mar y Montana* zu. Frank, der Wirt, begrüßte wiederum ihn mit einem stillen Kopfnicken. Man schien sich zu kennen. Und schon hatte er neben Korte Platz genommen.

„Was wollen Sie dieses Mal kaufen oder verkaufen?", fragte er ohne Zögern mit einem genervten Aufseufzen und schielte auf den mächtigen Bauch Kortes.

„Gibt es hier etwas, was zu haben wäre?", erhielt er als Antwort. Es klang ernst gemeint.

„Hier in Port de Sóller?" Breithaupt war erstaunt.

„Warum nicht? Ob Sie es glauben oder nicht, mir kam eine fantastische Idee."

„Augenblick! Ich will gewappnet sein", entgegnete Breithaupt, zog die Augenbrauen hoch und drehte sich um. „Machst du mir bitte auch ein Bier?"

„Ich kaufe ein kleines, normales Hotel. Fünf, sechs Zimmer. Mehr nicht. Ganz ohne Hintergedanken. Hübsche es ein wenig auf. Vier Sterne oder so. Und setze mich an die Rezeption. Dann bekomme ich im Laufe der Zeit alles mit, was hier so um mich herum und in meiner Nähe geschieht. Durch Nachbarn, Lieferanten und den Postboten. Das Feine dabei: Ich hab' immer noch so viel Geld, mehr als mancher vielleicht glaubt, dass ich dann nach Gusto reagieren könnte, wenn mir was nicht passt. – Vor allem dort drüben in den Bergen."

„Dort drüben in den Bergen", wiederholte Breithaupt und nahm Danke nickend sein Glas Bier entgegen, das ihm Frank reichte und aus dem er sofort einen großen Schluck trank.

„Das ist Luftlinie keine zehn Kilometer weg", konstatierte Korte mit einem siegesgewissen Grinsen.

„Natürlich! – Zu Fuß leicht erreichbar." Breithaupt schüttelte den Kopf. „Ich glaube, Sie unterschätzen nicht nur die Wege in dieser Region." Sein Glas war ausgetrunken und er hob es in die Höhe. Den tröstenden Nachschub würde er sicher gleich erhalten. Dieser Korte war nicht nur eine Nervensäge, sondern auch noch ein Fantast.

„Ach, und bitte zwei Brandys", fügte er über seine Schulter noch hinzu.

„Suaus?", tönte es von hinten und Frank erhielt lediglich ein Kopfnicken.

„Korte", begann Breithaupt langsam, „ich denke, ich muss Sie nun ein wenig über den Kosmos der Insel aufklären. Vielleicht vor allem über den von Sóller und Port de Sóller. Aber das spielt im Grunde gar keine Rolle, ob ich den von hier schildere, Cala Millor oder Cala Ratjada. Das hat einst ein Hugo Baruch – der sich dann werbewirksam Jack Bilbo nannte – in den Dreißigerjahren mit seiner *Wikiki-Bar* auch spüren müssen. Versuchte er doch mit – wie soll ich sagen – Jazz und anderen, manchmal etwas schlüpfrigen Sachen Neuland zu betreten. Eine Zeit lang schaffte er es sogar und wurde zu einer richtigen Berühmtheit, bis er nur noch eine von den Faschisten gejagte Person war. – Schauen Sie, hier mag vielleicht alles so aussehen, als drehe es sich um kleine, im Laufe der Zeit modernisierte Pensionen, aber das Bild täuscht. Links das Hotel hat eine französische Investmentgruppe im letzten Winter etwas aufgehübscht, wie Sie sagen würden, und es in ein Erwachsenen-Hotel umgewandelt. Das heißt in diesem Fall: Kinder unter sechzehn Jahre sind unerwünscht. Auch eine Lösung, um ein pflegeleichtes Hotel zu erhalten. Das Hotel hier an der Ecke hatte einmal mehrere Dependancen gehabt. Aber leider waren die einzelnen Besitzer nicht immer der gleichen Meinung. Nun ist eines der Häuser, dort drüben auf der anderen Seite der Bucht, das ehemalige *Sóller Beach*, ebenfalls in die

Hände einer Investmentgruppe gekommen. Überhaupt, hier regieren Investmentfirmen. Das zwar spekulativ, aber recht erfolgreich. Wenn Sie zum Beispiel bislang glaubten, das *Jumeirah* dort oben gehört den Arabern, weil die ganze Welt es behauptet, täuschen Sie sich wieder. Die haben es nur für zehn Jahre von einem der größten deutschen Investmentfonds gemietet und erhalten in nächster Zeit die Mietverlängerung zu wahrscheinlich wunderbaren Konditionen. Eigentlich war das Gebäude mal als Schulungszentrum geplant. Aber dem Typen ging das Geld aus. Und eigentlich ist das Gebäude für ein *Jumeirah*-Hotel auch viel zu klein, schauen Sie sich mal deren Portfolio an, aber sie verdienen wohl genug Geld damit. Das *Espléndido* gehört Schweden und falls Sie jetzt immer noch mit der Schulter zucken und meinen: *Na und,* – hier rechts, am Ende der Promenade ist ein Haus mit *einem* Namen, aber es wirkt wie aus drei Teilen, das gehört einer der reichsten Familien überhaupt auf der Insel, fein säuberlich und gerecht auch in drei Teile aufgeteilt. Die haben so viel Macht, dass niemand den einen Teil aufgehalten hat, als der die gerade aus dem Krankenhaus entlassene und in deren Augen etwas aufmüpfige Ehefrau hat erschießen lassen. – Wünschen Sie noch mehr intime Beschreibungen inklusive vielleicht auftretender Komplikationen mit Häusern, die Sie gerne kaufen möchten und in Hotels umwandeln wollen?"

Breithaupt machte eine Pause, schob eines der beiden Gläser mit dem bronzen funkelnden Brandy vor Korte und nahm seines, in dem so viel Brandy war, dass es in Deutschland für vier oder gar fünf Portionen gereicht hätte, und trank einen guten Schluck daraus.

Wieder suchten ihn für einen kurzen Moment die Erinnerungen heim und er saß mit diesem Inspector in seinem Garten, als dieser mit einer Flasche Gin in den

Händen Breithaupt verkündete, die Suche nach Regine, seiner Frau, nun einstellen zu müssen. Korte fahndete derweil noch nach einer passenden Antwort. Trank deshalb erst sein Glas Bier leer und griff dann nach dem Glas mit dem *Suau,* dem mallorquinischen Brandy. Gerade als er sich für diesen bedanken wollte, fing Breithaupt noch mal an:

„Waren Sie schon mal in Sóller? In der Einkaufsstraße? Dort begegnen Sie immer wieder einem Namen über den Eingangstüren. Dem einer sehr großen Familie. Logischerweise deshalb untereinander verwandt. Es gibt wie in Spanien üblich viele Seitenäste in solchen Stammbäumen. Mit Verlaub, und ich sag es jetzt auch nur Ihnen – sozusagen von Deutschem zu Deutschem –, das ist nichts anderes als Mafia. Die wussten und wissen zu agieren. So funktioniert das hier auf der Insel. Man ist sich nicht unbedingt grün, hält aber zusammen. Und weil es in dem ganzen Getümmel von Familien für eine wichtige Person keinen Platz gab, hat man denjenigen zum Generaldirektor der *Caixa* werden lassen. Der wacht nun über das Geld, verteilt es oder auch nicht. Im Übrigen auch Ihres oder an Sie. Der weiß über alle Geschäfte Bescheid, ob Sie wollen oder nicht. – Da drüben, in ihrem *Más Mallorca* – Ihrer *finca for pleasure moments* – hätte man Sie in Ruhe gelassen, aber jetzt, wo Sie diese schon vorher aufgeben und etwas Neues planen wollen, werden Gerüchte entstehen und sie werden augenblicklich unter Beobachtung sein. – Warum nehmen Sie nicht Ihr Geld und kaufen sich etwas Schönes hier. Zum Wohnen und Ausruhen, statt ständig irgendwelche wilden Geschäfte machen zu wollen? Das kann nur schiefgehen."

Korte hatte lange genug zugehört und spürte, wie er langsam unter Dampf geraten war. Alles, was er jetzt auf keinen Fall brauchen konnte, waren solche Lehrstunden, die ihm irgendetwas zu erklären versuchten. Immerhin war er jahrelang erfolgreich genug gewesen und nun war er aus ganz anderen Gründen aus einem Projekt ausgestiegen, als dieser Breithaupt vielleicht dachte. Von seiner eigenen Frau verarscht zu werden, anders konnte er es nicht sagen oder empfinden, sollte ja wohl ein ausreichender Grund sein. Dieser Breithaupt hatte also ihm nicht zu sagen, was er zu tun und zu lassen hatte, sondern einen Tipp zu geben, den er, Franz-Herbert Korte, höchstens – vielleicht – noch überdenken würde.

„Sie haben nicht genau genug zugehört." Er versuchte seinen Unmut im Zaum zu halten. „Ich möchte ein einfaches Haus ohne irgendwelche Allüren. Ohne Hintergedanken. Ohne den Leuten hier oder diesen Familien auf den Wecker zu fallen. Sonst nichts. Das wird ja wohl nicht so schwer sein."

„Ihre Kontrolle, die Sie vorher ansprachen, können Sie auch von einer ganz normalen Wohnung, von einer schönen Villa am Meer aus ausüben. Setzen Sie sich einfach vors Haus. Alles andere, einschließlich Ihres Lebens, steht nun unter einer anderen Beobachtung. Ob Sie wollen oder nicht."

„Was soll der Quatsch? Wer sollte mich beobachten? Das mit meiner Frau ist nur eine Sache. Dass mein Geschäftsführer mich allerdings austricksen wollte, das kotzt mich, gelinde gesagt, an!"

„Das ist in Ihrem Fall leider ein privates Problem. Ich könnte auch sagen: So schnell geht das in den heutigen Zeiten. Tür auf, der eine spaziert hinaus und bevor sie zu ist, ist der andere drin. Gerade in Ihrem pikanten Fall. Und das gleich in doppelter Hinsicht. Leider. – Ich möchte nicht die Zusammenhänge kennen."

„Wollen Sie damit etwa sagen, da wissen ein paar vielleicht längst Bescheid und Ihr beschriebener Klüngel hat schon Kontakt zu Zacarias und meinen Leuten aufgenommen?"

„Ich vermute eher umgekehrt und gleichzeitig befürchte ich, nicht erst seit gestern."

„Dann wäre das ja auch was für meinen Anwalt. Der freut sich über neues Futter."

„Tut mir leid, auch der Schuss könnte nach hinten losgehen. Ein befreundeter deutscher Jurist, der hier auf der Insel schon seit Jahren eine Kanzlei hat, meinte damals, als ich hier als Makler angefangen hatte zu arbeiten und meinen ersten Dämpfer kassierte: ‚Weißt du, unter Juristen ist die Mentalität der Mallorquiner in unserem Geschäft nur so zu beschreiben: *Una vez engañado al estado, tres años de perdon.* Wer einmal den Staat betrogen hat, bekommt drei Jahre Absolution.' Wo wollen Sie also ansetzen? Alle Beteiligten kennen diesen Schutzschirm. Haben ihn mit großer Wahrscheinlichkeit sogar schon genossen. Zacarias ist gewappnet. In jeder Hinsicht. – Vielleicht war das Schauspiel auch eine absichtliche Provokation und Sie sollten ihr zum Opfer fallen. Ich würde an Ihrer Stelle aufpassen und mir überlegen, wen ich jetzt noch ins Boot reinnehme und wen ich rausschmeiße, als stattdessen aufzugeben. Und wenn Sie es trotzdem wollen: Dann lassen Sie es ganz und machen nicht solche halben Sachen! Sie kommen damit unter die Räder. Helfen kann und werde ich Ihnen jedenfalls nicht."

Breithaupt nahm den Schwenker, hypnotisierte kurz die bronzefarbene Flüssigkeit und trank wieder einen großen Schluck. Weich und beruhigend floss der *Suau* die Kehle hinunter und Breithaupt beschloss, wenn er ausgetrunken hatte, würde er sich von diesem Korte verabschieden. Endgültig!

## 31. August, 15 Uhr 30

Aus dem Radio über dem Regal mit den ganzen Hier-bas-, Palo- und Ginflaschen kamen gerade die Lokal-nachrichten und Alfonso schaute auf die Uhr. Als müsste er das bestätigen, nickte er mit dem Kopf. In einer halben Stunde würde er mit seinem Dienst anfangen. Gegen 18 Uhr in dem kleinen Café des Museums bei Susana wie gewohnt seinen Cortado trinken. Und heute Abend viertel nach acht zur Generalprobe seiner Tanzgruppe gehen. Bis auf diese Probe der normale Gang. Er machte Pablo ein Zeichen, während wieder die Musik anfing, und Sekunden später stand eine weitere Flasche *Free-Damm,* das alkoholfreie Bier, vor ihm auf der Theke. Er hob eine Hand und blätterte weiter in der Zeitung. Nun war der lokale Teil dran. Im nächsten Jahr wollten sie anfangen, das Problemviertel Corea, eigentlich hieß der Stadtteil Camp Redó, gänzlich abzureißen. In diesem hatten sie schon zwei Blöcke dem Erdboden gleichgemacht.

Alfonso stieß einen leisen Fluch aus. Immer häufiger bekamen irgendwelche Konsortien von Investment-banken und Baufirmen die Oberhand und meinten, die Stadt nach ihrem Willen neu gestalten zu können. Irgendwann kämen die sicher auch noch auf die Idee, in seiner Straße die letzten Eigentümer der alten Wohnungen zu enteignen. Oder wie in Corea ihnen einfach das Wasser abzustellen, nur damit die Einwohner endlich auszogen. Nur, wohin? Die Stadt tönte zwar immer wieder, neue Wohnungen zu bauen, aber geschehen war bisher nicht. Sie ließen die alten, seit den 50er-Jahren stehenden Gebäude nur schneller abreißen, als neue zur Verfügung standen. Und wenn überhaupt welche gebaut oder zur Verfügung gestellt wurden, waren sie nicht bezahlbar. Dabei hatte die EU schon weiß Gott wie viel Geld für die Instandsetzung des marode gewordenen Stadtviertels zur Verfügung gestellt.

„Hast du das auch gelesen?" Er tippte auf den Artikel.

Pablo kniete gerade vor einer der Schubladen in der Theke und holte mit spitzen Fingern ein paar Scherben aus ihr hervor. Er hatte Alfonsos leere Flasche *Free-Damm* keine Minute vorher aus Versehen fallen lassen. Nun betrachtete er eine der Scherben, als sei sie ein Edelstein.

„Das mit Corea?", fragte er, ohne aufzuschauen.

„Klar! Diese Hornochsen waschen sich damit doch nur ihre Hände sauber. Erst enteignen, dann abreißen und dann behaupten, man würde etwas für die Bevölkerung tun. Nämlich Grünanlagen und Spielplätze bauen. Und schon sind sie aus dem Schneider. Aber auf die kannst du lange warten. Im Jahr drauf reißen sie den nächsten Bau ein und dann bauen sie keine Spielplätze, sondern die ersten teuren Wohnanlagen, die sich keiner leisten kann. Aufs Dach kommt dann noch ein Penthouse für den Sohn oder die Tochter des Architekten. Und bewacht wird's Tag und Nacht von einem Sicherheitsdienst. – So wie immer! – Es ist zum ... ach, es ist doch wirklich immer dasselbe."

Pablo stand auf und warf die Scherbe in den Abfalleimer neben sich. Dann sah er zu Alfonso hinüber und meinte:

„Seit 2008 gibt es Pläne für die Sanierung. Weiß Gott, wie oft von den Oberen abgesegnet. Aber nein, die wollen es anders. Silvia wohnt in einem der Blöcke. Glaubst du etwa, sie hätte schon ein Angebot bekommen, wo sie hinziehen könnte? – Vergiss es!"

„Deine Tochter wohnt da?"

„Seit drei Jahren schon. Ihr Mann hat eine Neue und bevor Silvia ihm Ärger machen konnte, hat er sie sofort rausgeschmissen. Auch in den modernen Ehen wird der Ton rauer."

„Das kannst du laut sagen!", antwortete Alfonso, runzelte die Stirn und dachte dabei an Gallardo: „Ich kenne einen, der macht solche Sachen, ohne verheiratet zu sein."

„Wann fängt dein Dienst an?"

„Muss gleich los. Brauch ein paar Minuten. Ist ja gleich um die Ecke."

Er wollte aufstehen und zahlen. Im gleichen Moment nudelte aus dem Radio ein uralter Schlager: Nino Bravo, *Te Quiero Te Quiero*. Alfonso verharrte, seine Hand mit den Münzen schwebte über dem Tresen und er lächelte in sich hinein. Ein paar Zeilen konnte er sogar mitsingen. *Te quiero, vida mía – Te quiero noche y dia – No he querido nunca asi …* Und er hatte in Gedanken seine Josefa im Arm.

„Haben sie damals in *JB Scotch Club* gespielt", sagte er leise vor sich hin. „Josefa und ich haben drauf getanzt. Sie war gerade 19 geworden. Mein Gott, ist das lange her. Mehr als 40 Jahre! Ihre Mutter hat einen fürchterlichen Aufstand gemacht, weil ihr Kleid eine gute Handbreit über dem Knie zu Ende war. Und sie nur Söckchen anhatte und keine Strumpfhose. *So gehst du mir nicht aus dem Haus,* hat sie Josefa angeschrien."

Jetzt lachte er laut auf und ließ das Geld auf dem Holz des Tresens klimpern.

„In so 'nem Schuppen würde heute keiner mehr tanzen", antwortete Paolo: „Steinboden. Lampen, die wie umgedrehte und lackierte Dosen aussahen und aus einer schlecht gestrichenen Gewölbedecke heraushingen. Und diese Deko! Zum Schreien! Okay, natürlich karierte Sofas, aber Eulen, psychedelische Bilder und irgendwelche Werkzeuge und Schlitten. Was für eine Mixtur."

„Aber den Mädchen durften wir ungestraft über den Hintern streicheln – beim Slow-Fox. Franco, der alte Sack, hätte uns am liebsten in die Wüste gejagt – wenn er's erfahren hätte."

„Das machen die heute auch nicht mehr, ihrem Mädchen nur über den Hintern streicheln, wenn sie mit ihrem Liebchen unterwegs sind. Ich hab' da neulich etwas im Bus gesehen ... Mein Gott, für das hätte Franco uns erschossen!"

„Ja, die neuen Zeiten machen nicht alles besser und die alten waren nicht immer schlecht."

„Bis auf Franco. Der hat meinen Bruder auf dem Gewissen."

„Stimmt schon! Er war 'ne Drecksau und wir zu feige uns zu wehren. Aber was hätte man auch tun sollen. Es musste doch weitergehen. Schon allein der Kinder wegen. – Mach's gut Pablo!"

„Du auch! – Sieht man sich heute noch?"

„Mal sehen, was die anderen noch machen wollen. Ist ja heute Generalprobe. Morgen ist Aufführung unterhalb vom Museum. Du weißt, auf der kleinen Bühne vor der dicken Mauer. Die machen da doch wieder ihr Straßenfest."

„Dann viel Erfolg und bis bald!"

„Kannst ja vorbeikommen."


**31. August, 16 Uhr 00**

Gerade hatte er sich wieder hinter seinen Schreibtisch gesetzt und einen Schluck Wasser trinken wollen, als sie – immer noch in Polizeiuniform – hereinstürmte und ihm eine Kladde mit dem blauen Logo der *Policia Nacional, Ministerio Interior* mit voller Wucht auf den

Tisch warf. Ihr Gesichtsausdruck verbot jeden dummen oder witzigen Kommentar.

„Was ist das?", fragte er dennoch.

„Frag nicht! Lies!"

Mit hochgezogenen Augenbrauen öffnete er die Kladde und strich sich dabei über sein Haardreieck über der Stirn. Sofort erspürte er dabei einen Pickel, ein Sandkorn oder sonst etwas, das er mit der Bewegung versuchte herauszukratzen. Dann las er von 300 Kilo Drogen, die seine Kollegen der Drogenfahndung bei einer Razzia gefunden hatten. Haschisch und Marihuana. Hatte Ricardo nicht schon erzählt, dass sie die Bande längst verhaften konnten? Er schaute in Inés' Gesicht und sah ihre Augen feucht werden.

„Blätter weiter! Es reicht, wenn du die Namen liest", forderte sie ihn auf.

Es reichte sogar, als er den Ort las, in dem die Villa stand, in der das meiste Zeugs versteckt war. Und den Namen der Finca in Biniali, in der fast genauso viel gefunden wurde. Hatten die Idioten damals nicht eines der belgischen Mädchen in der Nähe dort einfach abgesetzt? Wie hießen sie noch? Ach ja, Corinne und Monique Weijmuth. Sanchez Olivero zuckte zusammen.

„Und Diego hat in seiner Schultasche den Kram von ihm durch die Gegend getragen!" Ihre Feststellung klang wie ein Stöhnen. „Die haben gesagt, wir finden immer höchstens zehn Prozent. Das würde bedeuten, drei Tonnen sind irgendwo oder überall auf der Insel verstreut und versteckt. Hast du eine Ahnung, wie viele Millionen das wert ist? Über einhundert Millionen! Und wie viele Tütchen das sind? Damit kannst du ganz Mallorca vergiften! Und mein Sohn hält sich für Superman und mischt da mit."

Sanchez Olivero atmete tief ein:

„Er hat nicht mitgemischt. Im Gegenteil, er hat verhindert. Und schon gar nicht irgendwas für diese Typen getan, weil er reich werden wollte, sondern höchstens, weil er Luisa, vielmehr ihre Schwester heldenhaft blöd retten wollte, verstehst du das immer noch nicht? Er hat, das behaupte ich, seinen Fehler kapiert. Der darin bestand, dass er meinte, seine Aktion müsste so aussehen, wie du es jedes Mal erzählst. Immerhin war er hier und ich hab' ihm und auch ihr die Leviten gelesen."

Auf Inés' Wange lief eine Träne herunter und sie kaute auf ihrer Unterlippe herum. Nervös fuhr sie sich dabei durch die Haare. Danach standen sie in alle Richtungen ab. Miguel wusste nicht, ob er nun lachen oder weinen sollte. Luisa. Diese indianerbraune und dunkelhaarige Schönheit mit schwarzen, mandelförmigen Augen und Hypnoselächeln würde es schwer haben gegen die Eifersucht von Inés anzukommen. Andererseits war dieses Mädchen mit einem Selbstbewusstsein ausgestattet, dass selbst ihm schwindelig werden konnte.

„Du kannst nicht immer die Kontrolle haben. Fang endlich an, deinen Jungs zu vertrauen. Beide sind schwer in Ordnung. Bei dem, was deine Mutter manchmal veranstaltet, ist es ein Wunder, dass sie so sind. Und dass Diego ständig die Welt retten will, hat er sicher von dir. Und erst recht seinen neuen Berufswunsch. Du bist sein großes Vorbild. Glaub mir! Aber ich werde noch mal mit Eduardo sprechen ..."

„... diesem kolumbianischen Drogenbaron und Kinderschänder ...", zischte sie.

„... auf den nur die erste Behauptung zutrifft. Auch das weißt du! Er wäre sonst längst von uns oder den Kollegen der *Guardia Civil* hopsgenommen worden. Du glaubst doch wohl nicht, er könnte dort oben in seiner Villa über dem Dorf ruhig leben, wenn er so viel Dreck am Stecken hätte."

Nun war seine Stimme auch etwas schärfer geworden und er ergänzte in unverändertem Ton: „Die ganzen Kinderschänder hat er in diesem Krieg nämlich eigenhändig umgebracht. Er hasst sie. – Auch das steht in den Berichten drin!"

„Ich brauche Urlaub, Abstand, andere Aufgaben." Sie ließ sich auf den Stuhl gegenüber fallen und schaute ihn wie getrieben an. Bemitleidenswert. „Das solltest du endlich kapiert haben."

„Habe ich und versuche die ganze Zeit dich rauszuhalten. Aber du läufst im Kampfanzug durch die Gegend, gehst einerseits zu Pelleter und spielst andererseits die Hartgesottene. Und jetzt kommst du mit so etwas hierher." Er deutete auf die Blätter. „Der Fall von damals ist abgeschlossen. Längst! – Und das da hat mit Diego so viel zu tun, wie du mit der Schwester von König Felipe VI.! Nämlich gar nichts!"

„Ich komme heute Abend nicht mit", stellte sie fest.

„Kein Problem. Ich werde mich schon zu unterhalten wissen."

„Morgen und die nächste Woche vielleicht auch nicht."

Inés stand auf, ohne ihn anzusehen.

„Vielleicht ..." Sie ließ den Satz unvollendet und öffnete die Tür. Miguel schüttelte nur den Kopf und dachte an Eduardos Tipp: *Lass sie eine Weile in Ruhe. Sie kommt von allein.* Schon hatte sie die Tür geschlossen.

## 31. August, 16 Uhr 15

Irritiert hob er den Kopf. Das Klingeln seines Handys hatte jäh seine Gedanken unterbrochen. Entsprechend genervt schaute er auf das Display, um die Nummer des Störenfrieds zu erkennen. Durch die strahlende Sonne, deren Licht der kleine Bildschirm reflektierte, sah er nur den ersten Buchstaben, ein großes E, und fluchte.

„Du kommst mir gerade recht!", stieß er hervor. Ohne weiter auf die Nummer und den Namen zu achten, nahm er das Gespräch an. Am anderen Ende für eine Sekunde zu lang keine Reaktion. Korte kochte.

„Was willst du, du ...?" Er fand kein passendes Wort. Schlampe, Nutte, Vettel. Alles war zu wenig. Er dachte an ihren herabfallenden BH, an ihre Bewegungen im Pool, an Zacarias auf ihr, wie er ihre Brüste knetete, an ihr unbeschwertes Lachen, an die Spitze des Sonnenschirms. Er dachte ...

„Können wir uns treffen?", sagte die andere Stimme. Nicht gut zu verstehen. Trotzdem: Ernas Stimme war es nicht. Auch nicht die von Zacarias. Keine, die er jemandem zuordnen konnte. Vor allem fiel ihm kein passender Name mit E ein. Er hatte doch ein E gelesen, oder? Er kannte niemanden sonst mit E.

„Ich weiß, gerade will jeder etwas von Ihnen. Aber daran sind Sie ja zu einem großen Teil selbst schuld!", knarzte es aus dem Hörer. Windgeräusche, Autoverkehr und das Klackern von Tastaturen im Hintergrund ließen die Stimme jetzt noch undeutlicher werden. Langsam kam Korte ein Verdacht.

„Was machen Sie bei den Stadtwerken?"

„Die *Emaya* ist zuständig für die Wasserversorgung. Das sollten Sie eigentlich wissen."

„Kein Grund, von einem Telefon aus anzurufen, das von meinem Handy als *Emaya* erkannt wird."

„Ich sitze gerade am passenden Schreibtisch."

„Soweit ich weiß, haben Sie nie ..."

„... Señor Sureda war so freundlich, mir einige Zusammenhänge im Wasserwesen zu erklären. Sehr interessant, wenn man die Unterschiede betrachtet, die es hier bei den einzelnen Gemeinden gibt. Die Voraussetzungen sind oft völlig anders. Aber das wussten Sie sicher schon alles?"

Korte fühlte eine plötzliche Trockenheit in der Kehle, die er reflexartig durch Schlucken und Räuspern zu vertreiben versuchte. Wollten seine Männer nicht die Quelle im Berg hinter der Finca aktivieren, um einen Bach durch *Más Mallorca* zu leiten? War dieser verfluchte Gang nicht der unterirdische Zugang zu ihr? Ihm konnte das doch jetzt eigentlich egal sein. Im Gegenteil, nun hatte Zacarias unter Umständen ein weiteres gehöriges Problem. Natürlich konnte das der andere noch nicht wissen. Die aktuellen Entwicklungen waren sozusagen noch jungfräulich. Wie auch immer die Pläne am Ende der Leitung aussehen mochten, er würde das nun entstehende Spielchen mitspielen.

„Darüber können wir gerne reden. Ich habe meinerseits auch noch Klärungsbedarf. – Allerdings würde mich brennend interessieren, was Sie das alles angeht."

„Ein Zufall. – Die *Emaya,* beziehungsweise das Vorgängeramt, wurde damals durch unsere Firma beraten und beliefert, als es um die Erstellung des Versorgungsnetzes ging. Und Señor Sureda war seinerzeit für die Verwaltung in Bunyola tätig. Das ist, soweit ich weiß, der Ort, der für Ihr Bauvorhaben zuständig ist."

Was weißt du schon über mein Bauvorhaben? Genauso wenig wie über all die anderen Dinge, die mich erfolgreich werden ließen. Bilde dir bloß nichts auf das bisschen ein, was du dazu beigetragen hast. Zumal das längst verjährt ist. Korte räusperte sich nochmals, fuhr sich mit einer Hand über den Mund und klopfte sich dann auf seinen Bauch. Auch Ärger konnte dick machen – wie Schokolade. Und von dem hatte er im Moment leider genug. Wenn dieser ganze Zinnober vorbei war, wollte er endlich mal was für sich tun. Das ging auch ohne Erna. Wandern vielleicht, statt immer nur in Inca an der Seitenlinie zu stehen, oder er könnte dort bei den alten Herren sogar mal mitkicken. Aber erst noch das hier erledigen.

„Also gut! Sie wollten mich treffen? Lassen Sie uns eine Zeit ausmachen und etwas essen gehen. Bei einem Gläschen Wein kann man am besten Erinnerungen aufarbeiten und über all die anderen Dinge sprechen."

Dann wirste schon sehn, wie ich so ein Problemchen aus der Welt schaffe, dachte Korte und musste darüber sogar grinsen. Und deinem Herrn Sureda erklärst du mal, mit wem er das Vergnügen hatte, von wegen Beratung bei der Erstellung des Wassernetzes. Auf die Art von Beratung hätte ich besser verzichten sollen. Er dachte an das Gespräch dieses Herrn Sureda mit Zacarias: *Alles Routine, ein paar Unterschriften und das Ganze geht klar. Der Tourismus hat einige Freiheiten, wenn es um die Umsetzung von relevanten Projekten geht.* Nix war's! Die Freiheiten wurden beschränkt. Wasser für den *normalen* Verbrauch durfte entnommen werden. Den Bach durchs Hotel durfte Zacarias umplanen.

„Wie wäre es heute Abend. Irgendwo in Palma. Da habe ich nämlich noch ein paar Sachen zu erledigen."

„Das trifft sich gut. Momentan bin ich in Palma. Sagen wir so gegen 19 Uhr?"

„Da haben die guten Restaurants noch nicht offen."

„Dann woanders."

Korte lachte auf.

„Wenn Sie knapp bei Kasse sind. Kein Problem! Ich lad' Sie ein."

„Wenn es so wäre, müssten Sie ja darüber am besten Bescheid wissen. Ist sicher auch ein Thema heute Abend."

„Dann habe ich jetzt ganz spontan keine Lust mehr auf ein Restaurant. Ich lasse mir nämlich ungern den Appetit verderben. Und das Gespräch wird ohnehin aus drei Wörtern bestehen: Nein. Nein. Und Nein!"

„Ich kenne ja Ihre Handynummer und schicke Ihnen gleich ein paar Dokumente. Dann werden Sie sicher anders darüber denken. Bleiben Sie dran!"

„Und wenn ich jetzt auflege?"

„Sind Sie nicht besser als ein kleines Kind, das seine Hände vors Gesicht hält, weil es glaubt, man sähe es dann nicht mehr. – Kommen Sie endlich aus Ihrem selbst kreierten Spielsalon heraus. Die Spielautomaten darin haben seit jeher mehr Geld geschluckt, als sie bei Ihren ein, zwei Glückssträhnen ausgespuckt haben. – Sie hätten ein schönes Leben führen können, nachdem Sie Ihre Würstchenbuden verkauft hatten. – Hätten!"


**31. August, 17 Uhr 20**

Er klappte den Ordner zu. Heute wollte er ausnahmsweise nach deutscher Uhr Feierabend machen. Mit den Knöcheln der rechten Hand hämmerte er auf den Pappendeckel. Das da konnte wirklich bis morgen warten. Langsam gingen ihm nämlich die Wünsche der potenziellen Residenten auf die Nerven. Vornehmlich derer aus der eigenen Heimat, derer aus Deutschland! Schönes Grundstück am Meer mit eigenem Bootsanleger, Infinity-Pool, original mallorquinische Möbel und die typischen kleinen Palmen im Garten. Aber bitte nicht zu den Preisen dieser einen Immobilienfirma, der alle Fincas und Villen auf der Insel zu gehören schienen.

Vielleicht würde er den Auftrag abgeben. Vielleicht auch andere. Vielleicht würde er überhaupt sein Büro abgeben. Verkaufen, verpachten oder veräußern gegen eine Rente. Geld hatte er doch jetzt schon genug, um durchzukommen. Das Haus war abbezahlt. Und wenn er das auch noch verkaufen könnte, würde er sich in einer hübschen Wohnung auf den Balkon setzen und das Meer betrachten. Am besten zusammen mit Karin. Er seufzte und schaute auf die Uhr. Gleich halb sechs. Vielleicht war sie schon zu Hause. Sebastian zog das Telefon zu sich heran, legte die Füße auf den Schreibtisch und im fast gleichen Moment nahm sie schon ab.

„Oh!" Ihre Stimme überschlug sich fast: „Gerade wollte ich es auch bei dir probieren."

„Wie geht es dir?" In seiner Stimme ein Lächeln.

„Jetzt? – Wunderbar!"

„Der Ordner vor mir regt mich auf, daher habe ich ihn zugeklappt und dich angerufen. Das hielt ich für vernünftiger."

„Ich auch!" Wieder klang sie wie ein junges Mädchen. In Gedanken reichte er ihr das Handtuch und legte es über ihre Schultern.

„Ich werde dich natürlich vom Flughafen abholen." Er scheute jede stille Sekunde und war deshalb schon bei Selbstverständlichkeiten angekommen. „Und danach gehen wir ins *Ca'n Pintxo* oder *Campo Sol.* Nein! Direkt ins *Campo Sol.*" Auch das eine Selbstverständlichkeit. Und ja, er würde die ganze Sache hier abgeben. Vielleicht schaffte er es sogar, genau das vorher zu organisieren, bis Karin kommen würde. Dann hätte er eine Überraschung parat und einen Vorschlag, der dann schon kein Vorschlag mehr, sondern ein Antrag sein würde. Oder ließ ihn der Frust jetzt fantasieren? Was, wenn Karin den Kopf schütteln würde? *Und meine Freunde? Ich hab' Eltern und Verwandte, um die ich mich kümmern muss. Die kann ich doch nicht alle von heute auf morgen verlassen.* Er schluckte und war versucht, jetzt schon darüber zu sprechen. Über die Unabhängigkeit, die sie dann haben könnten, die Freiheiten und Spielräume.

Schon nahm er seine Füße vom Tisch, um eine angemessene Sitzhaltung zu haben. Doch ausgerechnet jetzt fiel sein Blick auf die Notiz, die er bei dem Treffen mit Korte gemacht hatte. Ach ja, den gab's auch noch. *Ich hab' immer noch so viel Geld, mehr als mancher vielleicht glaubt, dass ich dann nach Gusto reagieren könnte, wenn mir was nicht passt.* Genau das könnte für einige andere auch gefährlich werden. Dabei machten einige Gerüchte ihm noch die geringsten Probleme.

Breithaupt schob den Zettel unter die Mappe, verzog kurz das Gesicht und stellte sich lieber vor, wie sie nach ihrer Ankunft einkehren, sie ihm gegenüber Platz nehmen und das köstliche *bacalao con tumbet* ihm serviert werden würde. Mit der freien Hand malte er einen tellerrunden Kreis vor sich.

„Was gäb' ich jetzt für den guten Fisch dort …", meinte er und hörte im Hinterkopf dieses *„Wenn mir was nicht passt"*. Korte konnte wirklich nerven.

„Was gäbe ich dafür, dass wir jetzt ganz schnell vier Wochen später haben." Karins Stimme lächelte. Sebastian hatte nicht richtig zugehört, schrieb stattdessen *Ruiz Castedo* hinter Kortes Satz und zeichnete noch einen Telefonhörer dazu. Um das Ganze malte er unkonzentriert irgendwelche Kurven und Kreise. Jeder von denen lenkte ihn ab, allerdings von Karin.

„Dann wird alles anders", antwortete er daher unüberlegt und in einem gar nicht passenden Ton. Sofort erschrak sie und wusste nicht, wie sie reagieren sollte. Etwas stimmte nicht. Dann dachte sie daran, dass er sie angerufen hatte, zwar hatte er einen Grund genannt, zugegebenermaßen einen schönen, weil romantischen, aber vielleicht steckte tatsächlich etwas anderes dahinter. Auch wenn er gemeint hatte, er hole sie vom Flughafen ab.

„Dich bedrückt doch irgendwas. Raus mit der Sprache!", bat sie ihn.

Drei Sekunden Stille, dann ein Seufzer von ihm. Sie sah ihn an die Decke starren.

„Ich glaub', ich setz mich in einen Flieger. Hast du Platz?"

Sofort atmete sie erleichtert auf. Lachte wie ein kleines Mädchen, dem man einen Wunsch erfüllt hatte. Wie ein junges Mädchen, dessen erster Freund in diesem Moment „Ich liebe dich" sagte. Wie eine junge Frau, als sie den ungelenken Heiratsantrag hörte. Sie dachte an das Letztere und musste kichern.

„Nur der Blick aus den Fenstern hier ist nicht schön. Aber ansonsten würde ich dich gern auf andere Gedanken bringen."

Sofort spürte sie, wie ihr das Blut ins Gesicht schoss.

„Ich will aus keinem Fenster schauen, sondern ..." Er verschwieg den Rest. Stattdessen ergänzte er: „Manchmal ist diese Insel nur für Urlauber schön. Was hier abgeht, ähnelt zu oft einem Mikrokosmos, in dem alle, wirklich alle Schlechtigkeiten der Welt vereint sind. Und bei einigen konnte ich nicht rechtzeitig dazwischenfahren."

„Du meinst die Sache mit deiner Frau?" Sofort war Karin wieder ernst geworden. Sie hatte nahezu vom ersten Moment an geahnt, dass Sebastian an den Gründen für Regines Tod noch schwer trug. Wie konnte es auch anders sein? Wenn man nach dem Tod der Partnerin erfuhr, dass sie womöglich Opfer eines Mordes geworden war. „Ist es das, was dich gerade so beschäftigt?", fügte sie deshalb hinzu.

Breithaupt hörte auf Kringel zu zeichnen und stützte den Kopf mit der Hand ab. Karin war kein junges Ding, dem man etwas vormachen konnte, sondern eine lebenserfahrene Frau, hatte sie doch selbst schon genug durchgemacht. Durch die Sache mit ihrem Mann war sie genügend hellhörig geworden. Innerlich schüttelte er den Kopf darüber und war gleichzeitig von ihrer Sensibilität berührt.

Ja. Natürlich. Die Sache mit Regine. Der Abend vor ihrem Verschwinden tauchte mit einem Mal wieder in seinen Gedanken auf.

„Ich könnte ja mal nachschauen, was das für Brüder sind. Wer weiß, was sie auf ihrem Grundstück vergraben haben", hatte sie lachend gemeint, „dass sie so geheimnisvoll tun. Vielleicht stimmen die Gerüchte!?"
Sie stand neben ihm im Bad und sah ihm im Spiegel beim Rasieren zu.

„Sie wollen verkaufen, behauptet zumindest einer von ihnen, möchten aber nicht, dass man herumschnüffelt. So haben sie den Wunsch des Architekten benannt, als er fragte, ob er sich mal umschauen dürfte."
Er ließ das Wasser kurz laufen und spülte die Klinge aus, gleich darauf fuhr er auf der anderen Seite fort.

„Wenn man nicht weiß, was man bekommt", meinte Regine, „will man auch keine Katze im Sack, oder? Hab' ich damals auch nicht wollen."

„Mich machen nur genau diese Gerüchte nervös, die man über sie hört. Ein Neffe, der einmal dort gelebt hat, ist nicht mehr auffindbar."

„Immerhin kam der Architekt wieder zurück", lachte Regine, trat hinter seinen Rücken, umarmte ihn und rieb ihren nackten Bauch an Sebastians Haut.

„Sie haben ihn davongejagt. – Mit einer Waffe!"

„Ich bin eine Wanderin, die nach dem Weg fragen wird, wenn sie mich sehen sollten."

Wieder säuberte er die Klinge und hielt gleich darauf die Luft an, weil ihre linke Hand seinen Bauch hinunterwanderte.

„Du suchst dir aber immer so gefährliche Routen aus", gab er zu bedenken.

„Nur in deiner Anwesenheit."

Sekunden später war das Thema damit durch. Am nächsten Tag war Regine gut gelaunt zu ihrer Wanderung aufgebrochen und bis zum Abend nicht zurückgekehrt. Er fuhr zu diesem Hof. Dort war alles dunkel. Ihr Auto stand nirgendwo in der Nähe. Überhaupt sah das Gebäude so verlassen aus, wie vor ein paar Wochen, als er auch versucht hatte, etwas herauszubringen. Vielleicht war sie zu einer Bekannten gefahren. Vielleicht wartete sie längst zu Hause auf ihn, während er glaubte, Detektiv spielen zu müssen. Vielleicht war ihr Auto einfach mit einer Panne liegen geblieben. Ihre Gespräche waren viel zu trivial verlaufen, um an etwas Böses zu denken. Er musste ob seiner Sorge sogar still lachen.

Zu Hause wieder angekommen, stand ihr Punto weder in der Garage noch davor. Nun doch nervös geworden schaute er auf die Uhr – es war noch nicht allzu spät – und rief die Werkstatt an, in die sie immer ihre Autos abgegeben hatten. Joaquin, der Chef, war ehrlich verwundert. Nein, sie hatte weder angerufen, noch war sie da gewesen. *Mach dir keine Sorgen, es klärt sich alles auf!* Ebenso wenig wusste die örtliche Polizei von einem Unfall. Sie meinten sogar: Er möge abwarten. Vielleicht hat sie jemanden kennengelernt und ist mit ihm durchgebrannt. Das käme öfter vor, als man denke. Egal, wie gut die Ehe war. Über diese Äußerung erbost, schaute er das Telefon wie ein räudiges, hochgiftiges Tier an. *Ihr spinnt wohl!?* Erst zwei Tage später versuchte er es nach Hunderten gefahren Kilometern deswegen wieder bei der Polizei. Genauso vergebens.

Wie paralysiert machte er nur noch falsche Schritte. Statt eine Anzeige zu erstatten, hängte er kleine Suchanzeigen an Bäumen und Strommasten auf, als ginge es darum, eine davongelaufene Katze wiederzufinden. Sprach er Leute an, ob sie *diese Frau*, seine Frau klang ihm zu verräterisch, in den letzten Tagen gesehen hätten, und zeigte ihnen ein Bild von Regine. Doch überall erhielt er ein verwundertes Kopfschütteln, das im Anschluss von neugierigen Fragen ergänzt wurde.

Er vertraute sich niemandem an, verschwieg anderen gegenüber seine Befürchtungen und arbeitete nebenbei und gegen jede Vernunft an dem Projekt des Hotels weiter. Erst als die Auftraggeber Wochen später nach langem Hin und Her abgesprungen waren, verständigte er sich mit einem Anwalt. Der verzog kopfschüttelnd das Gesicht, brachte aber den Stein der Nachforschungen dann wieder ins Rollen. Dieser Anwalt hieß Ruiz Castedo und vieles begann von Neuem. – Karin hatte er bislang nicht jedes Detail erzählt, auch jetzt würde er es nicht tun.

„Nicht direkt. – Es sind die ganzen Umstände. Mein Beruf. Die Kunden, die ich habe. Ihre Ansprüche und Anforderungen. Manche Fantasterei und Unnachgiebigkeit von denen." Er machte eine Pause, starrte an die Decke, bevor er fortfuhr: „Manchmal trifft man dann die falschen Entscheidungen. – Das rächt sich doppelt. Denn man begegnet plötzlich jemandem, der auch verantwortlich ist." Wieder eine Pause, dann: „Entschuldige! Das ist kein Thema für den eigentlich anders gedachten Anruf."

Nun klang er schon fast erregt.

„Alles in Ordnung. Alles in Ordnung", versuchte Karin ihn zu besänftigen.

„Woher wusste ich nur, dass du noch mal anrufen würdest? – Diesmal ist nicht Inés das Problem, sondern wieder Diego, oder?"

„Wer sind deine Informanten?", seufzte Miguel.

„Dieselben wie deine", stellte Eduardo mit einem für Miguel unsichtbaren Grinsen fest.

„Du liegst trotzdem nicht ganz richtig." Sanchez Olivero wusste nicht, ob er sich darüber freuen sollte. „Ich habe von den Obersten eine Mappe bekommen, über die Verhaftungen in Palma, Andratx, Inca und so weiter. Und über die drüben in Barcelona, Lleida und Huesca."

„Du hast Alicante und Torrevieja vergessen!"

„*Podría ser.* Mag sein." Miguel war etwas genervt. „Aber mir fehlen in diesen Listen ein paar ganz bestimmte Namen."

„Du meinst zum Beispiel diesen Jacinto, der längst bei euch einsitzt, also nicht auf der Liste sein kann." Wieder dieses unsichtbare Grinsen, nun aber schon hörbar.

„Da gab es ja noch ein paar Typen um ihn herum."

„Den Türsteher von seiner Villa zum Beispiel? – Das ist ein ganz kleines Licht. Libanese von Hause aus. Hat aber mit den mächtigen Clans dort drüben rein gar nichts zu tun. Glaubte aber, bald einer von ihnen zu sein. Den haben sie im Übrigen schon zurückgeflogen. Haben dir deine Kollegen nichts erzählt?"

„Nein! Ich hatte in diesem Moment ..."

„... ganz andere Probleme mit deiner Hübschen. Ich weiß. Einige sind abgeschoben worden. Und der Rest ist weniger in Drogen als in Kinderschändereien verwickelt. Ihr habt dazu genügend Unterlagen. Denk zum Beispiel an das Girl, das bei der Verhaftung von Jacinto nackend durch die Gegend gesprungen ist. Die war zwar volljährig, aber du hast dessen Bestand an Videos ja gesehen. Das war eher sein Geschäft. Unanständige Videos zu vertreiben. Drogen liefen bei ihm nebenbei. Er wird 10 bis 15 Jahre bekommen, dann fängt er wieder von vorne an."

„Das tröstet ungemein. Erhält aber meinen Arbeitsplatz. Und ich weiß jetzt ja schon, wen ich dann auf dem Kieker haben muss. – Quatsch! Du weißt, was ich meine! Zum Beispiel ist kein Osteuropäer dabei. Zumindest nicht von denen auf der Insel."

„Einen hätten sie behalten können. Allerdings in Alicante. Den haben sie aber laufen lassen. Weil sie ihn beobachten wollten. Klassischer Fehler durch Naivität, kann ich da nur sagen. Frag mal deinen Kollegen in Alicante. Xarneracomte heißt der, glaub ich."

„Ach! Alex? Mein Bruder Antonio, Chefforensiker dort, arbeitet mit dem manchmal zusammen." Miguel lehnte sich in seinem Stuhl zurück und versuchte sich daran zu erinnern, wann er seinen Bruder das letzte Mal gesehen hatte. Ihre Berufe verbaten aber nahezu gleichzeitige Freizeiten und so war es schon über eineinhalb Jahre her. Während er an das letzte Treffen dachte, glaubte er Eduardo über Alex und seine Familie aufklären zu müssen: „Der hat diese Schnippelei gewissermaßen in den Genen. Unser Vater war bis vor drei Jahren Leiter eines Institutes für forensische Chemie in Madrid und Mutter im *Hospital Universitario Ramón y Cajal* in der Chirurgie tätig. Ich hatte auch keinen besseren Einfall als Alex. Und nun bin ich hier auf diesem Touristenfloß im Mittelmeer gelandet."

„Du machst deine Arbeit gar nicht schlecht. Deine Intuition ist nur manchmal abgelenkt. Was man ja verstehen kann. – Bisweilen."

Nun konnte Eduardo ein deutliches Lachen nicht mehr verhindern.

„Aber Spaß beiseite! Was ich sagen wollte: Man kann das jetzt sehen, wie man will. Dieser Xarneracomte wollte die Kontakte herausfinden. Das war aller Ehren wert, aber die *Guardia* in Nordspanien hat das anders gesehen. Jetzt haben sie bei dieser Aktion sich deshalb eine fette Scheibe abschneiden können. Und ich befürchte, die Liste der Namen ist bei denen dadurch vollständiger, als ihr sie durch das *Ministerio Interior* erhalten habt. Vielleicht wissen sogar manche Fische noch nicht, dass sie in deren Netzen landen werden."

„Das erklärt nicht unbedingt die Liste der Namen. Die Story aus Alicante ist auch auf unseren Schreibtischen gelandet. Die kenne ich. Aber in diesem Fall, sehen wir uns den ruhig insgesamt an, finde ich alle möglichen Länder vertreten. Sogar zwei Kolumbianer, aber niemanden aus unserem Umfeld, wenn ich das mal so nennen darf. Weißt du was?"

„Aus eurem Umfeld ..." Eduardo schien zu überlegen: „Ich bin mir nicht ganz sicher, ob ich dich verstehe. Hättest du lieber nur Mallorquiner und Spanier gehabt, die vielleicht auch noch aus dem Viertel kommen, in dem Diegos Schule ist ..."

„Jetzt glaube ich, dass du falsche Schlüsse ziehst. Diego spielt in diesem Fall nur eine untergeordnete Rolle. Aber mit unseren Schulen hat es unter Umständen schon zu tun. Auch dort wird gedealt, dass sich die Balken biegen. Meine Kollegen erzählen davon jeden Tag. Die 300 Kilo, die gefunden wurden, sind sicher zum Teil auch für die Schulen bestimmt. Meine Frage wäre, wer ist für das Zeugs dort verantwortlich, wenn Jacinto das nur nebenbei gemacht hat."

„Solche wie Jacinto. Typen, die am Strand herum-
lungern. Die plötzlich auf den Pausenhöfen erscheinen
und Einladungen und Gutscheine verteilen …"

„Die kommen doch gar nicht rein!"

„Hast du eine Ahnung! Dafür müssen die gar nicht
selbst anwesend sein. Diesbezüglich könntest du ein
paar Schulkameraden von Diego befragen."

„Ihn selber auch?"

„Von ihm wüsste ich es nicht."

„Also bekommen ein paar seiner Freunde ein paar –
Aufmerksamkeiten –, kostenlose Eintritte, zum Beispiel, aufgeschwatzt und dafür haben sie dann …"

„… Briefchen mit Inhalt zu verteilen."

„Zu einfach!"

„Gerade eben deswegen!"

## 31. August, 18 Uhr 05

Seinen Audi SUV stellte er fast am Ende der Einbahn-
straße *Carrer del Cigne* ab. Beim Aussteigen sah er drei
für seine Augen viel zu leicht bekleideten Mädchen hinterher, die kichernd und kieksend auf dem Weg zur
*Platja de Can Pere Antoni* waren. Viel zu jung für einigermaßen sittliche Gelüste. Alle drei schienen aber absichtlich die Grenzen gerade dieser auszutesten, denn
ihre Bikinislips hatten sie bis auf den letzten Millimeter
in ihre Poritzen hineingeschoben. Sie wären in der
Nähe des Swimmingpools absolut gefährdet gewesen.

Zacarias schüttelte unverschämt grinsend den Kopf
und hatte in Gedanken schon seine Hände auf ihnen,
bog nach rechts in die *Carrer Joan Maragall* ab und
dann wieder rechts in die *Carrer del Pare Guillem Vives*.
In der Nähe des *Parque Ses Veles* betrat er eines dieser

nüchternen mehrstöckigen Wohnhäuser, ohne zu klingeln. Der Laden unten hatte inzwischen seit fast zwei Jahren zu und das Schaufenster war seitdem mit mehreren Schichten von Plakaten und Zetteln zugekleistert. Keine allzu gute Gegend für einen Anwalt.

Statt Aufzug nahm er die Treppe und murmelte wegen der Mädchen irgendwas Obszönes vor sich hin. Selbst Erna hätte ihm jetzt eine geschmiert. Ihr reichten schon die blöden Kommentare von ihm, wenn sie irgendwo auf der Insel zusammen unterwegs waren: *Wenn die Mutter nur halb so gut aussieht wie die Tochter, sind beide eine Sünde wert,* war dann noch der harmloseste.

Oben angekommen, nahm er, trotz der diversen Besuche vorher, zum ersten Mal wahr, dass Ruiz Castedo doch keine so schlechte Wahl getroffen hatte. Vom obersten Stock aus konnte er auf das Grün des Parks schauen. Da störte selbst der ständige Verkehr, der sechs Stockwerke tiefer vorbeibrauste, überhaupt nicht. Und jetzt waren sogar noch Teile des Parks in Sonnenlicht getaucht. Fast kitschig, wie er fand.

Als er sich umdrehte, stand ihm unvermittelt Ruiz Castedo gegenüber.

„Gerade wollte ich zu einem Termin", stellte dieser ungerührt fest.

„Und ich zu Ihnen. Dauert nicht lang", meinte Zacarias.

„Korte?" Der kühle Ton war nicht zu überhören.

„Richtig. Schnellmerker?"

„Sie haben doch alles, was Sie wollten: Ihn los, das Projekt, seine Frau, sogar eine ganze Stange Geld, das er bereits auf das Konto für den Bau überwiesen hat."

„Dafür ist der Tresor ratzekahl leer. *Completamente pelado.* Wenn Sie verstehen, was ich meine."

„Und?"

„Inklusive aller Codes und Vollmachten und so weiter."

„Was hab' ich damit zu tun?" Ruiz Castedo schaute Zacarias ahnungslos tuend an.

„Wie steh ich da, wenn ich weitermachen würde?"

„Sie haben freie Hand. Das überwiesene Geld bleibt für den Bau auf dem Konto. Sollte es nicht reichen – und das wird es nicht –, liegt es an Ihnen, den Rest zu beschaffen. Suchen Sie sich Sponsoren, neue Lieferanten, neue Geldgeber, neue Banken. Was weiß ich? Sie sind doch jetzt der große Zampano. Mit allen Möglichkeiten, was den Bau angeht. Egal, ob Hotel, Spa oder Puff. – In Padua waren Sie ja wohl auch ganz findig, hab' ich mir sagen lassen."

„Dass Sie mich nicht leiden können, weiß ich schon lange, aber passen Sie auf ..." Zacarias ließ es wie eine Drohung klingen und erhielt ein grinsendes Gesicht von Ruiz Castedo als Antwort.

„Machen Sie sich keine Mühe! Ihr Gehabe ist unwirksam. Sie erhalten in den nächsten Tagen die ganzen Unterlagen. Korte war – ich sag das jetzt so frei – so blöd, Ihnen alle Optionen zu überlassen. Allerdings mit dem klitzekleinen Pferdefuß, dass er das Grundstück behält." Damit wendete sich Ruiz Castedo ab, drehte sich zum Fahrstuhl und drückte die Taste.

„Warten Sie! – Das Grundstück behält er?" Nun hatte seine Stimme plötzlich die gewohnte Selbstbeherrschung verloren: „Und wie soll ich dann mit dem Bau fortfahren, wenn er mir zum Beispiel die Zufahrt verweigert, verdammt noch mal?"

Ein Geräusch verriet den sich nähernden Aufzug und als sich die Tür öffnete, erhielt er nur ein von einem Lächeln begleitetes Schulterzucken. Ruiz Castedo trat gerade so weit in den Fahrstuhlkorb ein, dass niemand mehr an ihm vorbeikonnte. Es folgte ein mildes Lächeln und leichtes Nicken von ihm, das alles sein konnte. Dann schloss sich die Tür.

„Das haben doch Sie alles in die Wege geleitet, Sie Vollidiot", schrie Zacarias ihm hinterher. Dann lief er zur Treppe und stürmte die Stufen hinunter.

Unten angekommen sah er gerade noch Ruiz Castedos Wagen aus der Tiefgarage auf die Straße fahren. Wie in einem schlechten Blockbuster stellte er sich auf die Straße und versperrte ihm den Weg. Der Anwalt bremste, ließ langsam die Seitenscheibe herunter, lehnte sich etwas heraus und schaute gelangweilt zu ihm nach vorne.

„Lassen Sie den Blödsinn und besorgen sich lieber ein paar Laster, starke Hände und schaffen so viel, wie Sie können an Baumaterial auf die Baustelle. – Wenn Sie es denn ernst meinen. Über die Wege, diese dann zu betreten, können Sie sich ja dann später Gedanken machen. Ihnen fällt sicher was ein. Oder soll ich Ihnen all die nervigen Sachen von früher aufzählen. – Und jetzt hauen Sie ab!"

Ruiz Castedo machte mit einem angewidert verzogenen Gesicht eine wegscheuchende Bewegung mit den Händen und trat zweimal bei durchgetretener Kupplung auf das Gaspedal. Zacarias ging zur Seite. Kaum setzte der Anwalt den Wagen mit quietschenden Reifen wirklich in Bewegung, drosch Zacarias mit einer Faust auf das Autodach. Der Hieb blieb wirkungslos, dafür sah er einen gestreckten Mittelfinger.

Auf dem Weg zu seinem Audi – erst jetzt fragte er sich, warum er ihn nicht vor dem Gebäude von Ruiz Castedo abgestellt hatte – begegnete er wieder den drei jungen Mädels in ihren knallbunten Bikinis. Diesmal von vorne. War wohl nichts mit schwimmen? Kurz schafften sie es, seine Laune aufzubessern, und er gaffte sie an. Fünfzehn waren sie vielleicht, aber schon jetzt verführerischer als jedes Playboy-Girl.

„Na, ihr drei Hübschen?!", tönte er.

„Na, du Drecksau!", dröhnte es lachend zurück.

## 31. August, 18 Uhr 25

„Du bist wirklich der größte Schwachkopf, den ich kenne!", zischte Erna ins Telefon: „Wie kann man nur so blöd sein und hier aufkreuzen. Hast du etwa wirklich geglaubt, dieses Techtelmechtel, unser kleines Hotelabenteuer, hätte irgendeine Zukunft gehabt? Mein Gott, mehr war das doch nicht! Du betrunken, ich betrunken. Und da soll was Ernstes bei rauskommen? Schau dich doch mal an! – In hundert Jahren nicht."

Am anderen Ende herrschte Stille. Und das seit fast drei Minuten. Er schaute nur vor sich hin. Fixierte mit seinem Blick den Bleistift vor sich und schubste einen Zettel mit einem Finger immer wieder vor und zurück. Ja, Schwachkopf war richtig. Damals auf jeden Fall. Am Tag zuvor hatten Korte und er sich geeinigt, er sollte der alleinige Baustofflieferant werden. Für diesen Teil der Tribüne. Ein gutes, weil werbewirksames Geschäft. *Die* VIP-Lounge in Norditalien. Mit einem diskreten Rückzugsbereich. Für die Ausstattung sollten Erna, die ihm damals als Serena vorgestellt wurde, und dieser Zacarias zuständig sein. Das gewünschte Material sollte er besorgen. *Wissen Sie, davon hat sie mehr Ahnung.*

Einen Tag später rief sie an. Meinte, sie wolle diese Sache etwas unabhängiger betrachten. Ob man sich nicht darüber gesondert unterhalten könne. Gerne bei einem Gläschen Wein und – *bitte verstehen Sie es nicht falsch* – ohne ihren Mann. Seine Vorstellungen wären – *wie soll ich das sagen?* – unpassend für ein solches

Projekt. *Ist es Ihnen heute Abend recht. Gegen 20 Uhr in der Bar meines Hotels?* Ihre Stimme hätte ihn warnen können. Aber er überhörte den Klang, den Reiz, der von ihr ausging, und rief sich stattdessen sogar das letzte Bild von ihr ins Gedächtnis zurück. Serena von Falkenberg in einem hauchdünnen knallgelben Etuikleid.

Es wurde ein teurer Abend, der ihn aber keine Stunde später für ein paar Tage nicht reuen sollte. Fast eine halbe Million entlockte sie ihm, *für ein paar wirklich individuelle Details, die Franz-Herbert niemals gutheißen würde – aber wenn wir Erfolg haben wollen?* Den Rest ließ sie unausgesprochen und spendierte zur Belohnung einen weiteren Drink und – *nun ist ja alles besprochen* – einen freizügigen Blick auf ihre Beine, indem sie genau das gelbe Wenig vom Vortag noch ein bisschen mehr die Schenkel hinaufschob. Eine weitere Stunde später ließ sie sich kichernd und etwas schwankend von ihm auf ihr Zimmer begleiten. Er hatte keineswegs das Gefühl, zudringlich geworden zu sein.

Und heute Mittag war er wie ein räudiger Hund davongelaufen. Mit Zacarias hatte er einfach nicht gerechnet. Ein dummer Fehler. Aber das Drumherum der letzten Monate hatte ihn zu einem Verfolgten gemacht, der allmählich die Initiative und auch Kontrolle verloren hatte. *Schau dich doch mal an,* darüber konnte er nur schmunzeln. Anderen war es egal gewesen. Das Foto von Tiziana lag ständig zuoberst auf dem Stapel Papiere, den er immer bei sich hatte. Ernas verbales Gewitter am andern Ende dauerte indessen ohne ein Zögern an.

„Du hast dafür alles von mir bekommen, was du haben wolltest. Und ich hatte einen Spaß, an den ich mich nicht mehr erinnere. Lass es gut sein! – Das sollte wohl reichen."

Jetzt hatte er doch genug gehört. Er atmete tief ein, um gleich darauf seinem Ärger Luft zu machen:

„Fast eine halbe Million hast du mir auf diese Weise aus den Rippen geleiert. 460.000. Nicht unbedingt aus der Portokasse zu bezahlen. Zugegeben – ein guter Betrag, den ich für meine Naivität und Dummheit bezahlen musste."

„Nenne es Schweigegeld. Was glaubst du, würde geredet werden, wenn *das* herauskommen würde? Was glaubst du, was er sagen und tun würde?"
Erna hatte ein Geräusch gehört, stand auf und schaute durch das Glas des Fensters in die Richtung, weil sie glaubte, eine Bewegung gesehen zu haben. Es musste wohl der Wasserwagen gewesen sein, der langsam die Hofeinfahrt hochfuhr und am Seiteneingang stehen bleiben würde. Sie schüttelte den Kopf und zupfte sich den Pareo wieder zurecht. Als sie hier eingezogen waren, liefen Wanderer genau an diesem Fenster vorbei, gerade als Zacarias im Begriff war, sie auszuziehen. Nun war sie wieder dünn genug bekleidet, um Neugier zu wecken.

Um den Laster brauchte sie sich also nicht kümmern. Kurz entspannte sie sich. Aber war das Geräusch nicht etwas anderes gewesen? Was sie gehört hatte, passte nicht zu dem Transporter. Nervös strich sie sich mit ihrer freien Hand die Haare nach hinten und überlegte. Zacarias war bei diesem Anwalt, so viel wusste sie, also nicht im Haus. Sie hielt den Hörer weg und lauschte. Nun war alles still. Vielleicht war auch nur etwas umgefallen. Sie würde nachher auf Suche gehen.

Derweil sprach Zoppelli weiter: „... wenn er überhaupt noch etwas zu sagen hätte. Aber ich werde mit ihm sprechen und ihn mal über deine Zeit in Italien aufklären. – Also, wann wird der zweite Teil des Geschäftes erfüllt und ich bekomme mein Geld zurück?"

Sie hatte tatsächlich nur mit halbem Ohr zugehört. *Geld zurück, wovon träumst du?* Sie zuppelte an ihrem Oberteil und dem Pareo herum und ging durch den Raum ins Foyer. Dort schaute sie sich wieder um. Jetzt schien etwas umgefallen zu sein. Drüben in der Küche. Was war los? Entgegen den sonstigen Gepflogenheiten war die Tür zu.

„Schwachkopf", wiederholte sie, „meine Zeit in Italien. Das interessiert ihn so sehr, wie wenn in China ein Sack Reis umfällt."

„Das würde ich gerne von ihm selbst hören."

„Das Projekt ist ja nicht nur wegen ihm gescheitert", erklärte sie abgelenkt.

Sie bog in die Küche ab und Zoppelli quasselte weiter. Dummerweise machte dieser Kontrollgang sie nicht nur unkonzentriert, sondern auch weniger angriffslustig. Dieser Vorfall von damals – gleich danach stieß sie, noch keuchend, seine drängende Hand weg – *wenn Franz das erfährt, bis du raus aus dem Geschäft* – war in ihren Augen eine Farce, die ihren Zweck erfüllt hatte. Gleich danach war er auch schon gegangen und sie in der Stunde darauf abgereist.

Sie müsste nachher mit Zacarias über alles reden. Wer weiß, was Massimo jetzt noch einfiel. Erleichtert sah sie auf die Arbeitsplatte neben der Spüle. Eines der runden Schneidebretter war wohl aus der Halterung gerutscht, ins Rollen gekommen und lag nun schief und schräg auf dem Wasserhahn.

„Mein Gott! Was sollte er da schon hören?"

Ihr Tonfall daher nun eher belustigt, weil sie sich über sich selbst ärgerte. Und im selben Moment blieb sie wie versteinert stehen. Die Tür hinter dem Nebenraum der Küche fiel ins Schloss.

„Deine Zeit in Italien war weniger erfolgreich, als du ihn glauben lassen wolltest. – Er erzählt jedem treudoof, aus welchen Händen er dich befreit hat. Komisch nur, dass er bei keinem Prozess in diesem Zusammenhang als Zeuge befragt wurde. Und das bei den Vorwürfen! Findest du das nicht auch seltsam?"

Erna hatte Zoppelli wieder kaum zugehört. Wieder war sie unkonzentriert, ging langsam nach nebenan und schaute sofort Emilia ins Gesicht.

„Du?" Es war fast ein Schrei und ihre Haushaltshilfe zuckte mit weit aufgerissenen Augen zusammen.

„Señor Korte wollte, dass ich heute komme. Ich wollte Sie nicht stören. Sie ... Sie ..." Emilia sah vielsagend an Erna herunter, die aufatmend den Kopf schüttelte und zurückging. Dennoch, seitdem Korte tatsächlich weg war, fühlte sie sich nicht mehr wohl in diesem Haus, vielleicht sollte sie einfach nach Deutschland zurückkehren. Geld fürs Erste hatte sie ja. Jetzt musste sie noch Zoppelli abwimmeln.

„Was willst du damit sagen?" Ihre Stimme nun wieder schärfer, aber nicht mehr so aggressiv wie am Anfang.

„Auch das würde ich gerne mit ihm besprechen. Ich frage dich nur eines: Weiß er, wie lange du schon Zacarias kennst?"

Was spielte das noch für eine Rolle? Morgen sähe alles ganz anders aus. Korte hatte längst ein Video. Dem Inhalt war es egal, wie lang sie sich schon kannten. Es ging jetzt höchstens noch um die Intensität. Sie runzelte die Stirn und wollte von Zoppelli wissen:

„Wenn du mir daraus einen Strick drehen willst, frage ich mich wiederum, warum du heute Mittag wie ein kleiner Hund davongelaufen bist."

„Das solltest du seit Padua am besten wissen. – Und ich wollte keine weiteren Leichen hinterlassen. Ich will

mein Geld und nicht noch mehr internationale Haftbe-
fehle."

„Ach, und da dachtest du, mit einem kleinen Mit-
tagsschlaf bei mir könntest du es ganz einfach wieder
abholen?!"

„Ich hoffte, Korte anzutreffen."

„Der wird so schnell nicht wiederkommen."

„Warten wir's ab. Ich habe seine Handynummer."

**31. August, 18 Uhr 50**

Sie würde einfach ein paar Tage wegfahren und versuchen eine Lösung zu finden. Balkon oder Terrasse, dieser verkappte Heiratsantrag war einfach zu viel. Ihrem
normalen Alltag fehlten schon genug Struktur und Organisation. Im Beruf verlangte man dagegen analyti-
sches Denken von ihr und zu Hause erwartete sie jedes
Mal die To-do-Liste ihrer Mutter: *Rafael hat ... Diego
sollte ... Du musst ... Ich kann nicht alles ...* Und seit gut
einem Jahr stellte Miguel auch noch seine Ansprüche.
Tag für Tag wurde alles selbstverständlicher. Einen
Heiratsantrag brauchte es schon nicht mehr. Sie fühlte
sich längst okkupiert. Irgendwann käme er und würde
ihr eine neue Wohnung zeigen. Wahrscheinlich schön
gelegen, viel zu schön, um sie auf normalem Weg bekommen zu haben. Ihr würde es wie so oft zuvor
schwerfallen Nein zu sagen.

Über sich und ihre Zukunft konnte sie nur noch in
den seltensten Fällen bestimmen. Sie leitete meistens
nur Anfragen weiter: *Großmutter hat gesagt ... stimmt
das ... Hast du das und das gemacht ... Warum ist dies
und jenes nicht ...* Das meiste waren Fragen. Würde sie
mit den Jungs allein leben, müsste sie die meisten davon

gar nicht beachten, sondern selbst anordnen. So wurden die abendlichen Stelldicheins kurze Fluchten ohne Zielerreichung. Zu oft war es nämlich dann lediglich seine Befriedigung, die dann für eine geraume und stille Zufriedenheit bei ihr sorgte.

An manchen Tagen war es besonders komisch. War sie kurz davor, einen solchen Abend für gelungen zu halten, knipste jemand in ihr das Licht aus und der Abdruck alter Zeiten machte sich auf ihrer Seele breit. Die Dunkelheit, die dadurch entstand, war mit keinem Licht, mit keinem Glück zu vertreiben.

Und von diesem Glück musste doch auch für sie etwas übrig geblieben sein?! Sie musste sich selbst darum kümmern. Vielleicht sollte sie es daher ohne Ankündigung machen und so für eine gewisse Panik sorgen. *¿De veres?* Panik? Wirklich? Nein! Warum Panik auslösen? Sie würde sagen, dass sie kurzfristig zu einer Fortbildung müsste! Nach Pollença oder Manacor. Genau! Das würde sie sagen. Hauptsache weit genug weg, um nicht nach Hause fahren zu können. *Du kommst ja sicherlich abends wieder?! Du solltest nämlich ...* Nein, nach Hause kommen ginge nicht, sonst könnte sie dort niemals entspannen. Statt einer Panik kämen sie vielleicht einmal auf den Gedanken in diesen zwei, drei Tagen ihre Problemchen selbst zu lösen. Das hätte Zukunft.

Sie sah in den Spiegel, betrachtete ihr Gesicht und zog an der Haut herum, als würde sie sich im nächsten Moment schminken wollen. Kontrollierte die Fältchen und sah rote Flecken. Sie fühlte sich alt und schüttelte den Kopf. *¡Déu meu!* Wie ich aussehe, tadelte sie sich selbst. *Zwanzig Jahre älter! Nein, meine Lieben! So geht das nicht weiter! So nicht! Es gibt auch noch etwas anderes. Und Miguel kann seine Fälle für eine Weile auch allein lösen.* Dann drehte sie sich zu ihrem Bett, auf dem ihre Sporttasche stand und warf nicht besonders sorgfältig ein paar Kleidungsstücke hinein. Einen kleinen Schlafanzug, ein paar Strümpfe und Badelatschen. Morgen nach der Frühschicht. Das war ein guter Termin. Zumal sie das Wochenende frei hatte. Am besten über den hinteren Ausgang und mit dem 2er zum *Plaça d'Espanya*. Plötzlich musste sie grinsen: Das wäre doch was, mit dem Bummelzug ganz gemächlich und unerkannt nach Port de Sóller. Inmitten der Touristenmassen untertauchen. Irgendein Hotel hatte sicher für zwei Nächte ein Zimmer frei. Hinfahren und dann würde sie schon sehen.

Wieder landeten ein paar Sachen in der Tasche. Eine Jeans, zwei Blusen, etwas Unterwäsche, der Bikini, die kurze Shorts und eine Handvoll Proben für Duschgel und verschiedene Cremes. Die kleine Tasche sollte reichen. Die könnte sie unauffällig unter den Schreibtisch im Büro stellen. Und wenn er fragte? Was ging ihn das überhaupt an? *Ich geh ein bisschen Sport machen!* Wird sie ihm sagen. *Oder hatten wir was ausgemacht?* Nein! Hatten sie natürlich nicht! Wie auch? *¡Me'n fot també!* Ist mir auch scheißegal!

Sie schob die halb gefüllte Tasche unter ihr Bett und spürte eine Träne die Wange herunterlaufen. Was sollte das denn jetzt? Wie eine lästige Fliege schnippte sie diese mit einem Finger zur Seite. In ihre Geldbörse schauend – ja, sie hatte noch genug Geld –, schniefte sie und beschloss zu duschen. Heiß und lang! Sie griff wieder in den Schrank und holte sich frische Sachen heraus. Dann lauschte sie, aber die Wohnung war still. Ihre Mutter war bei einer Nachbarin für ein paar Stunden Karten spielen und Diego und Rafael unterwegs. Diego wahrscheinlich wieder mit dieser Luisa und Rafael wollte mit seinen Freunden im *Parc de sa Riera* Fußball spielen. Aber ganz genau wusste sie es nicht.

Wie so oft. Damit fiel ihr auf, wie wenig sie ihren Jüngsten in letzter Zeit gesehen hatte, und sie zuckte automatisch zusammen. Bitte jetzt nicht auch noch mit Rafael Probleme!, schoss ihr durch den Kopf. Sie würde doch noch mal mit Pelleter sprechen müssen.

Im Bad schloss sie die Tür hinter sich zu, zog sich aus und stellte sich hinter den Vorhang. Wie immer dauerte es fast eine Minute, bis endlich das warme Wasser kam. Dann hielt sie den Strahl für einige Augenblicke gegen die Wand, lehnte sich anschließend an die nun aufgewärmten Fliesen und schob den Vorhang wieder ein Stück zurück. Von dort konnte sie ihren nackten und gefühlt malträtierten Körper im Spiegel dabei beobachten, wie er hinter dem auf dem Glas sich niederschlagenden Dampf langsam verschwand. Sie lächelte leise in sich hinein. Auch nicht schlecht, wenn's auf diese Weise funktionieren würde! Einfach so zu verschwinden. Hätte was von in Luft auflösen.

Inés drehte auf und ließ das Wasser noch heißer werden, bis sie ein leichtes Brennen spürte. Dann noch ein bisschen mehr. Die Leitung hinter ihr rumpelte wie immer. Plötzlich fiel ihr das junge, blasse Mädchen ein, das sie vor einigen Wochen in der Stadt mit zwei verbundenen Armen im *Parc des ses Estacions* hatte sitzen sehen. Sofort dachte sie an so etwas wie häusliche Gewalt und Armut. Doch sie selbst und ihr Äußeres waren zu gepflegt. „Manchmal muss ich mich bestrafen, weil ich wütend auf mich selbst bin. Da fühle ich mich wie zerrissen und ich wünsche mir endlich die Aufmerksamkeit, die ich nie bekommen habe. Danach spüre ich immer eine riesige Erleichterung, weil der ganze Scheißdruck dann wie weggeblasen ist", erzählte sie Inés ohne Umschweife, nachdem sie sich – sie trug keine verräterische Uniform – neben sie gesetzt, eine Hand auf einen der Verbände gelegt und gefragt hatte. Sie ließ den verletzten Arm nicht los, machte aber auch keine andere – wahrscheinlich blödsinnig tröstende – Bewegung, nickte einfach und meinte:

„Kann ich irgendwie verstehen."

So fühlte auch sie jetzt ihren Körper zu sich kommen. Fühlte sie sich lebendig werden und entspannt. Fünf Minuten später glaubte sie, sich schälen zu können, und stellte das Wasser ab. Dann ballte sie die Fäuste. Morgen würde sie machen, was sie wollte. Mit dem Handtuch wischte sie über den Spiegel und befand: *Verdammt noch mal! Hab' endlich Mut! Noch bist du jung genug, um dein Leben zu leben.*


## 31. August, 19 Uhr 10

Es war seine neunte Runde. Die Ausstellungsräume waren heute nicht besonders voll. Wer ging auch an einem so schönen Tag ins Museum? Überhaupt im Sommer. Die Räume waren zwar klimatisiert, aber am Strand liegen, in Cafés sitzen oder bummeln gehen war für viele unterhaltsamer als Bilder anzuschauen. Obwohl er selbst gerne in dem Raum mit den mallorquinischen Malern verweilte. Mit diesen Bildern konnte er etwas anfangen. Für die modernen fehlte ihm das Verständnis. Und das in vielerlei Hinsicht. Aber das ging anderen genauso. Vor Francesc Rosselló Miralles' Bild *Joveneta cosint a un jardí* blieb er wieder eine Weile stehen.

Das Bild war eines der wenigen im Museum, das er sich in sein Wohnzimmer hängen würde. Es strahlte eine wunderbare Ruhe aus und erinnerte ihn an manche Geschichte seiner Mutter, die sie ihm und seinen Geschwistern, als sie noch Kinder waren, wiederum über ihre Mutter erzählt hatte. Drüben bei Alicante, wo er nach Umzügen der Familie geboren war, in La Vila Joiosa muss es einst einen ähnlichen Garten am Meer gegeben haben, denn auf einem alten, fast verblassten schwarz-weißen Foto saß die Großmutter auch in Alltagstracht auf einem Bänkchen von Blumen umgeben und stickte, vielleicht an einem Tuch, gerade für ihre Tracht. Wie vielleicht auch dieses junge Mädchen anmutig auf einer hölzernen Schubkarre saß und etwas für seine Kleidung nähte. Konzentriert und ohne sich von dem Maler aus der Ruhe bringen zu lassen. Vor ihr ein paar rote und weiße ragende Blüten. Er glaubte, Malven in ihnen zu erkennen. Und hinter ihr das blau schimmernde Meer. Das Licht spielte mit dem Schatten der Bäume und dieser mit den Sonnenstrahlen. Fast hob er eine Hand, um dem Mädchen zuzuwinken.

Schmunzelnd verließ er den Raum und setzte seinen Rundgang fort. Ebenso zum neunten Mal drückte er die Klinke der Tür zum Technikraum. Wie die acht Mal davor war sie verschlossen. Er kam nie auf den Gedanken, *natürlich* zu denken. Als er weiterging, musste er einem jungen Pärchen ausweichen, das sich gerade umarmte und küsste, ohne ihn groß wahrzunehmen. Die Hand des jungen Mannes, er schätzte ihn auf höchstens zwanzig, streichelte dabei über den Po des hübschen Mädchens. Wieder schmunzelnd schüttelte Alfonso den Kopf. Hatte er nicht erst heute Nachmittag Pablo genau davon erzählt, dass er im *JB Scotch Club* das Gleiche getan hatte? Entweder waren die Discos heutzutage für diese heimliche Art von Intimität ungeeignet oder der Eintritt einfach zu teuer. Vielleicht war es auch die Musik, die sicher viel lauter dröhnte als damals und leise Liebesgeständnisse auf diese Weise zugleich unmöglich wie unromantisch machte.

Die Rampe zum Aljub hinuntergehend rief er Hermen zu: „Heute müssen wir pünktlich schließen ...“, und betrat Sekunden später den großen Raum. Immer noch saßen die beiden Männer darin. Der schlankere erklärte dem anderen irgendwas in einem unangenehmen Ton und deutete dabei auf eines der Bilder. Oder tat er nur so? Alfonso lief langsam hinter ihrem Rücken vorbei und schnappte lediglich ein paar Wörter auf: Aufträge, Bauvorhaben und – hatte er richtig gehört? – Schulden. Na, so was braucht doch niemand, dachte er. Mit dem Bild vor ihnen hatte das jedenfalls nichts zu tun. Hauptsache, sie würden nachher rechtzeitig gehen.

Er wendete sich ab, hörte noch ein protestierendes Brummen von dem dicken Mann und ging wieder nach oben. Dann die Treppen in den oberen Stock, in dem unter anderem eine sogenannte Installation zu sehen war: Ein riesiger, alter Röhrenfernseher, der, von einem eingebauten DVD-Rekorder gespeist, einen Film abspielte. Eine Frau, dürr und nicht besonders hübsch, bewegte sich zu martialisch vorgetragenen Gedichten, als sei sie eine gereizte Schlange. Ohne einen Blick dafür ging er vorbei und versuchte diesem im ganzen oberen Stock zu hörenden und einer Belehrung gleichenden Vortrag zu entkommen. Durch eine Glastür betrat er die Dachterrasse.

Das junge Pärchen war auch schon eingetroffen. Sie lehnte sich an die Balustrade und er stand zwischen ihren Beinen. Seine Hände ... Alfonso hüstelte laut, schaute aber nicht besonders vorwurfsvoll zu ihnen hinüber, querte mit Abstand die Dachterrasse und ging über eine Tür weiter hinten wieder ins Gebäude zurück. Bevor die Tür hinter ihm zufiel, schaute er noch mal zu dem Pärchen, aber das hatte sein Liebesspiel beendet und war bereits händchenhaltend dabei, über einen anderen Eingang die Plattform zu verlassen. Alfonso hielt einen kurzen Moment inne und sah sich selbst und seine Frau so in der Stadt spazieren gehen. Wie viele

Jahre war das nun schon her? Traurig geworden ging er weiter und zurück zum Ausgangspunkt. Doch entgegen der üblichen Gewohnheit kehrte er noch mal in den Raum mit den mallorquinischen Bildern zurück und schaute sich das Gemälde von Francesc Rosselló Miralles an. In diesem Moment zeigte es nicht ein junges Mädchen, sondern seine Frau als Jugendliche. Gerade so, wie er sie kennengelernt hatte. Seine Augen wurden feucht und er wischte mit seinen Fingern über sie. Es wurde Zeit, dass er endlich zur Probe für morgen gehen konnte, die würde ihn sicher ablenken. Gleich würde er deshalb den zehnten und letzten Rundgang folgen lassen.

## 31. August, 19 Uhr 25

„Gibt es eine Liste aller Beteiligten bei diesem Projekt *Más Mallorca?* Bauleiter, Architekt, Zulieferer. Was weiß ich, wer an so einem Bau mit herumbastelt."

„Sandrührer und Gullideckelsetzer", lachte Andreu, „aber ich schau mal nach. Ich dachte, ich hätte bei den Kollegen was gesehen."

„Danke!", war die knappe Antwort, bevor er sich in seinem Stuhl nach hinten lehnte, die Beine ausstreckte und die Decke anstarrte. Eduardo hatte ihm einen Floh ins Ohr gesetzt, der sich nicht vertreiben ließ. *Das Ding wird größer als du denkst. Hab' gerade einen Anruf bekommen. Der Deutsche ist ausgestiegen.* – Ausgestiegen. Was machte einen solchen Bau so attraktiv? So attraktiv, dass Eduardo von *aussteigen* und nicht von *den Bau eingestellt* gesprochen hat. Das bedeutete doch, nur einer von einigen ist raus. Der gab, warum auch immer, auf, und jemand anderes führte das Projekt fort. Der hatte erstens das Geld dafür und sah vor allem nach wie vor das lukrative Geschäft darin.

Wenn Eduardo recht hatte, konnte man aber mit ein paar herumtanzenden Nackedeis allein kein gewinnbringendes Geschäft mehr machen. Schon lange gab es eine Diskrepanz zwischen dem hochgerechneten Umsatz und der vermuteten Anzahl der dienenden Frauen, von denen die wenigsten über 20 oder gar 16 wären – wenn man denn kontrollieren würde. Und warum sollte man bei der hohen Anzahl von Pensionen und meist einfachen Hotels dann noch ein solches *Objekt* bauen? Die Presse tönte immer wieder, dass die Betuchteren ihre Abenteuer doch lieber in exklusiven Gegenden suchen würden. Mallorca war daher eher etwas für Angeber in dieser Richtung. Die Geldbörse reichte nicht für Asien, aber für Mädchen von dort auf der Insel.

Kortes *Más Mallorca* musste nur für die nötigen Asiatinnen und Südamerikanerinnen sorgen und die Herren in ihren billigeren Anzügen kämen sich vor wie Gott in Frankreich. Höchstwahrscheinlich waren ihre Umgangsformen entsprechend. Sanchez Olivero fielen in diesem Zusammenhang die Schilderungen von Cristina ein, die in die Hände einer osteuropäischen Organisation geraten war. Wochen später fanden die Kollegen heraus, dass diese vergleichbar kleine Gruppe Bestandteil eines internationalen Händlerrings war, die dann im Oktober des letzten Jahres ausgehoben werden konnte.

Ihm reichte es schon, bei dieser Aktion in den Bergen den schon halb nackten Bürgermeister eines großen Touristenortes anzutreffen. Folglich war ihm klar, weshalb die Verwaltungen sich selten darum kümmerten, was in bestimmten Etablissements vor sich ging. Hauptsache es war Ruhe und alle hatten ihren Spaß. Die Schicksale der weiblichen Opfer spielten dabei keine Rolle. Sie hatte man in Bussen hierhergekarrt. So würden sie bei Nichtgefallen oder Nichterfüllen ihrer Aufgaben auch wieder zurückgebracht.

Dann noch Fusel teuer als Whisky verkaufen, irgendwelche Muscheln zu Austern werden lassen und einen preiswerten Cava mit entsprechendem Etikett in teuren Schampus verwandeln. Wenn die Kunden angesäuselt waren, merkten sie nicht, wofür sie das viele Geld ausgegeben hatten. Die Mädchen dort würden denen ohnehin genügend den Kopf verdrehen. Manchmal war es wohl doch ganz einfach, die Leute auf den Arm zu nehmen, um an ihre Geldbörse zu kommen. Oder sollten dort tatsächlich Drogen gehandelt werden? Nur kurz dachte er darüber nach. Nein! Nicht in diesem als Nobel-Puff geplanten Spa. Das schien ihm zu weit hergeholt. Sollten die Gäste dort tatsächlich solche Angeber sein, nahmen die keine Drogen. Aber vielleicht war gerade deswegen das mit der Geldwäsche gar nicht so falsch. Doch das war wiederum ein Thema, in dem er sich überhaupt nicht auskannte. Er bekam nur einige Details über seine Kollegen oder deren Berichte mit und war selbst die Abteilung für Morde, Hehlerei, Taschendiebstähle und sonstige Handgreiflichkeiten. Deshalb las er Unterlagen zu diesen Fällen nicht besonders genau durch. Also geh' ich jetzt in eine Bank und lass mich beraten. Vielleicht können die mir darüber etwas erzählen, sagte er sich.

Das müsste Inés doch auch interessieren. Unter Umständen ließe sich damit auch ihre Laune verbessern. Sanchez Olivero griff zum Telefon. Sie hatte zwar frei und ein langes Wochenende, an dem sie sicher etwas mit ihren Jungs unternahm, aber Bank und Aufklärung könnte man ja unter Umständen mit einem anschließenden Essen im *Casa Gallega* verbinden. Deren Tapas waren erschwinglich und gut. Und weit war es auch nicht entfernt. Ganz in der Nähe von einigen Banken und nahezu in ihrer Richtung. Geldwäsche für einen guten Zweck.

Nach dem zehnten Klingeln schaute er den tutenden Hörer an, verzog überrascht das Gesicht und legte auf. Wollte sie nicht direkt nach Hause gehen und sich ausruhen? Sanchez Olivero zuckte mit den Schultern. Demnach nicht. War wohl nichts mit aufheitern. Manchmal war sie einfach rätselhaft. Gerade wollte er darüber weiter sinnieren, als das Klingeln des Apparates ihn davon abhielt.

„Es gibt tatsächlich noch ein paar mehr, Kieselzähler und Bleistiftspitzer", lachte Andreu ins Mikro, „mein Computer widersetzt sich gerade, aber ich hab's dir ins Stockwerk runtergefaxt."

„Okay! – Ähm, kennst du 'ne Bank in der Nähe?"

„Die jetzt noch auf hat?"

„Wäre nicht schlecht. Einbrechen wollte ich heute noch nicht. Erst mal sehen, ob's sich überhaupt lohnt", gab Miguel zurück und dachte mindestens so witzig zu sein wie Andreu.

„Du hast wohl keine Kredite laufen, die du abbezahlen musst, oder?"

„Ist das eine Voraussetzung?"

„Nee! Aber die ich kenne, machen erst morgen früh wieder auf, mittags zu und erst in drei Tagen wieder auf. Wochenende, falls du es vergessen hast. – Was liegt an?"

„Ich brauche Nachhilfe in Geldwäsche."

„Also stimmt doch, was man sich hier in den Abteilungen erzählt."

„Das kann ja nur Blödsinn sein." Am liebsten hätte er jetzt aufgelegt, um diesen nicht zu hören.

„Hmh. Kann wohl sein", entgegnete Andreu langsam und schien gleich zu verstehen, deshalb: „Wenn du nichts dagegen hast, versuche ich Pere zu erreichen und dann kommen wir runter.“

„Pere?“

„Busquets Llombart. Ist bei der Staatsanwaltschaft für solche Dinge zuständig. Sag mir nur ein paar Stichworte. Hat's mit dem zu tun, weswegen du mich vorher angerufen hast?“

„Ich befürchte.“

„Dann suche ich mir die Unterlagen raus. Vielleicht findet er in seinen etwas zu den Namen.“

„Vielleicht hat er das auch schon längst. Wenn ich nun darüber nachdenke, beschleicht mich so ein komisches Gefühl.“

„Worauf spielst du an?“

„Sag ich euch dann nachher.“


**31. August, 19 Uhr 40**

„Wenn ich dir jetzt ein paar Namen vorlese, kannst du mit denen dann etwas anfangen?“

Sanchez Olivero ließ das übliche Begrüßungsgefasel weg.

„Mannomann, wir telefonieren heute öfter als in den ganzen vergangenen Monaten zusammen.“ Eduardos Lachen klang wie Hundebellen: „Falls die Betreffenden mich in den letzten Jahren geärgert haben, kann das schon sein. – Leg los!“

„Franz-Herbert Korte ...“

„... das ist der Deutsche!“

„Zacarias. Ich sehe gerade, da steht kein Vorname.“

„Adrián. Wie der Rennfahrer Adrián Campos. Die Väter kannten sich angeblich und Zacarias – gleicher Jahrgang wie der Junior – bekam den gleichen Namen. Campos ist trotz seiner schmalen Karriere erfolgreicher zugange als Zacarias. Der spuckt nur große Töne. Vielleicht redet ihn deshalb keiner mit Vornamen an." Wieder dieses Hundebellen als Lachen.

„Armando Ruiz Castedo ..."

„Architekt und Anwalt. Interessanter Typ. Nicht windig, aber hochgradig gewitzt. Verdient sein Geld häufig über diese zwei Kanäle. Zunächst Architekt für diesen Deutschen, dann auch sein Anwalt. Und – halt dich fest, weil du sicher den Namen auch auf deiner Liste stehen hast – war auch Anwalt eines alten Bekannten von dir. Ist aber schon ein paar Jahre her. Sebastian Breithaupt. Du hattest damals ..."

„... ja, ich weiß, seine Frau wurde auf der Finca, um die es sich die ganze Zeit irgendwie dreht, tot aufgefunden. Im Keller begraben ..."

„... ein seltsamer Zufall. Findest du nicht auch? Immerhin hat er diese Immobilie vermittelt ..."

Ja, ja, dachte Miguel, ein verdammt seltsamer Zufall. Damals stand er auf keinem Zettel. Damals war er eines der Opfer. Sogar in doppelter Hinsicht, denn er wurde ja zur selben Zeit überfallen. Dieses Detail passte dann in ihre Theorien und schuf keinen Verdacht gegenüber ihm. Aber ... Er unterbrach seine Gedanken und Eduardo mit dem nächsten Namen:

„Xavier Martínez ..."

„*A cada cerdo le llega el san Martín.* Jedes Schwein bekommt seinen Dezember. Hoffe ich doch! Oder habt ihr diesen Typen etwa immer noch nicht hopsgenommen? – Das ist einer dieser Kinderschänder, von denen ich gesprochen habe. Ist mir leider noch nie vor die Flinte gelaufen. Hat auf dem Festland einige Bordelle mit Frischfleisch ausgestattet. Man munkelt nicht nur, sondern weiß, dass viele von diesen Mädchen nicht mal vierzehn waren. Alle aus dem Ostblock mit Bussen hierhergekarrt oder mit Booten übers Mittelmeer geschleust. Keiner kennt ihre Namen. Keine von denen hat einen Ausweis. Ich befürchte, die Hälfte lebt vielleicht schon nicht mehr. – Jetzt sag bloß, der hatte mit dem Projekt auch zu tun? Das wäre mir raus. – So ein Dreckschwein!"

„Wenn du einen von denen ..."

„... du hast einen Namen vergessen: Serena von Falkenberg, eigentlich Erna Hammerschmidt. Kortes Frau. Noch. Eine Bombe in Blond. Viel zu gut aussehend und geformt für diesen Korte. Das weiß sie längst und nützt seine Naivität seit Jahren aus. Ich gebe zu, die würde mir auch gefallen, aber ich bin ja noch älter als dieser dicke Sack und somit chancenlos. – In diesem Zusammenhang lohnt es sich vielleicht für euch, die passenden Namen der Männer aus ihrem Umfeld herauszufinden. Dem Zacarias macht sie auf jeden Fall schon sehr bereitwillig die Beine breit. Und in Padua oder sonst wo hat sie sicher auch ihre Vorteile damit herausgeholt. – Leider ist sie auf eine ganz andere Art *espabilada,* bauernschlau, wie ihr Mann. Sie sollte nämlich die Chefanimateuse in diesem Projekt werden."

„Und wer von denen hat dich jetzt so geärgert, dass du das alles weißt?"

Am anderen Ende ein langer Seufzer, dann die verblüffende Antwort:

„Direkt eigentlich keiner. Aber ich hatte mal mit einem Hotelier zu tun, der an diesem Grundstück interessiert war. Er wollte allerdings ein echtes Spa-Hotel dort bauen. Ohne irgendwelchen Schnickschnack. Okay, Wellness, Whirlpools und Massagen aller Art, aber keine wie dieser Korte, beziehungsweise sein Vordenker und Ideengeber Zacarias es geplant hat. – Dessen gleichzeitiger Architekt und Anwalt hieß?"

145

Sanchez Olivero hatte den letzten Sätzen von Eduardo atemlos zugehört. Aber jetzt verschlug es ihm beinahe auch noch die Sprache. Nicht nur dieser Ruiz Castedo tauchte mit seinem Namen jedes Mal in Verbindung mit dem Hotel, dieser Finca und diesem Korte auf, sondern auch noch ein zweiter Deutscher:

„Sebastian Breithaupt …", fragte er deshalb und schrieb den Namen unter die anderen. An ihn hatte er nämlich bis zu diesem Moment noch nicht gedacht.

„Breithaupt." Es klang eher wie eine Frage als nach dem Beginn einer Antwort. Eduardo schien mit dieser auch zögern zu wollen. Doch dann: „Der große Unbekannte. Sogar für mich. Ich habe mich nur gewundert, als ich erfuhr, dass er nach dem Tod seiner Frau weitergemacht hat. Unter anderem mit Kortes Projekt. Ich begann nachzuforschen und ich bin inzwischen davon überzeugt, dass er viel von den Entwicklungen – zumindest – geahnt hat."

„Daraus könnten seltsame Aufgaben erwachsen."

„Oder Liebschaften."

„Gibt es einen Favoriten in der Liste?"

„Einen Favoriten für Schandtaten?"

„Wenn du das so sehen magst."

„Es sind alles Namen aus der *Segunda División,* der zweiten Liga. Mit denen ist es wie mit Real Mallorca, sie haben vor, vielleicht einmal in die *Primera* aufzusteigen. – Aber die steigen auch eher in die *División B,* also in die dritte ab. – Frag nach den Gefährlichen oder Unberechenbaren, dann würde ich dir folgende Reihenfolge nennen: Zacarias, Martínez, Serena von Falkenberg, die naiv wirkende Erna."

„Kein Breithaupt? Kein Korte? Kein Ruiz Castedo?"

„Letzteren schon gar nicht. Der zockt – wenn überhaupt – ein paar von denen ab. Und Breithaupt? – Wobei will ein solcher Immobilienmakler mitmischen?"

„Bei der Besetzung von *Más Mallorca?*"

„Ach was! Der verkauft das Grundstück höchstens noch mal, wenn Korte es nicht mehr haben will."

„Das klingt entweder nach für uns unbekannten Größen im Hintergrund oder nach einer unfassbaren Naivität."

„Ich wäre mächtig stolz auf mich selbst, wenn ich das wüsste. Natürlich verfolge ich aus einem gewissen Eigeninteresse solche Entwicklungen. Aber potenzielle Absteiger aus der *Segunda División* interessieren mich dann doch nicht. Darüber nachzudenken, mache ich dann doch eher für dich."

„Was müsste passieren?"

„Du fragst Sachen!" Eduardo lachte laut auf: „Vielleicht würde ich genauer hinschauen, wenn sie anfangen würden, sich gegenseitig auszuschalten.     Dann kämen wahrscheinlich andere aus ihrer Deckung."

## 31. August, 19 Uhr 50

Sanchez Olivero fand sich in alten Vorurteilen wieder. *Ist bei der Staatsanwaltschaft für solche Dinge zuständig.* Vor ihm saß keiner in Anzug, geschniegelt und geschönt mit glatt gegelter Frisur und einem getrimmten Dreitagebart, sondern ein schmächtiger Kerl mit Army-Hose, langen Haaren, die er als knubbeligen Dutt auf dem Kopf zusammengebunden hatte und Vollbart. Er schaute ihn etwas schräg an.

„Geldwäsche also", begann Busquets, „ich habe die Unterlagen überflogen. Könnte in einem solchen Geschäft natürlich sein. – Immobilien. – Immer eine gute Möglichkeit, unversteuerte Gewinne eines Geschäfts anderweitig zu benutzen. Da wird eine private Entnahme aus dem Unternehmen gemacht, diese mit einer fingierten Quittung belegt und schon habe ich den ersten Schritt getan. Die Quittung stellt eine Weitergabe des Geldes dar. Das sollte also nun jemand anders haben. Macht Sinn, wenn man kleinere Beträge waschen will. Vier-, fünfstellige Beträge fallen bei einem Unternehmen, wie dieser Korte es in Deutschland betrieben hat, nicht groß auf. Anfangs machst du das alle paar Monate. Nach einem Jahr reduziert man die Summe ein wenig, nimmt nur noch vierstellige Beträge und zieht sich auf diese Weise zwei-, dreimal im Monat Geld aus dem Unternehmen."

Busquets' Art zu sprechen erinnerte Sanchez Olivero an einen ehemaligen Säufer. Seine Stimme klang nach durchzechter Nacht. Immer wieder unterbrach der sich nämlich mit einem Räuspern. Aber seine Augen waren wach und klar. Überhaupt machte er einen sehr konzentrierten und ansonsten gepflegten Eindruck, trotz des Aussehens. Miguel machte sich Notizen und hatte schnell eine mögliche Summe errechnet.

„Wenn ich das mal schnell überschlage, komme ich aber auf keine hohe Summe. Auf vielleicht eine halbe Million. Damit kann ich vielleicht ein gutes Haus, aber keine Villa bauen. Ich muss ja davon ausgehen, dass es nicht auffallen soll."

Busquets nickte.

„Wenn er größere Summen haben möchte, geht er mit der halben Million zu einer Auktion, kauft sich ein Kunstwerk eines Künstlers, der en vogue ist und verkauft es Monate später deshalb an einen anderen Interessenten, der die Summe zum Beispiel verdoppelt. Der bezahlt es möglicherweise mit einem Koffer voll Geld. Und das wird spannend, wenn derjenige zum Beispiel Zacarias heißt. Schon ist die Gesamtsumme mehr als doppelt so hoch. Die Villa wird wahrscheinlicher."

„Heißt das ...?"

„Es wäre eine der vielen Möglichkeiten. Ich gehe davon aus, dass Korte kein Geld aus einem Bankraub waschen muss –, wenn es sich überhaupt um Geldwäsche drehen sollte. Dann wird es nämlich schwieriger, die in jedem Fall registrierten Geldscheine in saubere umzuwandeln. – Ja, ein zweiter Mann, der mir passende Quittungen liefert oder Kunde spielt, weil er selbst solche Gelder säubern will, hilft. Vor allem, wenn er mein Kompagnon werden soll oder könnte."

„Aber den Steuerbehörden müssen doch solche Quittungen auffallen, wenn sie plötzlich innerhalb eines Jahres immer öfter auftauchen!?"

„Nicht unbedingt. Sie müssten dafür die Gegenbelege überprüfen: Wurde die angegebene Steuer entrichtet? Ist die Ware oder die Leistung nachweisbar? Ist das, was gekauft wurde, üblich? Aber ich gebe zu, das Risiko ist relativ hoch. Statt Zubehör für die Herstellung von Würstchen oder einer Modernisierung oder einer anderen Investition eben deshalb nicht zu finden."

„Wie kommt er dann zu solchen Summen?"

„Er behält Teile der Tageseinnahmen, fälscht seine Kassenbücher, gerade so, dass er keine Schulden macht, alles pünktlich bezahlt, also nicht auffällt. – Wäre eine Spielart. Er hatte über 30 Verkaufsstellen. Einer in seiner Größe hat anständige Margen. Rechnen Sie mal hoch. Jede macht 1000 bis 1500 Umsatz. Er nimmt jede Woche um die 200 aus jeder Kasse heraus. Schon habe ich am Ende einer Woche einen Gebrauchtwagen. Mache ich das zweimal in der Woche, wird der schon besser. Gehen die Würstchenbuden gut, nehme ich mehr heraus und mache es nicht nur einmal, sondern jede Woche. Es ist allenfalls ein logistisches Problem. Doch das reduziert sich schon, wenn ich einen Helfer habe."

„Wieder Zacarias." Sanchez Olivero schnaufte.

„Oder ein weiterer Ihrer Namensliste und vergessen Sie nicht die Summe, die dabei zusammenkommen kann. Eine halbe Million ist nichts."

„Wie wahrscheinlich ist das in unserem Fall?"

„Das waren jetzt nur zwei Möglichkeiten. Auch noch grob dargestellt. Müsste ich mich für eine entscheiden, würde ich zu einer Variante der ersten greifen. Das würde erklären, warum er plötzlich verkauft hat und in Padua ein von vornherein zweifelhaftes Glück gesucht hat, das er natürlich gleich wieder beendet hat. – Das macht die Sache verdächtig."

„Und Zacarias steuert aus anderen – dubiosen – Quellen Geld dazu und macht sich auf diese Weise unverzichtbar. Die kennen sich also schon viel länger, als Korte uns gegenüber behauptet."

„Und der kennt wiederum vielleicht ein paar andere Mitstreiter. Geldwäsche ist vor allem ein sehr erfolgreiches Spiel vieler gleichzeitig agierender Partner."

„Wenn Sie Geld waschen wollten und Sie hätten dieses *Más Mallorca,* was würden Sie tun?"

„Ganz klar die Variante mit Baufirmen und Zulieferbetrieben. Ausländische Handwerksfirmen sind gute Geschäftspartner. Sie sind leichter korrumpierbar. Ich habe gesehen, Zacarias hat Baufirmen aus Polen und Zulieferer aus Italien angeheuert. Beide Länder geben nicht besonders schnell Auskunft darüber, ob es größere Geldtransaktionen gegeben hat. In diesem Zusammenhang wäre interessant, wem die größeren Firmen, zum Beispiel die Baustofflieferanten, gehört haben. Wenn es Investoren auf den Bahamas sind, bekäme ich die Krätze. Immerhin sind mit den polnischen und italienischen Partnern schon zwei im Boot. Beide Länder sind langsam bezüglich Auskünften. – Gehen wir davon aus, dass dies der Weg der Geldwäsche ist, könnte ich nun einen Grund für Kortes weiteres Aussteigen darin erkennen. – Denn vielleicht hat er wieder größere Summen ohne das Wissen anderer bereits vorher transferiert."

„Können Sie das herausbekommen?"

„Wie viel Zeit geben Sie mir?"

„Ich habe keine Ahnung von Ihrem Geschäft. Morgen?"

Busquets' Blick veränderte sich in ein mitleidiges Lächeln. Dann wackelte er mit dem Kopf und fuhr sich durch seinen Bart.

„Morgen könnte ich immerhin damit anfangen. Wir müssen Konten durchleuchten, Steuerangaben abklären, Rechnungen und Lieferungen miteinander vergleichen, die Baustelle inspizieren. Wenn alle Seiten mir fair zuarbeiten und ich ohne großes Gemeckere Einblick in die aktuellen Listen der einzelnen Behörden erhalte, dann – vorsichtig geschätzt – habe ich vielleicht Ende des Jahres erste Ergebnisse ..."

## 31. August, 19 Uhr 55

Gleich wäre endlich Schluss und er könnte zur Probe. Er freute sich und ging gut gelaunt die Rampe hinunter. Eine junge und auffallend hübsche Frau mit langen blonden Haaren und einer Sonnenbrille kam ihm entgegen und lächelte ihn an. Überrascht darüber, weil dies so gut wie nie vorkam, stammelte er verlegen geworden die an sich falsche Antwort darauf:

„*¡Cerramos en cinco minutos!*" Und ging weiter.

„*¡Lo sé!*", entgegnete sie mit einem Lächeln in der Stimme und er dachte an Susana.

In dem großen Saal mit den riesigen Bildern der aktuellen Ausstellung saß immer noch der schwergewichtige Mann, an dem er schon kurz nach sieben vorbeigegangen war. Neben dem bis dahin noch ein anderer Herr gesessen und sich mit ihm unaufhörlich leise unterhalten und dabei mit seinen Armen hin und her gewedelt hatte. Jetzt genoss er wohl die Stille und Zeit sich endlich ungestört das Bild anschauen zu können, zählte aber auch zu denen, die allzu gerne die Öffnungszeiten vergaßen. Nur aus Höflichkeit hatte er es vorhin unterlassen, auf diese hinzuweisen.

Durch den Luftschacht des Aljubs drangen von draußen noch einmal leise die Zeilen des letzten Liedes herein. *Eso no está bien, eso no se hace con el mayor enemigo del mundo.* Sie mussten den Tanz wohl wiederholen, dachte er und lächelte. Irgendetwas hatte nicht gestimmt. Irgendetwas hatte nicht gepasst. Irgendetwas war nicht in Ordnung. Wie jetzt. Mit schnellen Schritten ging er auf den Mann zu. Er wollte pünktlich bei der Probe sein. Etwas ungehalten rief er ihm deshalb schon im Gehen zu:

„Wir schließen jetzt. – Also, kommen Sie. Es war ein langer Tag."

Er ging weiter auf den Mann zu, der in seinen Augen das Bild nun lange genug angeschaut hatte, wie in all den vergangenen Wochen schon viele Hunderte vor ihm und nun auch noch auf seine Worte nicht reagierte.

„Haben Sie nicht gehört? – Schluss für heute."

Er schüttelte den Kopf, schaute auf seine Uhr, dachte an seinen Part nachher und berührte den Mann an der linken Schulter. Sonst war es ihm wirklich egal, wann er rauskam. Mit Enrico unterhielt er sich oft noch einige Minuten, während dieser die Kasse machte. Aber heute war es wichtig. Heute wollte er zur Probe. Der Mann kippte, als handle es sich um eine Sequenz in Zeitlupe, zur Seite, rutschte dadurch an das Ende der schwarzen, lehnenlosen Sitzbank und fiel dann kopfüber nach vorne. Sein Kopf schlug, von der Masse seines Körpers getrieben, hart auf dem extra für die Ausstellung lackierten, fast bronzen schimmernden Estrich des Betonbodens auf. Ein merkwürdig dumpfes, etwas knackendes Geräusch. Dann rollte er beinahe kopfüber auf die Seite, hob dabei, als würde er winken wollen, einen Arm und lag unmittelbar darauf auf dem Rücken. Der ausgestreckte Arm klatschte mit der Hand etwas verzögert neben ihn auf den Untergrund.

All dem schaute Alfonso ungläubig zu, als würde er einem schlechten Traum in der Wirklichkeit begegnen. Er erwachte erst mit dem Geräusch des auf den Boden klatschenden Arms, das ihn komischerweise an das Treten in eine Pfütze erinnerte, und murmelte ein paar Worte zwischen *¡Dios mío!* und *¡Podría usted por favor ...!*

Weiter kam er nicht.

Denn ihm war in diesem Moment klar:

Dieser Mann würde nirgendwo mehr hingehen.

Dieser Mann hatte auch kein Bild betrachtet.

Dieser Mann war tot.

## 31. August, 20 Uhr 05

Alfonso saß zusammengesunken auf der schwarzen ledernen Sitzbank und schaute die Leiche an, dann auf den Boden, dann wieder auf die Leiche und anschließend zu den anderen zwei Männern: Enrico und Hermen. Beide waren sofort herbeigeeilt, als sie sein lautes Stöhnen, fast ein Schrei, hörten. Enrico beugte sich über die Leiche, fluchte ein ganzes Register von Verwünschungen, die ihm niemand zugetraut hätte.

153

*„Me cago en el muerto. – Que te folle un pez …"*
Hermen sah von Enrico zur Leiche, verzog sein Gesicht und man hätte nicht sagen können, ob wegen der Flüche oder der Leiche.

„So ein verdammter Mist!", kam leise von Alfonso.

„Sicher ein Herzinfarkt", von Hermen.

„Bluten tut er nicht!", von Enrico.

„Ich muss zur Probe", wieder Alfonso.

„Lass eben noch den Arzt nach ihm sehen, dann darfst du sicher gehen."

„So ein verdammter Mist! – Ausgerechnet heute!"

„Hätte sich wirklich einen anderen Tag oder Ort für so etwas aussuchen können."

„Ob das wegen des Typen war, mit dem er sich unterhalten hat? Sie schienen nicht einer Meinung gewesen zu sein."

„Wann ist er raus?", wollte Hermen wissen.

„Hab' ich nicht gesehen. Die Letzten waren ein Liebespärchen und 'ne junge Blonde", meinte Alfonso.

„Bei mir kamen schon ein paar vorbei", warf Enrico ein, „aber ich könnte euch nicht sagen, wie die ausgesehen haben, ich glaub, drei oder vier Männer und zwei Frauen, die waren doch bei dir im Kiosk, Hermen!?"

„Kann sein. Hab' ich nicht drauf geachtet. Einer war noch in der Garderobe. Wer rechnet auch mit so was?!"

„So ein verdammter Mist!", wiederholte Alfonso und fügte „Das gibt noch was, das sag' ich euch!" hinzu.

„Jetzt warte doch den Arzt eben ab! – Der kommt sicher gleich."

„Tot ist tot. Josefa lag auch so da. – Nur war sie bis auf die Knochen abgemagert. – Fürchterlich! – So ein verdammter Mist!"

„Wie der daliegt! Als wäre das auch für ihn 'ne Überraschung gewesen."

„Meinst du, da macht man sich noch seine Gedanken drüber?"

„Keine Ahnung. – Hab' ich noch nie drüber nachgedacht. Wird in so 'nem Moment dann wahrscheinlich auch zu spät sein."

„Was der wohl wiegt?!"

„Hundertfünfzig?"

„Wenn's reicht."

„Seine Anzugsweste hat zumindest Mühe."

„Weste nennst du so was?"

„Und ich hab' den nur an die Schulter getippt."

„Davon kommt das totsicher nicht." Hermen lachte über seine eigene Aussage.

„Ich tippe auf Herzinfarkt. Wäre kein Wunder bei dem Gewicht."

„... nur an die Schulter ..."

„Reg dich nicht auf! Gleich darfst du gehen. Der will sicher nur wissen, ob dir etwas aufgefallen ist oder so."

„Sollen wir mal nach seinen Papieren suchen?", fragte Enrico plötzlich.

„Was hast du davon? Soll der Doktor machen. Hinterher kommt noch die Polizei, weil du an dem rumgefummelt hast."

„... nur an die Schulter ..."

„Du hast ihn nicht auf dem Gewissen."

„Und was da alles herumliegt! Taschentücher, Geld." Zehn Minuten lang unterhielten sie sich noch über den Toten gebeugt und hatten dabei alles drei oder vier Mal wiederholt. Dann kam der Sicherheitsdienst mit dem Arzt herein. Nach fünf Minuten griff er nach seinem Handy und schüttelte dabei wortlos den Kopf. Erst als er wohl eine Verbindung hatte, meinte er:

„Was wir mit dem jetzt machen, kann ich nicht alleine entscheiden ... *Buenas noches* ... hier Tomas Muntaner ... ja, der Arzt ... Ich bin im *Es Baluard* ... es gibt eine Leiche und da sind ein paar Dinge ... Nein, kein Blut, keine Wunden, keine Waffengewalt ... Ist in meinen Augen aber auch kein Herzinfarkt oder tödlicher Schlaganfall ... wäre trotzdem gut, wenn jemand vorbeikommen würde ... ich will hier nichts falsch entscheiden ... Ja ... Danke ... bis nachher!"

Die drei Männer schauten den Arzt an, als sei er eines der Exponate und meinten gleichzeitig mit kratzender Stimme:

„Was? Kein Herzinfarkt? Aber ... man sieht doch nix! Was soll das denn sonst sein?"


## 31. August, 21 Uhr 05

Das kannte er zur Genüge: Koffer packen und abhauen. Eine bessere Lösung fiel ihm im Moment nicht ein, nach allem, was er vor knapp einer Stunde erlebt hatte. Sicher würden sie Listen anfertigen, mit Leuten aus dem entsprechenden Umfeld. Der Schmutz auf seinem Namen reichte. Aber ein paar Tage wollte er noch auf der Insel bleiben. Wer weiß, was die alles anstellen würden, um ihn zu finden. Zudem traute er den beiden zu, eine Meldung an die Polizei zu machen. Der Flughafen war dann immer der erste Ort, an dem sie suchen würden. Nicht nur in den schlechten Kriminalfilmen.

Er suchte in seinem Smartphone nach einem Hotel an der Playa de Palma. Dort schienen ihm genug Touristen herumzuschwirren, unter denen er sich verstecken könnte. Tatsächlich schien es im *Marina,* einem angeblich legeren Hotel, noch Zimmer zu geben. Und das zu Preisen, die seiner Situation entsprachen. Er beschloss anzurufen, für drei Tage über das Wochenende, um dann mit der Fähre, statt mit dem Flieger nach Barcelona zu kommen.

„Sie haben Glück! Wir haben ein Storno eines Reiseveranstalters vorliegen. Sie können daher sogar bis Mitte nächster Woche bleiben."

„Ich würde mir die Dauer gerne noch überlegen. Aber bis Montag bleibe ich auf jeden Fall. Könnte ich jetzt noch anreisen? Wenn mein Smartphone nicht lügt, könnte ich in einer Stunde da sein."

„Wir sind bis 23 Uhr da", meinte die Stimme mit einem deutlichen Lächeln in der Stimme.

Er hatte weniger als eine Dreiviertelstunde gebraucht und der Eroski-Supermarkt an der gegenüberliegenden Ecke war gerade dabei zu schließen. Nun saß er im dritten Stock auf einem schmalen Balkon direkt hinter dem Eingangsgebäude und blickte zugleich in Richtung Promenade und Meer und auf eine kleine Fußgängerzone unter sich. Ein hässlicher Betonlampenmast beleuchtete vorne auf der anderen Straßenseite mit seinen Strahlern fast gänzlich den sichtbaren Ausschnitt. Alles unter Kontrolle. Beruhigt nippte er an seinem Glas.

Er schaute auf und blickte in die durch das künstliche Licht besonders rot funkelnde Flüssigkeit. Blutrot, wie er sofort dachte und das Bild vom *Prato della Valle* in Padua im Kopf hatte. Von Anfang an war das Projekt dort zum Scheitern verurteilt. Aber alle beteiligten Firmen erhofften sich einen Millionendeal. Mit dem Rückzug Kortes platzte er von einer Sekunde auf die andere.

Und seine Provisionen und vorgestreckten Gelder waren weg. Alles, was folgte, war der dumme Versuch, so viel wie möglich zu retten. Allerdings war nicht nur er auf diese Idee gekommen. Schon Stunden später waren ihm Zacarias und Gibellato dazwischengekommen. Und nur Tage später war der *Prato della Valle* mit Leichen gefüllt. Nicht nur im Auftrag von Zacarias und Gibellato, sondern vor allem von deren ehemaligen Geschäftspartnern. Am Tag darauf erfuhr er vom Tod der beiden Chefs der Bauunternehmen. Und was noch viel schlimmer war, vom Selbstmord Tizianas.

Wenigstens dafür sollten Korte und seine Leute büßen. Sie waren immerhin die Auslöser für das Desaster. Doch ohne sein Zutun waren sie ihm schon wieder zuvorgekommen. An Korte konnte er sich weder rächen, noch, was das Geld betraf, schadlos halten. Es musste ein neuer Plan her, doch er war zu müde geworden und an Zacarias hatte er sich nicht nur erst heute Mittag schon die Zähne ausgebissen. Der war in Padua schon glitschig wie ein Fisch. Und Erna stand nicht nur zur Deckung hinter ihm. In einem Zug leerte er sein Glas und schenkte es sich nochmals voll. Vielleicht sollte er doch, wie bei großen Projekten üblich, auch dort ein wenig aufräumen. Zu verlieren hatte er nichts mehr. Wäre er einmal in dieser Villa drin, müsste einiges zu holen sein.

Zoppelli lachte auf. Vom Betonmischer zum Tresorknacker. Was für eine Karriere! Wieder ein großer Schluck aus dem Glas, das er dann vor sich abstellte, um sich mit seinem Handy im WLAN-Netz des Hotels anzumelden. Unter Umständen gab es ein paar Neuigkeiten, die ihm weiterhelfen würden. Schon prangte ihm die morgige Headline der *Ultima Hora* entgegen: *Tod im Es Baluard. Deutscher Hotelier und Bauunternehmer tot aufgefunden. Was geschieht mit seinen Millionen?*

Nicht wirklich neu, aber für ihn ein Zeichen, dass sie nach dem Gleichen suchten wie er: dem Geld. Nur aus anderen Gründen. Er scrollte weiter und sah in diesem Artikel die Aufnahme von Kortes Haus. Das Anwesen in der Nähe von Inca. Ein anderer Ausschnitt als den, den er kannte. Er zoomte ihn größer. Danke, dachte er und: Entweder eine Falle oder eine Lösung.

„Du kommst spät", meinte Erna etwas lallend. In ihrem Ton eher Enttäuschung als ein Vorwurf. Sie stellte das halb leere Glas Wein auf den Tisch und zog sich in einem Schwung das übergroße T-Shirt über den Kopf, das, wie sich nun herausstellte, das einzige Kleidungsstück an ihrem Körper war. Zacarias rechte Hand schnellte vor und fuhr wenig zärtlich über ihre Brüste.

„Hab' noch jemanden getroffen. War vielleicht nicht ganz unwichtig. Und wenn du es genau wissen willst, hast du wahrscheinlich sogar noch am meisten davon", war seine Antwort mit einem überheblichen Grinsen, das genauso gefühllos war wie seine Handbewegung. Mit der nächsten schob er eine Hand zwischen ihre Schenkel und stieß hart mit seinen Fingern in sie hinein. Sofort schreckte sie zurück und schrie:

„Hör auf, du Depp. Du tust mir weh! Bist du jetzt übergeschnappt?"

„Stell dich nicht so an!", entgegnete er unwirsch und laut. Es klang wie ein harscher Befehl. Dann machte er zwei Schritte auf sie zu und drängte sie an die Wand. Packte ihre Handgelenke und riss sie hoch. Knallte sie gegen die Wand über ihrem Kopf. Erna versuchte ihn zu treten, aber er wich aus, bevor er seinen Körper auf ihren presste und sie dadurch wehrlos machte.

„Was hast du in Padua für Spielchen gespielt? Und versuch erst gar nicht irgendwas abzustreiten!"

„Spinnst du jetzt?", spuckte sie ihn fast an und versuchte wieder ein Knie hochzuziehen: „Oder war der andere der Spinner? Und hat 'n Scheiß erzählt?"

„Diesen Spinner kennst du schon seit Jahren. Und mit dem du in Padua ..."

„Was ist denn in dich gefahren?", unterbrach sie ihn, nun ängstlich aufgeregt. „Komm, hör auf! Lass es uns hier machen. Jetzt sofort. Ich mag es, wenn du so aggressiv bist. Das weißt du doch."

Vielleicht war er wegen ihrer plötzlich schnurrenden Antwort zu überrascht, vielleicht bekam er auch nur ein schlechtes Gewissen, auf jeden Fall war sein Griff lockerer geworden und sie wand sich aus seinen Händen und versuchte sofort schnell und zügig seine Hose zu öffnen, was er trotz seiner Laune zuließ. Keine Sekunde später spürte sie ihn schon hart werden. Sie ließ ihre Stimme, die nur Obszönes plapperte, nun wie ein kleines Mädchen klingen, während sie ihm die Hose auf die Knie herunterschob.

Was sie damals in diesem Fotostudio erlebt hatte, war schlimmer gewesen. Sie hatte es Zacarias nie besonders genau erzählt. Was hatte er auch damit zu tun? Er war für andere Dinge zuständig. Dass Korte dauernd irgendwelche Andeutungen machte, reichte. Jedenfalls hatte der Typ sie damals ohne Vorwarnung geschlagen, nein, sogar geprügelt. Ihr ein Bein gestellt, als sie wegrennen wollte und sie dadurch auf den Boden werfen können. Ihr dabei in den Ausschnitt des Kleides fassend, riss er ihr den Stoff vom Leib. Erst als er sich über sie beugte und seine Hose öffnen wollte, schaffte sie es, ihm geistesgegenwärtig mit ihren High Heels ins Gesicht zu treten und ihn damit für wichtige Sekunden auf Abstand zu halten. So flüchtete sie stolpernd und schreiend in einen der Nebenräume des Studios und schloss sich dort ein. Vor der Tür der tobende Vollidiot. Sekunden später stellte sie fest, dass sie in einer Falle saß. Kein Fenster, keine zweite Tür, keine Luke, nichts, was sie hätte davonkommen lassen können.

Hektisch und voller Furcht suchte sie in den Kisten und Regalen des Raums nach Sachen, dazu geeignet, sich verteidigen zu können. Denn in seiner Raserei würde er die Tür viel zu schnell öffnen können und sie so lange jagen, bis er sein Ziel erreicht hätte, das sie sich jetzt lieber nicht vorstellen wollte. Zwei, drei lange Minuten später hielt sie in einer Hand eine schwere Kette und in der anderen ein Kamerastativ wie einen Baseballschläger und stand schlagbereit hinter der Tür.

Der Polizist später sah sie lange an, musterte sie zwar, aber ohne aufdringlich zu sein, und glaubte ihr. Zumal der Typ, inzwischen verpflastert, die ganze Zeit den Fehler machte, sich ständig in Widersprüche zu verwickeln. Der Kollege führte ihn raus und der Polizist, der wohl dessen Chef war, sah sie nun doch genauer an. Außer dem Slip und einer Decke, die in der Ecke des Studios herumlag, und die wie ein Schutzschild über ihrer Schulter lag, hatte sie nichts an. Deshalb war mehr zu sehen, als vielleicht notwendig war.

„Ist alles so weit in Ordnung mit Ihnen? Haben Sie jemanden, zu dem Sie hingehen können und der sich um Sie kümmert? Morgen früh möchte ich Sie gerne noch mal sprechen!"

Er gab ihr seine Karte und ließ sie endlich in die Garderobe. Warum nicht vorher?, fragte sie sich und zog sich an. Das Kleid war zerrissen und daher untauglich. Mit einer Jacke und der Decke versuchte sie zu kaschieren, was zu kaschieren war.

Draußen unterhielt sich der Polizist mit einem dicklichen Mann, dessen riesiger Mercedes leise schnorchelnd am Bordstein stand. Es war klar, dass sie sich über sie unterhalten hatten. Ihre Blicke, die Erna in Stereo von oben bis unten scannten, bewiesen es.

„Soll ich Sie nach Hause fahren oder zu einer Freundin?", fragte der Mercedes-Fahrer und stellte sich vor.

„Korte, man nennt mich auch König Wurst", lachte er sie schallend an und öffnete schon die Tür des Wagens. Der war zu dick, um gefährlich zu sein. So wurde es nicht ihre Wohnung oder die einer Freundin, sondern seine. Einerseits, weil ihr in diesem Moment niemand eingefallen war, zu dem sie hätte gehen können, und andererseits sie auch nicht allein sein wollte. Dämlich stellte er sich dann auch nicht an. Und einen Würstchenbudenbesitzer konnte man ja vielleicht einmal brauchen – beziehungsweise sein Geld. So wurden einige Jahre daraus, bevor die anderen Männer kamen.

Wochen danach erfuhr sie von einer Freundin, dass diese Monate vorher nach einem ohnehin seltsamen Fotoshooting weniger Glück hatte und mitten im Studio von dem Fotografen vergewaltigt wurde. Fast zwei Stunden hatte sie den Albtraum erlebt, der Erna am Ende erspart geblieben war. Eine solche Aussage fehlte scheinbar, denn erst jetzt wurde dem geilen Kerl, trotz seiner widersprüchlichen Aussagen, endlich der Prozess gemacht. Und Korte bastelte gegenüber den Freunden und Bekannten seine heroische Story. Alles in allem kein Vergleich zu dem, was Zacarias ihr – wenn überhaupt – vielleicht angetan hätte. Wie brutal er sein konnte, hatte er seinerzeit in Padua bewiesen.

Längst hatte sie sich auch schon über seinen Schoß gebeugt und ihm einen 1A-Blow-Job besorgt, als sie neugierig und so beiläufig wie möglich wissen wollte, mit wem er sich denn nun getroffen hatte, dass er sich so bescheuert benahm und solche Aussagen mit nach Hause brachte. Natürlich hatte sie längst einen Verdacht, aber in diesem Moment war es sicher besser, etwas eifersüchtig zu wirken und es ihm deshalb zu besorgen.

Jedenfalls musste er nicht wissen, dass sie selbst erst eine Viertelstunde vor ihm in Kortes Haus zurückgekehrt war. Und nur weil sie ihn dort nirgendwo angetroffen hatte, wusste sie eigentlich gleich Bescheid und verpackte sich so schnell und so verführerisch wie möglich. Mit seiner miesen Laune hatte sie allerdings nicht gerechnet.

## 31. August, 21 Uhr 15

Alle standen sie um Alfonso herum. Die Probe hatten sie abgebrochen. Sein Part war zu wichtig, als dass sie ohne ihn hätten weitermachen können. Auch störten die ganzen Blaulichter und die Neugierigen, die sich auch in der Straße vor der Bühne tummelten. Auf dem Platz vor dem Eingang des *Es Baluard* war zudem ein Aufgebot an Uniformen, als drehte es sich um einen Staatsstreich. Mittendrin also Alfonso, Enrico und Hermen und seine Freunde des Flamenco-Vereins.

Sanchez Olivero kam zum wiederholten Mal auf ihn zu, deutete mit einem Finger auf ihn, als hätte er eine Pistole gezückt, und meinte:

„Tut mir leid. Aber wir müssen Sie nachher leider noch mitnehmen. Auch wenn Sie nicht allzu viel gesehen haben, versuchen wir ein Gesicht daraus zu machen."

„Aber ..." Alfonso deutete auf seine Freunde und der Inspector schaute sie an.

„Vielleicht reicht es Ihnen, wenn er in etwas mehr als einer Stunde wieder hier ist? Ich lasse ihn auch hierherfahren. Damit es schnell geht."

Kaum ausgesprochen wusste er, dass er sie damit hinhielt, und ließ sie stehen. Wieder nahm er sein Handy, um Inés zu erreichen, doch bei ihr zu Hause nahm niemand ab und das schon seit über einer halben Stunde. Sonst war ihre Mutter allgegenwärtig, aber wenn man mal was Wichtiges hatte, hielt auch sie sich zurück.

Er versuchte es nochmals auf ihrem Handy, obwohl er das schon seit dem Nachmittag mehrfach erfolglos

163

probiert hatte. Natürlich auch jetzt. Nach dem dritten Tuten kam der Anrufbeantworter, den er schon weiß Gott wie oft voll gesprochen hatte. Sein Handy versank von einem Fluch begleitet in seiner Hosentasche.

„Sie", er hatte sich wieder den drei Männern zugewandt, „können sich also an vielleicht fünf oder sechs Männer und zwei Frauen erinnern. Nämlich den Mann, der neben ihm gesessen hatte, das Liebespärchen auf der Dachterrasse, die blonde Frau auf dem Weg ins Foyer und die im Kiosk. Wir werden nicht umhinkommen Personenbeschreibungen über diese zu erstellen. Ich bitte Sie also, sich so viele Erinnerungen wie möglich ins Gedächtnis zu rufen, die mit diesen Personen in Verbindung stehen."

In genau diesem Moment ertönte ein Signal aus seiner Hosentasche. Er fummelte sein altes Nokia hervor und nahm ab. Die Leitung war jedoch tot. Erstaunt sah er auf das Display. Statt eines verpassten Anrufs zeigte *Telegram* eine eingegangene Nachricht an. Ach ja, so was gab es ja auch noch, dachte er. Sanchez Olivero verzog das Gesicht. Diesen modernen Kram hatte er einfach nicht auf der Rechnung, auch wenn Diego scheinbar nichts anderes kannte als die sogenannten Social Media. Den Protest der drei Männer missachtend drehte er sich um und drückte auf das Symbol. Inés. *¿Qué pasa? Was ist los?*, las er. *Wir haben eine Leiche,* schrieb er zurück. Es dauerte eine Weile, dann kam *Ohne mich!* zurück. Sein Trumpf war der Name der Leiche: *Korte,* war alles, was er schreiben musste. Keine zehn Sekunden später kam ihre Antwort: *¡Carajo! Verdammte Scheiße.* Er schrieb kurz die wichtigsten Infos: Ort, die Meinung von Muntaner, dem Arzt, und die Anzahl der möglichen Zeugen, dann steckte er das Handy wieder weg.

„Also kommen Sie bitte mit. Wir machen schnell, dann können Sie Ihre Termine noch wahrnehmen."

„Muss das sein?" Der alte Alfonso verhielt sich plötzlich wie ein kleines unwilliges Kind, hüpfte und schlug mit seinen Fäusten auf die Schenkel.

„Wir müssen wissen, mit wem wir es zu tun haben."

„Ich hab' ihn doch nur von hinten gesehen."

„Trotzdem, wie sah er aus?"

„Groß, schlank, dunkel gekleidet, hatte einen Wuschelkopf, würde ich sagen. Sonst weiß ich wirklich nichts."

„Ja, Locken, relativ dunkel", ergänzte Hermen, „und teure Schuhe. Ich sah ihn nur von hinten. Aber die fielen mir auf, als er rausging. Waren aus ganz feinem Leder."

„Wann?", wollte Sanchez Olivero wissen.

„Ganz kurz vor zwanzig Uhr. Wie die anderen auch. Der da war der Letzte, der noch da war. Vorher waren alle gegangen. In der Garderobe hing ja auch nur noch seine Jacke. Und dann macht der solche Sachen. *Completamente estúpido.*"

Jetzt nickte auch Enrico.

„Die waren wirklich alle kurz vor acht draußen. Ich hab' immer hochgeguckt, weil ich schon das Kleingeld gezählt habe. Dauert immer am längsten. Einer wollte noch rein. Aber der ist wieder gegangen."

Nun drängte sich eine Frau durch den Pulk der Männer. Streng gekleidet, Augenbrauen wie eine Sichel und ihre schmalen Lippen zusammengepresst. Sichtlich aufgebracht ging sie auf Sanchez Olivero zu. Er kannte sie nicht und reagierte ebenso gereizt:

„Sie wünschen?"

„Falls Sie der Chef sein sollten", abfällig musterte sie ihn von oben bis unten, „Aufklärung. Zufälligerweise leite ich das Museum. Und man hat mich nicht verständigt. – Ist das üblich?"

Nun war der Inspector doch nervös und schaute sich um. Doch die Kollegen waren zu weit entfernt. Diesen Fauxpas hatte er alleine zu beseitigen. Seufzend strich er sich über den Kopf und schilderte in kurzen Worten das Wichtigste.

„Mehr kann ich Ihnen leider nicht sagen. Ich denke, wir kommen nicht umhin, Ihre drei Mitarbeiter für das Anfertigen eines möglichen Täterbildes mitzunehmen. Vielleicht identifizieren sie ihn auch mit einem Foto aus unserer Datenbank."

Mit unverändert ernstem Blick hatte sie seiner Darstellung zugehört. Nun schaute sie mit flackernden Augen zur Seite, als böte sich von dort eine tröstende Lösung an.

„Ein Mord. – Schrecklich. – Das hat es hier noch nie gegeben. Wird das in den Medien auftauchen?"

Plötzlich war ihr Blick weich geworden und Sanchez Olivero glaubte Tränen zu erkennen.

„Es wird sicher nicht zu vermeiden sein. Ich weiß, Sie denken an die Reputation des Hauses. Ein Markenzeichen der Kunst. Wir versuchen für Ruhe zu sorgen."

Sie nickte dankbar und meinte:

„Vielleicht könnten Sie die Bilder auch hier anfertigen lassen. Das bereitet weniger Trubel."


## 31. August, 21 Uhr 50

Genüsslich zog er an seiner Zigarette und beobachtete von einer Bank auf der *Plaça de la Porta de Santa Catalina* gegenüber dem Eingang des *Es Baluard* sitzend aus der Dunkelheit der Nacht heraus und gut verdeckt von dem Brunnen und den Bäumen das geschäftige Durcheinander der Uniformierten. Er hätte sich längst neugierig dazustellen können. Ein Verdacht wäre sicher nicht aufgekommen. Man hätte ihn höchstens weggeschickt. *Was geht Sie das hier an? Machen Sie, dass Sie weiterkommen, und halten Sie nicht den Betrieb auf!*

Drüben in einer der großen Abfalltonnen abseits der Straßenlaternen lag in einer Plastiktüte irgendwo zwischen dem anderen Müll seine Perücke. Was für ein genial einfacher Trick, sich unkenntlich zu machen. Sogar Korte erkannte ihn nicht sofort, kapierte aber, dass es nicht schlecht war, wenn sie so keiner erkennen würde. Die Gerüchteküche auf Mallorca war tatsächlich manchmal schneller heiß gelaufen, als einem lieb sein konnte. *Unsere nachmittäglichen Gespräche haben sich nämlich herumgesprochen,* hatte er einfach gegenüber Korte behauptet und fast Schwierigkeiten gehabt, seine Verblüffung zu verbergen, als dieser meinte:

„Woher wissen Sie das denn schon wieder? Wer hat gequasselt?"

Der Rest des Gespräches war weniger erbaulich für den ehemaligen Würstchenbudenbesitzer gewesen, der hatte keine Ahnung, was man alles über ihn und seine Projekte herausgefunden hatte. Nachdem er Korte auch noch mit den ganzen unerledigten und vor allem unbezahlten Dingen konfrontierte, war Korte zunächst erstaunt, dann erbost und am Ende stocksauer. Denn nebenbei erfuhr er alles, was Erna betraf und für wen sie sich – interessierte. Von alldem wusste Korte wohl nichts.

„Wissen Sie", wendete er sich mit schneidendem Ton an Korte, „mich können Sie nicht einfach aus dem Projekt drängen. Ich habe mehr als nur meinen Ruf zu verlieren, wenn ich mal von dem ganzen Geld absehe, das ich nicht erhalten werde – oder glauben Sie, andere machen unter den Voraussetzungen weiter?"

„Das ist mir doch scheißegal, was die anderen machen oder nicht. Es ist mein Geld, mein Eigentum, mein Leben."

„Geld? Wenn Sie Ihre Schulden bezahlt haben, können Sie noch mal nachrechnen, was oder ob Sie noch Geld haben."

„Sie haben Aufträge erhalten. Durchgeführt sind diese noch nicht. Was wollen Sie also? Die paar Reisen und Werbevideos zahle ich Ihnen bar. Geben Sie mir die Belege und Schluss ist."

„Die Belege", sein Gesprächspartner neben ihm sprach die beiden Worte langsam aus, „meinen Sie auch die für Padua? Für die Besetzung in der VIP-Lounge? Oder die für Ihre Party in Köln und die Reisen, die ich unternehmen musste? Oder die …"

„Regen Sie mich nicht auf, Bauaufträge sind ein Risikogeschäft. Sie sind zwar nicht aus der Branche, sollten das aber wissen. Sie haben ja keine Bruchbuden. Bei uns spricht man von Gewährleistungen, wenn bestimmte Dinge nicht so erfüllt wurden, wie sie ausgemacht waren. Und ich habe jetzt nicht die Zeit, all diese aufzuzählen. Sie sind auf jeden Fall – quasi in persona – eines dieser nicht erfüllten und ausgemachten Dinge."

„Schon mal was von Abschlagszahlungen gehört?"

„So ein Blödsinn. Ich bedaure, diesem Treffen zugestimmt zu haben. – Ich gehe jetzt, ihr alle quatscht seit Tagen den größten Blödsinn an mich ran. Ich habe vollkommen richtig entschieden. – Es ist mein Geld, mein Eigentum, mein Leben."

Korte hatte auch den Rest nicht kapiert. Er hatte ihn noch nie kapiert. Auch nicht, dass er dringend den USB-Stick mit den Videos zurückhaben musste. Wenn der in deren Hände dort drüben fallen würde, wären noch mehr geliefert und nicht irgendwelche nackte Mädchen gerettet. Was blieb ihm also anderes übrig. Den Rest würde er mit den anderen ausmachen. Je dünner die Personalliste würde, umso einfacher käme er zum Ziel.

Gerade als er aufstehen wollte, kam ein Polizist auf ihn zu und hob die Hand, als kenne man sich schon seit Jahren.

„Entschuldigen Sie", rief er bereits aus zehn Meter Abstand, „ich habe nur eine Frage, vielleicht zwei. Seit wann sitzen Sie hier schon?"

„Kurz bevor Sie hier eingetroffen sind. Ich gebe zu, ich bin geblieben, weil ich neugierig war, nachdem ich das ganze Blaulicht hier sah. Wusste jetzt aber nicht, dass ich hier im Weg rumsitze, ich dachte ..."
Er versuchte möglichst verdattert auszusehen.

„Nein, nein", entgegnete der Polizist, als er ihm gegenüberstand, „im Gegenteil, vielleicht haben Sie jemanden herausrennen sehen oder eine Person, die sich anders verhalten hat, als man es von einem Museumsbesucher erwarten würde."

„Ehrlich gesagt, nein. Nur zwei Jungs, vielleicht acht, neun Jahre alt, kamen schneller als die Erwachsenen herausgerannt. Die andern kamen alle einzeln. Höchstens 'ne Handvoll. Drei, vier Männer und zwei Frauen."

„Können Sie die näher beschreiben?", wollte der Polizist wissen.

„Tut mir leid, bei den Lichtverhältnissen sind alle Katzen eher grau. Auch weil die nichts Besonderes anhatten. Die Frauen waren sicher jünger als ich, eine war recht hübsch, blond, glaub ich, sind aber beide gleich in die Straße da drüben abgebogen."
Der Polizist drehte sich um und zeigte in die genannte Richtung.

„In die *Pólvora?*"

„Wenn die so heißt!?"

„Zusammen?"

„Nein. Ein, zwei Minuten waren sicher dazwischen." Dann meinte er noch „Das waren jetzt aber schon mehr als zwei Fragen", und lachte so ungekünstelt wie möglich auf. Auch der Polizist lächelte.

„Kurz nach acht also?"

„Würde ich sagen."

Wieder drehte sich der Polizist um, rieb sich mit der linken Hand mehrmals über sein Kinn und schien abzuschätzen, ob sich wohl eine Verfolgung jetzt noch lohnen würde. Dann sah er auf seine Uhr, schüttelte den Kopf und tippte mit einem Finger an seine Stirn. Wohl zum Abschied, denn er war schon ein paar Schritte weggegangen.

„Was ist eigentlich passiert? Wenn ich fragen darf? Sind ja wohl alle da, die Dienst haben, oder?"

„Ein Mann ... kann auch sein ...", der Uniformierte blieb stehen und druckste herum, „... Herzinfarkt oder so, aber ... ist immerhin öffentlicher Raum. Da müssen wir an alles denken. Ich danke Ihnen. Einen schönen Abend noch!"

Ein Lächeln, ein Nicken und eine leicht erhobene Hand zum Abschied, dann war der Polizist schon wieder weg.

Er grinste ihm hinterher, griff in seine Jackentasche und holte einen kleinen USB-Stick heraus. Ein paar Mal drehte er ihn mit seinen Fingern um, bevor er seine Faust darum ballte. In einen Computer geschoben, sollte sich herausstellen, ob Korte genau diesen tatsächlich die ganze Zeit in seiner Hosentasche transportiert hatte. In ein paar Minuten sollte er es wissen.

## 31. August, 22 Uhr 00

Sanchez Olivero beugte sich zusammen mit Muntaner, dem Arzt, und Ricardo zum wiederholten Mal über den toten Korte, dessen Jacke und Hemd sie umständlich ausgezogen hatten, damit sie seinen Bauch freilegen konnten.

„Keine Zweifel?", fragte der Inspector.

Die beiden anderen schüttelten den Kopf.

„Keine Zweifel." Nun auch noch in Stereo. Dann ergänzte Ricardo:

„Es gibt keine Verkrampfungen. Ein Infarkt hätte ihn wahrscheinlich sofort von der Bank geschmissen. Der kann zwar auch stumm, also ohne Vorwarnung, erfolgen, aber den Körper durchzuckt es für gewöhnlich in diesem Moment. Eigentlich nichts, um dann sitzen bleiben zu können ..."

„... du kannst einen Infarkt nicht einfach provozieren", kommentierte Inés' Stimme plötzlich aus dem Nichts gekommen von oben, „dazu müsstest du einiges über den Gesundheitszustand des Menschen wissen, um überhaupt eine kleine Chance zu haben. Und dann würde es immer noch nicht klappen."

Sanchez Olivero schaute überrascht und verwundert nach oben und versuchte zu lächeln.

„Woher kommst du denn?", fragte er und hoffte, dass es lieb genug klang.

„Spielt keine Rolle", erwiderte sie kühl, „du hast *Korte* geschrieben und nun bin ich hier. Wisst ihr schon was?"

„Nur das, was du gerade gesagt hast", gab Miguel zurück und zuckte mit den Schultern, „kein Herzinfarkt."

Ines bückte sich. An den Händen Gummihandschuhe. Dann zupfte sie an Kortes Kleidung herum.

171

„Also ein Gift oder so etwas Ähnliches." Sie beugte sich weiter vor, während sie wie aus einem Lehrbuch erklärte: „Man mordet nicht mit Infarkten. Wie gesagt, den kann man nicht planen. Und schaut mal! Hier sieht man sogar vielleicht den Einstich im Stoff. Die Fäden sind etwas aufgerissen. Sieht man natürlich auch nur, weil man nach einem Einstich sucht."

Die Männer schauten sich düpiert an.

„Sie hat recht", intonierten die beiden Ärzte wieder zusammen und Ricardo zeigte auf eine Stelle an der rechten Seite Kortes: „Könnte ein Einstich sein."

„Klingt abenteuerlich!", protestierte Sanchez Olivero: „Mord mit Spritze. Findet ihr nicht auch? Was soll das für einen Sinn machen? Wenn das stimmt, was der Museumswärter gesagt hat, saßen die beiden fast eine Stunde nebeneinander. Wenn ich jemanden umbringen will, mache ich das gleich oder nie. Schon gar nicht mit einer Spritze. – So ein Blödsinn!"

Inés kniff die Augen zusammen und sah ihn giftig an. *So ein Blödsinn.* Miguel, du bist ein Idiot! *Das* reichte.

„Ich würde ihn fragen, worüber sie sich unterhalten haben", erwiderte Ricardo von unten, zeigte auf Korte und drehte ihn auf die Seite, „vielleicht brauchte sein Mörder erst noch eine Antwort. Einen Code oder eine Stelle, wo etwas versteckt worden ist."

Miguel sah Inés aus dem Augenwinkel an und wusste sofort, dass er gerade im Begriff war, seine Chancen bei ihr gänzlich zu verspielen. Er musste sich etwas einfallen lassen, gleichzeitig fühlte er sich jetzt auch noch von Ricardo auf den Arm genommen, musste aber zugeben, dass seine Idee unter Umständen gar nicht so falsch war. Deshalb meinte er:

„Okay. Wenn es sich um den Code eines Tresors handelt oder ein ähnliches Geheimnis, könnte das tatsächlich sein. Dennoch, mit einer Spritze?"

Ricardo wackelte mit dem Kopf. Er hatte schon nicht mehr zugehört, sondern betrachtete konzentriert den kleinen blauen Fleck, der eher seine Aufmerksamkeit gefordert hatte. Der konnte alles bedeuten. Aber war das in der Mitte nicht tatsächlich so was wie ein Einstich? Er deutete darauf und sah den anderen Arzt an.

„Ist Ihre Praxis in der Nähe, Señor Muntaner?"
Der nickte und betrachtete auch das Blutgerinnsel.

„In der *Carrer de Sant Llorenç.*"

„Dann würde ich mir das gerne bei Ihnen näher anschauen. Einverstanden? In Ihre Praxis kommen wir schneller."

„Ich habe auch ein kleines Labor für Blutwerte, vielleicht hilft das?!"

„Ich denke ja. Sollte es ein Gift sein, vielleicht. Manche sind schon nach kurzer Zeit nicht mehr nachweisbar. Aber wenn wir den Stich – falls es sich als solcher herausstellen sollte – untersuchen können, dann wissen wir unter Umständen auch schon mehr. – Kommt ihr mit? Ihr wollt ja sicher wissen, woran ihr seid!?"

## 31. August, 22 Uhr 25

Es war mit einigen Schwierigkeiten verbunden, den toten, vor allem schweren Korte in die Praxis von Doctor Muntaner zu verfrachten. Ein Krankenwagen stand nicht zur Verfügung. Doch wollte Ricardo so schnell wie möglich die kleine Wunde untersucht haben. Also nahmen sie seinen Kombi. Nun lag der fette, nun auch etwas schwabbelige Körper auf einer dafür viel zu schmalen Untersuchungsliege und Miguel sah sich das Gebirge aus Fleisch mit hochgezogenen Brauen an.

„Da muss man aber unbändigen Hunger haben, um so auszusehen, oder?"

173

„Kann auch eine Krankheit sein", bekam er zur Antwort und Ricardo beugte sich über die freigelegte Stelle an der Seite. Wie ein Detektiv aus alten Romanen fahndete er mit einer Lupe auf der Haut herum und hatte Minuten vorher, dicht an der vermutlichen Einstichstelle Proben entnommen und Muntaner für Untersuchungen übergeben. Der war im Nebenraum, in seinem sogenannten Labor, das keines war, aber in dem er alles in Ruhe bewerkstelligen konnte. Währenddessen interviewte Inés in einem Büro des Museums, bis zum Eintreffen Pacos, der die Zeichnungen anfertigen sollte, die drei Männer. Die waren natürlich sauer, nicht nach Hause zu können. Der Mann war tot, was konnten sie zur Aufklärung noch beitragen, außer alles zig Mal zu wiederholen. Ivan und Andreu fahndeten derweil mit ein paar Leuten von der Spurensicherung in dem riesigen Raum des Aljubs nach irgendwelchen brauchbaren Überbleibseln.

„Selbst bei so einem trockenen Sommerwetter gibt's zum Beispiel Schuhabdrücke. Vielleicht auch ein paar Haare. Gib ihnen eine Stunde Zeit und sie haben ganze Schachteln voll", hatte Ricardo doziert und Sanchez Olivero konnte nur mit den Schultern zucken. Von solchen Dingen hatte er schlichtweg keine Ahnung. Er brauchte nur die daraus entstehenden Anhaltspunkte. Dass das dauern konnte, wusste er nur zu gut. Nur die im Fernsehen waren schneller.

„Und was ist das dann für ein Stich?", wollte er wissen, nur damit nicht die ganze Zeit geschwiegen wurde. „Könnte doch auch von einer Stricknadel oder Ähnlichem sein, oder?"

Ricardo rollte mit den Augen und forschte weiter auf Kortes dickem Bauch herum. Der sah in Miguels Augen wie ein normaler Fettwanst aus. Bis auf diese eine Stelle kratzerlos.

„Eigentlich Unsinn, herausfinden zu wollen, ob es ein Gift war. Einen Hinweis darauf, wer von den möglichen Kandidaten es getan hat, wird's nicht sein. Oder ist von denen einer Arzt oder Sanitäter?", stellte er jetzt auch noch frustriert fest. Inés' Laune war einfach zu mies an diesem Abend gewesen. Und er hatte keine Ahnung, welche Rolle er noch bei ihr spielte.

„Ich dachte, du bist Inspector?"

„Schon. Ich meine ja nur."

„Stress?"

„Wie kommst du denn jetzt darauf?"

„Die Gerüchteküche ist in ganz Palma lauter am Dampfen, als du denkst."

„Also gut, eine Nadel?", lenkte Sanchez Olivero ab. Er hatte keine Lust, mit dem größten Analysten der Gegenwart über seine Gefühlswelt zu reden. Ihm reichte es schon, dass ihr Chef, Pelleter, zum Berater für eine noch nicht einmal in Kraft getretene Ehe geworden war.

„Was sonst? Für einen Nagel oder dergleichen – falls du das tatsächlich meinst – ist das da definitiv zu klein."

„Und seine Frau hat sich immer noch nicht gemeldet?", fragte er in die Runde.

Allgemeines Kopfschütteln.

„Sagt den Kollegen in Inca Bescheid. Die sollen sich auf den Weg machen und es bei ihr zu Hause versuchen. Sie weiß vielleicht noch nichts."

Andreu und Ivan sahen ihn komisch an, als hätte er ihnen einen neuen dämlichen Auftrag gegeben. Ivan dachte vor allem an ältere Zeiten, bevor er sagte:

„Vielleicht haben wir das schon vor zwei Stunden erledigt. Du solltest wirklich ab und zu in deine Unterlagen schauen. Wir können auch nichts dafür. Ich meine, den Stress mit Inés."

175

# 1. September, 2 Uhr 15

Die Nacht wurde lang. Die Spurensicherung fand nur wenig. Die beiden Ärzte kamen nicht so voran, wie gedacht. Die Polizisten, Kollegen und drei Männer waren genervt und müde. Langsam stellte sich heraus, ein solcher Ort bot wenig Möglichkeiten, eine eindeutige Sachlage zu erhalten. Wer auch immer das Treffen und den Mord geplant hatte, wusste, welche Vorteile ein so stark frequentierter Ort besaß. Die Aussagen der drei einzigen Zeugen waren in diesem Fall auch nicht besonders hilfreich. Konnten es bei näherer Betrachtung auch gar nicht sein. Ihnen daraus einen Vorwurf zu machen, nicht genug aufgepasst zu haben, wäre Blödsinn gewesen. Die durchweg viel zu großen Exponate waren erstens für einen unerkannten Diebstahl nicht geeignet und zweitens wenig anfällig für irgendeinen Anschlag. Die Kontrollgänge des alten Alfonso waren eher dazu gedacht, Randalierer, Penner und Verschmutzungen zu verhindern.

Um Mitternacht hatte man dann auch die Videosequenzen durchgeschaut, die die installierten Kameras aufgezeichnet hatten. Aber wie so häufig wurde bei dem Aufbau neuer Ausstellungen nicht unbedingt darauf geachtet, deren Erfassungswinkel nicht zu verbauen. Im Aljub waren durch die besonders großformatigen Gemälde gleich zwei Überwachungskameras mehr oder weniger zugehängt und die anderen hatten die beiden Männer nur von hinten aufgenommen. Die auf die Bilder gerichteten Strahler sorgten darüber hinaus zwar für gut ausgeleuchtete Gemälde, aber schlecht zu erkennende Gesichter.

Die Kameras im Foyer waren in einem solchen Fall auch wenig geeignet, einen Mord aufzuklären. Gleichwohl zeichneten sie das Kommen und Gehen auf, aber in den zwei Stunden vor dem Mord lediglich einzelne Personen. Sie erkannten Korte, aber er war ohne Begleitung. Insgesamt betraten über zwanzig Leute den Eingangsbereich. Manche gingen in den Kiosk. Ein, zwei Leute zur Garderobe, die leider schlecht einsehbar war, da die ohnehin nicht alle brennenden Lampen für ein schummriges Licht sorgten. Aber keiner von den beiden lief plötzlich mit einer anderen Jacke oder einer zweiten aus dem Museum. Korte, Hermen, Enrico und Alfonso waren die einzig bekannten Personen. Zwei von den vier Frauen kannten wiederum die drei. Susana und eine Reinemachefrau. Die angeblich blonde Frau hatte eine riesige Sonnenbrille, ein Kopftuch und einen dünnen Mantel an. Mit jeder Zoomstufe war weniger zu erkennen. Das Foto löste sich in Pixel auf. So auch bei dem ein oder anderen Mann, den die drei meinten erkannt zu haben. Auch sie waren allein dadurch schon verdächtig, den Anschein zu erwecken, den Standort der Kameras zu kennen. Sie hatten sich mit Hüten, Käppis und Sonnenbrillen zu gut getarnt.

„Wir machen Schluss! Nachher, morgen früh oder wie auch immer, gegen halb acht machen wir weiter. Bis höchstens zwei. Dann habt ihr noch etwas vom Wochenende. – Okay?"
Sanchez Olivero gähnte und klatschte in die Hände. Die Proben hatten immer noch keine Ergebnisse gebracht. Immer wieder hatte Ricardo versucht, irgendwas zu erkennen. Doch jedes Mal zuckte er mit den Schultern.

„Ich muss es leider in meinem Labor machen."

„Vielleicht ist er doch Diabetiker?", hatte Andreu noch gemeint.

„Nee, Zuckerwerte sind zwar nix, aber dann müsste ich mehr Einstiche entdecken und Rückstände von Medikamenten. Da ist aber nichts Verdächtiges."

„Ich sag ja: Wir machen Schluss. Das bringt jetzt nämlich rein gar nichts mehr. Auch wenn wir alles noch dreimal umdrehen würden. Wir sind müde und kommen nicht weiter. Lasst uns dann später weitermachen. Ich brauche jetzt wirklich ein paar Stunden Schlaf."

Er schaute Inés an, die vor einer Stunde in Muntaners Praxis eingetroffen war und den Eindruck machte, an dem ganzen Geschehen nicht mehr interessiert zu sein. Vielleicht war sie tatsächlich einfach nur am Ende, überlegte Miguel und wollte sie nicht weiter bedrängen. Nur Andreu, Ivan und Ricardo nickten zustimmend und standen auf. Wie immer in solchen Situationen scannte Ivan Inés ab, weil sie ihre dünne Baumwolljacke ausgezogen hatte und ihr noch dünneres Shirt darunter für seine Vorstellungskräfte wieder völlig ausreichte. Sie nahm auch davon keine Notiz.

„Ich fahr dich nach Hause", meinte Sanchez Olivero.

„Nicht nötig. – Danke", Inés' emotionslose Antwort.

„Ist kein Problem. Busse fahren doch nicht mehr und Taxi ist zu teuer. – Komm, ich will auch nichts ..."

„Ich sagte Nein. – Und ich bin zurzeit auch nicht zu Hause. Ich ..." Sie hatte zu viel verraten und griff zu einer Halblüge: „Ich schlafe übers Wochenende woanders. Da komme ich schon irgendwie hin. Zu Hause wissen alle Bescheid. Ihr seht mich erst am Montagmittag wieder."

Damit hängte sie sich ihre nachgemachte Louis-Vuitton-Tasche über, die so gar nicht zu ihrem Outfit passte, und die sie vor Monaten von einem Straßenhändler gekauft hatte, der zwei Minuten später von einem Polizisten abgeführt wurde, und ging zur Tür. Miguel schaute hinter ihr her, als hätte er gerade die größte und gleichzeitig unmöglichste Neuigkeit des Jahres gehört. Sofort dachte er an einen anderen. Sie musste den nur anrufen, um abgeholt zu werden. Sofort wusste er aber auch, dass genau das der größte Blödsinn war. Dennoch spürte er eine Wut in sich hochkommen, von der er keine Ahnung hatte, woher sie kam und warum sie sich trotzdem in ihm breitmachte. Alles, was er nun gesagt hätte, wäre Gestottere gewesen. Also nahm er die kürzest mögliche Variante:

„Ich fahr dich auch dahin und dann gleich weiter. Ehrlich!"

„Das geht nicht!"

Sanchez Olivero dachte jetzt erst recht an die Variante, die nicht sein konnte, weil sie doch mehr oder weniger den ganzen Tag zusammen waren. Und das seit Monaten. Wann sollte das also passieren? Beziehungsweise, wann wäre es passiert? Trotzdem rutschte ihm die dämlichste aller Fragen dazu heraus:

„Ein anderer?"

„Zugegeben, das wäre die einfachste Lösung."

Er nickte, als hätte sie mit ihrer Antwort doch genau seine eigentlich unmögliche Vermutung bestätigt.

„Dann ist es wenigstens das letzte Mal", meinte er.

„Idiot!", zischte sie.

Wieder nickte er waidwund. Der vor Kurzem noch angedachte Balkon oder die schöne Terrasse am Garten verschwanden mehr und mehr aus seinem Sichtfeld. Den Fernseher der alten Menguez müsste er noch ein paar Jahre ertragen. Wie die Aussicht auf diese Betonruine. Jetzt machte sich auch noch die blöde Kerze wieder in seinem Hirn breit. Ausgerechnet die, die er längst entsorgt hatte. Er würde bei nächster Gelegenheit mal wirklich wieder ein Horoskop lesen müssen.

„Ich will nur meine Ruhe haben. Für ein paar Tage, die jetzt schon so gut wie nichts mehr wert sind. Es wäre sehr nett, wenn wenigstens du es endlich kapieren würdest", platzte sie dazwischen. Er hatte es verstanden und schaute sie trotzdem dümmlich an.

„Wo dann?"

Inés seufzte, wusste sie doch, dass er es früher oder später erfahren würde, und dass sie vor allem ohne seine Hilfe dort nicht ankäme.

„Hostal *Tierramar*. In El Arenal."

„Also gut. Ich fahr dich auch da hin und dann nach Hause. Wie willst du denn sonst hinkommen? Sei doch nicht so bockig!"

Inzwischen waren sie auf die Straße vor Muntaners Praxis getreten und die anderen, die sich dort noch unterhielten und seine letzten Sätze deshalb sicher gehört hatten, drehten sich um und schauten sie grinsend an. Miguel missachtete sie mit rollenden Augen und schob Inés mit einer Hand auf ihrem Rücken kurz vor sich her. Nun nickten sie auch noch, jetzt fehlte nur, dass sie ihm auf die Schulter klopften. Spätestens jetzt wusste er, seine Aktion sah nicht besonders intelligent aus. Auch die war *so ein Blödsinn* von ihm gewesen.

### 1. September, 7 Uhr 55

Andreu, Ricardo und Ivan waren die Ersten an diesem Morgen. Sie hatten wohl schneller in ihre Betten gefunden. Jedenfalls war die Glasscheibe zwischen den Büros bereits mit Fotos, bunten Post-its und anderen kleinen Zetteln und Zeitungsausschnitten vollgeklebt. Links die Fotos derjenigen, die auf irgendeine Weise mit Korte zu tun hatten: Erna, seine Frau, Armando Ruiz Castedo, Adrián Zacarias, Xavier Martínez und Sebastian Breithaupt. Rechts davon zwei weitere, die sie in Unterlagen gefunden hatten. Aber keinen von denen auf der linken

Seite hatten Alfonso, Enrico oder Hermen wiedererkannt. Allerdings waren sich laut Inés' Notizen alle drei gleichermaßen unsicher, was die Frau anging.

„Ohne die Sonnenbrille und das Kopftuch könnte es sein. – Die Haarfarbe stimmt ja. – Ist die groß?"
Sie schauten sich an. Wenn dieser Alfonso die Worte Aufträge, Bauvorhaben und Schulden richtig verstanden hatte, mussten die beiden Personen ja Spanisch gesprochen haben. Hatten das Model und Korte das nötig? Sie sprachen doch sicher Deutsch miteinander? Wen hätten sie also täuschen wollen? Vermutlich konnten sie diese Erna streichen. Sie verzogen das Gesicht und warteten auf den Inspector.

Der war aber erst jetzt, eine halbe Stunde später als sie, eingetroffen. Er kam ohne Gruß herein und sah sie wie von einem anderen Planeten kommend an. Drei Stunden Schlaf waren schlicht und ergreifend nicht genug. Für wichtige Arbeiten einfach zu wenig. Gerade nach einer solchen Nacht. Und als er sich maulfaul an seinen Schreibtisch setzte und auf die Neuigkeiten des Morgens wartete, sahen ihn die gleichen Kollegen wie gestern Abend, beziehungsweise Nacht, zwar auch müde, aber in vielerlei Hinsicht wissend und vielleicht deshalb schon wieder etwas grinsend an.

Bevor sie am frühen Morgen, gegen halb drei, auseinandergegangen waren, hatten sie ja gesehen, wie er und Inés, trotz ihrer Differenzen, zusammen fortfuhren. Er registrierte es, ließ ihnen ihre Fantasie und blickte sie neutral an, was ihm nicht besonders schwerfiel, denn obwohl er und Inés, entgegen ihrem Widerspruch, ein, zwei Stunden vorher, genau *das* getan hatten, war genau *das* irgendwie nicht wie sonst gewesen. Ein *Du bist ein Scheusal* hörte er dieses Mal nicht.

Schon die Fahrt war eher einsilbig. Er wollte auch nicht unbedacht etwas Falsches sagen und sie dadurch provozieren, sondern rief sich stattdessen den Stadt-plan in Erinnerung, den er vorher noch studiert hatte, um das Hostal *Tierramar* überhaupt zu finden. So blieb das Gespräch, wenn überhaupt eines zustande kam, bei Allgemeinplätzen. Und seine Hand, die er sonst ab und zu auf ihren linken Schenkel legte, ließ er lieber am Steuerrad.

„Was glaubst du?", fragte sie plötzlich auf halber Strecke.

„Bezüglich Korte?" Oder meinte sie etwas anderes?

„Über uns haben wir, glaub ich, in den letzten Tagen und Wochen lang genug versucht zu reden. – Jetzt, nachts um halb drei, würde uns das also nicht weiter-bringen."

Miguel seufzte, fühlte sich in allem bestätigt, sah kurz zu ihr hinüber, studierte aber dann die Straßenschilder und meinte:

„Er hat eine alte Rechnung nicht beglichen."

Inés schaute schon wieder aus dem Seitenfenster und nickte lediglich.

„Und du?", fügte er hinzu, auch weil er die wieder drohende Stille vermeiden wollte.

„Könnte sein." Knapp und in diesem Moment ernst gemeint.

Im Parkverbot vor dem Hostal ließ er den Motor laufen und wollte schon ein schönes Wochenende wünschen und nur noch erfahren, was denn diese Tage hier kos-ten. Das hatte er immerhin herausbekommen: Ein Wo-chenende, ohne dass ihre Mutter und die zwei Söhne irgendein dummes Zeug an sie ranquatschen konnten. Und ein Wochenende ohne ihn. Ohne Miguel. Wahr-scheinlich auch die Tage, Wochen und Monate danach ohne ihn.

Sie hatte die Autotür schon halb geöffnet, als sie sich zu ihm umdrehte und Miguels Frage tonlos und reichlich verzögert beantwortete:

„80. – Ohne Frühstück." Und ihn dann plötzlich aufforderte: „Komm mit rauf!"

Der Nachtportier nahm nicht einmal Notiz von ihnen. Warum auch? Schnurstracks war sie Miguel vorausgeeilt und in ihr Zimmer gegangen, knallte ihren Schlüssel auf das schmale Tischchen unter dem Spiegel und schob die beiden einzelnen Betten – *sie hatten nur noch ein Doppelzimmer frei* – zusammen. Wortlos riss sie die blauen Vorhänge zu und die bunte Tagesdecke vom Bett herunter, das am nächsten zum Fenster stand, und hatte sich, kaum, dass sie die Tür dann doch noch abgeschlossen hatte, bis auf die Unterwäsche ausgezogen. Allerdings nur, um in das kleine Bad zu gehen.

Er blieb einige Sekunden nachdenklich stehen. Sah sich in dem Zimmer um – viele Sterne würde das Haus nicht erhalten –, befand aber alles sauber und auch hübsch. Ging dann ans Fenster und schob den Vorhang etwas zur Seite. Draußen war es zu dunkel, als dass er besonders viel hätte gut erkennen können. Die Gitter des Ladens auf der anderen Seite waren natürlich runtergelassen. Ein paar Spätheimkehrer liefen gerade an diesem vorbei und schienen sogar noch recht nüchtern zu sein. Ansonsten waren lediglich ein paar Lichter in den Häusern und die der Straßenbeleuchtungen zu sehen und weiter rechts durch das Geländer ein Stück der von ihnen beleuchteten Promenade und das Glitzern des Meeres.

Auch sein Twingo stand noch genauso schief im Parkverbot wie vorher. Vielleicht sollte er ihn noch woanders hinfahren. Aber wahrscheinlich musste er eh in ein paar Minuten gehen. Sie würde ihm nun nur noch mitteilen, dass es zwischen ihnen vorbei wäre. *So einen*

*Blödsinn* wollte sie nicht länger mitmachen. Er erinnerte sich an ein paar Streits in den letzten Tagen und schüttelte den Kopf. Ja, vielleicht hätte er ein bisschen Tempo rausnehmen sollen. Ja, manchmal war er wirklich ein Idiot.

Nach zwei Minuten kam Inés optisch unverändert heraus. Mit dem hellblauen Slip und einem fast durchsichtigen BH-Hemdchen. Zwei, drei Sekunden schaute sie ihn von der Badezimmertür aus an. Nicht besonders liebevoll, aber auch ohne irgendeinen weiteren Vorwurf in ihrem Blick, der ihn nun auffordern würde zu gehen. *Also, genug gesehen.* Dann ging sie die zwei Meter auf ihn zu und griff nach seinem Gürtel.

„Das eine Mal noch, dann ist Schluss!"
Nachdem sie atemlos eine Lust befriedigt hatte, war es wohl auch schon gut genug gewesen, denn sie stand sofort auf, verschwand wieder im Bad und wischte sich beim Zurückkehren mit einem Papiertuch ab. Etwas, was sie noch nie getan hatte. Wieder blieb sie an der Tür stehen, sah ihn an und er dachte: Wie schön du bist, erst recht, wenn du wütend bist. Aber mit der anderen Hand gab sie ihm ein unmissverständliches Zeichen. Sein Aber unterbrach sie barsch mit:

„So gut war's nun auch wieder nicht."
Das anschließende Hin und Her, laut genug, um Vorurteile über Hostals in El Arenal zu bestätigen, war sinnlos. Inés hatte sich in seinen Augen verrannt und regierte auf alles nur noch bockig und er war egoistisch, uneinsichtig und selbstsüchtig.

„Du kapierst einfach nicht, was mit mir los ist."
Nach einer halben Stunde hatte er genug, winkte nur noch resigniert und enttäuscht ab und stand auf. Bevor er ging, versuchte er sie nicht einmal mehr in den Arm zu nehmen, geschweige, ihr einen Kuss zu geben. Er kapierte wohl tatsächlich nichts und hoffte nur, als er die

Treppen nach unten ging, Eduardo würde recht behalten.

„Wir sind vorhin noch auf ein paar weitere Namen gestoßen, während du im siebten Himmel warst", unterbrachen die Kollegen seine Gedankengänge. Kurz schüttelte er den Kopf, um zu sich zu kommen, räusperte sich und sah auf den rechten Teil der Glaswand, auf die sie deuteten.

„Massimo Zoppelli und Drago Jakunovic."

„Wer sollen die sein?", fragte Sanchez Olivero, natürlich immer noch schläfrig und sauer und enttäuscht und wie vor den Kopf gestoßen und ... Die Geschichte würde ihn so schnell nicht loslassen. Und aufgeben wollte er erst recht nicht. So ein Ende wie vor Jahren mit Núria wollte er nicht noch einmal erleben. Viereinhalb Monate mit ihm waren ihr seinerzeit einfach zu kurz für eine gemeinsame Zukunft.

„Palma?! Gibt's da auch Spanier? Komm, lass besser. Eh wir uns alles versauen, nur weil wir uns dann zwischen all den Touris und den hübschen fremden Weibern auf die Nerven gehen", hatte sie gesagt.
Wieder schüttelte er den Kopf, als könne er nicht nur das, sondern auch die letzte Nacht damit abschütteln. All die Zweifel und Befürchtungen. *So gut war's nun auch wieder nicht.* Das, was sie gerade gemacht hatten oder all die Monate, die sie zusammen gewesen waren? Er musste zugeben: Auf solche Lebenskrisen war er nicht vorbereitet.

„Wir wissen es auch noch nicht so genau. Aber als wir vorhin Kortes Vergangenheit anhand der Unterlagen in den Stationen vorher durchleuchtet haben, tauchten diese Namen im Zusammenhang mit einem Bauvorhaben in Italien auf. Zumindest in den Polizeiakten dort. Aber auch dieses Projekt ging wie *Más Mallorca* wohl gehörig in die Hose."

Alle schauten sie auf die Zettel und alle zuckten gleichzeitig mit den Schultern.

„Keine Ahnung", meinte Andreu als Erster, „vielleicht können wir die auch gleich wieder abhängen. Wir sammeln halt. Alles, was uns in die Finger kommt."

„Was sollen die gemacht haben?"

„Sie wurden im Zusammenhang mit einem Massenmord gesucht. Der wurde an Bauarbeitern verübt. Und die waren auf einer Baustelle tätig, mit der auch Korte in Verbindung stand. – Vielleicht müssen wir nach so etwas wie Bestechung oder Rache suchen. Mord würde ja passen, oder?"

„Nicht ganz abwegig, erhöht aber die Anzahl der Gründe und der Verdächtigen." Sanchez Olivero verzog das Gesicht. Eigentlich hatte er jetzt keine Lust, tagelang noch mehr Zettel an diese Glaswand zu hängen, nur weil dieser Korte, weiß Gott wo, eine Spur von mehreren Desastern hinterlassen hatte. Er wollte Inés zurück. Und sich nicht noch zusätzlich Arbeit machen!

„Die Kollegen dort drüben hätten doch längst bei uns nachgefragt, ob wir was wissen, wenn sie wüssten, dass sich einer von denen hier herumtreiben würde. Von einer solchen Anfrage oder einem Haftbefehl weiß ich nichts. Also geh ich davon aus, dass die zwei dort eine Sackgasse sind."

„Also fragen wir uns: Wer hätte was davon, wenn er ihn umbringt?", gab Andreu zu bedenken.

„Du meinst nicht: Wenn er es täte, sondern durch seinen Tod."

„Das ist er ja nun."

„Also, was hat er Wichtiges hinterlassen? Und was interessiert uns überhaupt ein toter Deutscher?"

„*Algo así.* So ungefähr", stellte Ricardo zerknirscht fest. Er war nach wie vor frustriert, weil er keine Ergebnisse vorlegen konnte.

„Seine Frau bekommt die Villa. Außer wir weisen ihr den Mord nach. Aber die ist schon mal nicht schlecht. Und teuer war die auch. Sie bekäme also die erste Million. Vielleicht mehr. Ich habe von Immobilien keine Ahnung. Dann wäre da noch das Grundstück in den Bergen bei Orient. Zugegeben, so unbebaut ist es nicht viel wert, aber lass sie das Projekt beenden und es dreht sich ruckzuck um – ich schätze – wieder ein, zwei Millionen Euro. Und seine Barschaft wird auch nicht von schlechten Eltern sein. Das reicht alles, um ein paar zu verdächtigen."

„Dazu kommen die, die sich von ihm beschissen fühlen und deshalb auch ein paar Gründe hätten."

„Nur, wie kommen sie jetzt noch an sein Geld? Wer hat Vollmachten? Falls es da etwas zu klären gibt, geht man für gewöhnlich zu einem Anwalt. Warum also so ein Treffen im Museum? Ich glaube nicht, dass wir es in solchen Kreisen mit großen Kunstkennern zu tun haben. Für mich wäre auch interessant: Wer von denen da ist unter Umständen der nächste Gejagte?"

„Das können wir ja abwarten, vielleicht bringen sie sich alle um", meinte Ivan spöttisch.

„Wenn er das Geld irgendwo deponiert hat, könnten tatsächlich Codes wieder eine Rolle spielen."

„… und die hatte er dabei", warf Andreu ein, „und jemand wusste das."

Sie schauten sich an und wussten, sie stocherten im Nebel herum. Alles Vermutungen. Aber irgendwo mussten sie anfangen. Sanchez Olivero schaute auf die Zettel, seufzte und strich sich durch seine Stoppelhaare. Wenn er nur wüsste, was mit Inés los war. Er tippte auf das Foto. Man musste auch mal Glück haben und einen Fall schnell zu Ende bringen. Nicht alle Mörder waren gewitzt genug und handelten deshalb eher aus einem

Affekt heraus, vielleicht auch bei Korte. Eine Sonnenbrille war unter Umständen zu wenig.

„Ich werde mir diese Erna vornehmen."

„Ach, immer du die Frauen", lästerte Ricardo.

## 1. September, 8 Uhr 35

Erna, die schöne Serena von Falkenberg. Ihr Foto wanderte in die oberste linke Ecke. Erreicht hatte man sie auch noch nicht. So kommt man in Verdacht, dachte der Inspector. Dann verschoben sie die Zettel und verbanden sie untereinander mit neuen farbigen Klebebändern. Irgendwo musste ein weiterer Zusammenhang sein. Ein paar von den Namen, die dort drüben hingen, waren sicher tatsächlich zu viel. Aber wer kam dafür in Betracht und wo anfangen? Mitten in ihren Überlegungen spielte Miguels Handy *Si tú no vuelves,* einen Song seines *tocayo,* seines Namensvetters Miguel, Bosé. Wie passend, dachte er, und tat sich selbst leid. In der Hoffnung, Inés am Apparat zu haben, wandte er sich ab. Doch auf dem Display leuchtete Diegos Name auf. Er verzog das Gesicht und nahm widerwillig ab.

„Weißt du, dass sie heute Nacht nicht zu Hause war?"

Besser als du vielleicht denkst, dachte er, sagte es aber nicht und dachte an Miguel Bosés Lied. Er drehte sich weiter zur Seite und spürte erst recht die Blicke der anderen im Rücken. Genau deshalb fiel ihm keine passende Antwort ein. Was sollte er sagen? *Klar, weiß ich das. Wir waren zusammen und sie schläft sich aus.* Dann käme Diego vielleicht noch auf den Gedanken, bei ihm zu Hause anzurufen. Also doch lieber: *Soweit ich weiß, ist sie bei einer Freundin.* Was Diego allerdings wieder abschmettern könnte, weil er wusste, dass Inés keine so

188

gute Bekannte und schon gar nicht eine so gute Freundin hatte. So entschied er sich für die wahrscheinlich noch dümmere Variante:

„Sie wollte ein paar Stunden Ruhe von uns blöden Kerlen und ist bis übermorgen weg."

„?"

„Ich weiß nicht wohin", log er nun.

„Von uns blöden Kerlen? Wenn es wegen Großmutter wäre, würde ich es ja sofort kapieren. Aber wegen uns? – Ich hab' mich hundert Mal entschuldigt für den Scheiß, den ich gemacht habe. Und Luisa hat ihr auch noch 'nen Kuchen gebacken und einen Blumenstrauß gekauft. Mutter hat dann sogar Luisa in den Arm genommen und gemeint, es sei alles klar. Sie wär' nur in Sorge gewesen."

Diego war hörbar sauer, geräuschvoll joggte er durch die Zimmer, in denen er sich gerade befand, und hieb eine Faust auf Wände oder Türrahmen. Miguel hörte es auch wieder am Klang der Stimme. Bad, Küche, Flur, Wohnzimmer. Durch Diegos letzte Sätze erfuhr er, dass er wieder mal nicht alles durch Inés erfahren hatte. Sie hatte ihrem Großen also längst vergeben.

„Ich glaube, es war eher wegen mir", antwortete er deshalb wahrheitsgemäß, „ich bin ihr wohl zu dicht auf die Pelle gerückt."

„Hmh, oder doch wegen mir und Luisa. Nicht wegen der Sache mit den Drogen, sondern weil … weil ich sie enttäuscht habe."

„Quatsch! Sie hat dich und Rafael wunderbar großbekommen. Sie hat höchstens Angst, dass ihr den gleichen Mist erlebt wie sie. Und ich hab' mich dabei nicht besonders intelligent verhalten. Das muss ich regeln."

„Das heißt?"

„Ich kann mich gerade nicht darum kümmern, aber ich versuche sie heute Nachmittag zu kontaktieren." Sofort schüttelte er den Kopf, *kontaktieren,* wie das klang. Er war nicht Mitarbeiter eines Instituts für Eheberatung oder Jugenderziehung, der irgendwelche Termine ausmachen musste.

„Wenn ich was weiß, geb' ich dir Bescheid. Jetzt geht's grad nicht. Eine Leiche will ihren Mörder."

„Fuck!" Diegos Antwort klang wie ein Knall.

„Jetzt mach kein Drama draus. Ihr seid ja wohl alt genug, euch um euch selbst zu kümmern."

„Aber nicht mit Großmutters Kommentaren. Ich geh heute Abend zu Luisa oder 'nem Kumpel. Ich will auch meine Ruhe haben."

Sanchez Olivero grinste.

„Okay, das mach mal! Aber es gilt nach wie vor die gleiche Regel: nicht ohne."

„*¡Hombre!* Du klingst schon wie sie."


## 1. September, 9 Uhr 05

Der Telefonhörer musste eigentlich längst glühen. Mindestens ein Dutzend Anrufe hatte er hinter sich, um eine Lösung für den Weiterbau auf dem Grundstück zu finden. Zwar hatte er die Anweisung schon ausgegeben, alles an Baumaterial, was hier in Inca auf Kortes Grundstück herumlag, nun dort zu deponieren und die fertig montierten Teile so gut wie möglich bereitzulegen. Aber was nützte das Ganze, wenn die Absperrungen nicht aufgehoben wurden. *Das kann noch ein paar Tage dauern,* bekam er von den dafür verantwortlichen Stellen zur Antwort und er war logischerweise verärgert. Werden wohl Wochen werden, dachte er deshalb. Warum gab es eigentlich Rechtsanwälte, wenn sie selbst bei solchen Fragen keine Antwort parat hatten? Und Ruiz Castedo hatte natürlich seine Zusicherung – *Ich werde Ihnen die Unterlagen zusenden* – auch noch nicht umgesetzt und sich gerade zum wiederholten Mal am Telefon verleugnen lassen. *Es tut mir wirklich leid, Señor Zacarias, aber er ist bei einem wichtigen Termin.* Er hätte ihm besser einen Backstein auf die Karre werfen sollen. Auch die Behörden hatten kein großes Interesse bekundet, dass er weitermachen konnte. *Vielleicht sollten Sie das Projekt einfach noch mal überdenken – wir meinen in seiner bisherigen Form,* war deren Einwand. Aber nach Fertigstellung einen guten Rabatt einfordern, wenn ihr es dann auch mal ausprobieren und genießen wollt. Natürlich mit einem Glas Schampus in der Hand und einer hübschen Asiatin, Südamerikanerin oder Afrikanerin auf dem Schoss, wenn's geht, bitte nicht allzu alt, hätte er denen am liebsten an den Kopf geworfen. Die Brut war doch überall gleich gestrickt. Sollten Schampus oder Mädchen dann nicht deren Vorstellungen entsprechen, würden sie sich schon was einfallen lassen.

Nun versuchte er zum dritten Mal Erna anzurufen. Sie hatte sich verdammt noch mal hierherzubewegen. Die Polizei hatte innerhalb der letzten Stunde bereits genauso oft angerufen, um sie zu sprechen. Dieser Inspector verstand zu nerven. Ein elendiger Wichtigtuer. Er schrieb ihr eine Nachricht und beugte sich anschließend über die spärlichen Papiere, die Korte in seinem zweiten Schreibtisch zurückgelassen hatte, um sich seine Chancen für das angefangene Vorhaben auszurechnen. Immerhin bestand das Konto noch und er hatte den Zugriff. Das war auch in etwa der letzte Vorschlag von Korte gewesen, wenn wenigstens das stimmte, was Ruiz Castedo gesagt hatte.

Aber irgendjemand hatte ein riesengroßes Interesse daran, ihn davon abzuhalten und ihm vorher in die Suppe zu spucken. Er würde es schon noch herauskriegen. In diesem Moment leuchtete das Display seines Smartphones auf und Erna war in lasziver Pose zu sehen. Er lachte leise in sich hinein: Dazu kommen wir später. Dann nahm er ab.

## 1. September, 9 Uhr 15

Die Anzahl der durchgestrichenen Eventualitäten häuften sich weiter auf ihren Blättern. Mal war es einfach unlogisch, mal einfach nur ihrer Hoffnung geschuldet, möglichst schnell eine Lösung zu finden. Viel weiter waren sie allerdings nicht gekommen. Lediglich unter den beiden Namen Zoppelli und Jakunovic standen nun noch ein paar zusätzliche Notizen, die aber eher dazu geführt hatten, zumindest diesen Jakunovic auszuschließen. Der ehemalige Jugoslawien-Krieger tauchte zudem in keiner Passagierliste auf. Seine Spur war ohnehin schon in Padua verloren gegangen und warum sollte er sich ausgerechnet auf Mallorca befinden. Die Schnittmenge, die sich durch ihn, Padua und Korte ergab, war äußerst klein. Sanchez Olivero hatte daher einen roten Klebestreifen quer über diese Zettel geklebt und ihn eigenmächtig ausgeschlossen. Lediglich die Details waren lesenswert und erinnerten ihn, wenn auch aus anderen Gründen, an manche Schilderung, die er gehört hatte, als sie den Fall mit dem Franco-Gold aus dem Meer lösen mussten.

Ricardo war vor einiger Zeit schon in sein Labor zurückgegangen, in der Hoffnung, sein Computer würde nun endlich aussagekräftige Analysen darstellen. Er wollte live dabei sein und gegebenenfalls entsprechend reagieren. Gehört hatten sie seitdem allerdings noch nichts. Stattdessen kam einer der Polizisten, der an dem Abend im *Es Baluard* mit dabei gewesen war, herein und überreichte Sanchez Olivero fast beiläufig eine Mappe. Dabei schaute er auf die Zettel und Fotos an der Wand und fragte plötzlich:

„Ist das wegen des Toten im Museum? – War ja ein ganz schön großes Aufgebot von uns. – Muss 'n wichtiger Typ gewesen sein? Ein Politiker etwa?"
Der Inspector schüttelte den Kopf und betrachtete die Mappe. Klappte sie auf, während der Polizist seinen Kopf schief legte und näher an die Bilder herantrat. Ricardo hatte wohl vergessen, wo sein Telefon stand, oder wollte sich abseilen. Dann meinte Sanchez Olivero doch etwas Bestätigendes murmeln zu müssen:

„Ja, verzwickter Fall. Wir hoffen, einer von denen da war es. – Kommt da noch was, oder ist das alles? Verstehen Sie, was das alles heißt? Für mich ist das Chinesisch." Es klang unzufrieden.

„Nein. Tut mir leid. Keine Ahnung. Hab' ich grad von Ricardo auch nur in die Hand gedrückt bekommen. Er wollte eigentlich anrufen, aber … Wahrscheinlich macht er jetzt Feierabend", lachte er, „aber den da …", morsend tippte er auf eines der Fotos, „… den da hab' ich auf jeden Fall an dem Abend gesehen. – *¡Seguramente!* Ganz sicher! – Ich kann mich wirklich gut an den erinnern."
Der Inspector schaute verblüfft auf und im gleichen Moment stand er neben dem Polizisten.

„Den da?", fragte er und zeigte auf dasselbe Foto.

„Ja! Auf dem Platz vor dem Haupteingang. Also dem draußen, vor dem Museum, der *Plaça de la Porta de Santa Catalina.* Der saß da auf einer Bank hinter dem Brunnen – also vom Museum aus gesehen dahinter – und aß 'nen Bocadillo oder so. Nein, der hatte geraucht.

– Nein! Wirklich! Entschuldigung! Der hat geraucht. –
Ich bin zu ihm hin, weil ich wissen wollte, ob er jemanden gesehen hat, der davongerannt ist."

„Wie sicher sind Sie sich?" Sanchez Oliveros Stimme
klang schärfer, als er wollte.

„Wenn ich genauso sicher wäre, bei meinem Onze-
Typen, wenn ich seine Lose kaufe, wäre ich schon lange
Millionär", lachte der Polizist: „Sagen Sie bloß, das
könnte wichtig sein!?"

Der Inspector sah ihn an. Er kannte nicht alle. Manche
wurden einfach abkommandiert, wenn mal wieder Personalnotstand war. Tatsächlich war das Aufgebot gestern riesig gewesen. Der Polizist schien zu dieser *Unidad de operaciones especiales*, dem Einsatzkommando,
zu gehören, oder war ganz neu hier. Jung genug dafür
war er auf jeden Fall. Fast zu weich wirkend für den Job,
der ihn hier erwarten könnte.

„Sind Sie neu bei uns?" Sanchez Oliveros Tonfall
war kaum verändert.

„Seit erstem August *¡señor Sanchez!*" Er salutierte etwas erschrocken und mit ernstem Blick. Plötzlich
wurde er unsicher. Hatte er etwas falsch gemacht? Der
Inspector bemerkte es, klopfte ihm beruhigend auf die
Schulter und nickte. Als er ihm sogar einen Arm um die
Schulter legte, meinte er:

„Mein Lieber, das könnte jetzt ein großer Schritt gewesen sein."


## 1. September, 10 Uhr 45

Unmittelbar nachdem sie die Tür hinter Miguel abgeschlossen hatte, legte sie sich, halb nackt wie sie war,
wieder hin und war sofort in einen fast traumlosen

Schlaf gefallen. Jetzt schreckte sie hoch, weil sich jemand in den letzten Fetzen eines doch fast lebendigen Traums an der Tür zu schaffen machte und sie gleich darauf ein erschrecktes und viel zu realistisches *¡Perdó!* hörte. Sie fuhr hoch und sah einen weißen Schatten. Wohl das Zimmermädchen.

*„Me sap greu!"*, gab sie schläfrig in Richtung Tür zurück und fragte müde hinterher: *„Quina hora és?"*

*„Són les onze."*

*„¡Som fotut!* Ich bin kaputt!"*, gab Inés zurück.

„Zu viel gefeiert?", fragte das gar nicht mehr so junge und etwas festere Zimmermädchen und schloss erst jetzt die Tür. Sie würdigte Inés nur noch eines kurzen Blicks und schien sich von ihrem Auftrag ohnehin nicht mehr abhalten lassen zu können. Die Zimmer hatten bis zum Mittag gereinigt zu sein. Wahrscheinlich waren fast nackte Menschen in den Betten während ihres morgendlichen Rundgangs dann doch zu normal.

„Höchstens zu lang. Ich trinke nur wenig Alkohol", meinte Inés und bedeckte ihre nackten Brüste mit ihren Händen, stand etwas umständlich auf, zwängte sich an der Frau vorbei und verschwand im Bad.

„Bin gleich raus", rief sie durch die angelehnte Tür und beschloss, die morgendliche Waschung durch ein paar Schwimmzüge im Meer zu ersetzen. Vielleicht würde sie dann auch wieder einen klar denkenden Kopf bekommen. Keine halbe Minute später hatte sie ihren Bikini angezogen, sich ein Handtuch geschnappt und gab das Bad für die anstehende Putzaktion frei. Mit einem knappen *Adéu* und dem Schlüssel in der Hand zog sie die Tür hinter sich zu und stand wenige Minuten später an dem Mäuerchen zur Playa.

Vor ihr einige unmotivierte Schwimmer, blasse Urlauber und ein paar spielende Kinder. Ein Papa blies seiner Tochter einen Delfin auf und bei jedem Pusten hatte sie den Eindruck, dass es eher umgekehrt war. Sein Bauch wölbte sich wie ein Blasebalg. Rechts von ihr, keine drei Kilometer entfernt, flog eine Maschine nach der anderen den Flughafen *Son Sant Joan* an. Wie eine Perlenkette sah es aus. Eine gelbe Maschine, dann eine hellblaue, eine mit rotem Dach, eine mit einem grünen. Jede wahrscheinlich mit circa 200 sonnensüchtigen und urlaubsreifen Touristen aus ganz Europa, die den Strand noch bunter und enger machen würden. So ging es doch Tag für Tag.

Sie schaute in den Himmel und suchte ein paar Wolken, denn die wenigen Schatten spendenden Palmen standen hinter ihr auf der anderen Straßenseite. Spätestens am Nachmittag würden die auch nur noch ein paar Balkonen etwas Schatten liefern. Den hatten die weit draußen auf dem Meer auf ihrem Kreuzfahrtschiff, wo immer sie ihn haben wollten. Langsam glitt dieses Richtung Palma. Darauf Urlaub zu machen, kam ihr allerdings nicht in den Sinn. Für sie waren diese Pötte nichts anderes als schwimmende und viel zu teure Einkaufszentren. Irgendwann hatte sie gelesen, über 6000 Menschen oder gar mehr seien auf so einem Ding eingepfercht – und sie musste tatsächlich an einen Viehtransport denken.

Etwas unentschlossen setzte sie sich auf die Begrenzung und betrachtete das Ganze. Der Strand wurde derweil immer bunter. Luftmatratzen und Handtücher verdeckten den Sand und manche Zigarettenkippe. Weitere Körbe und Strandtaschen kamen dazu, gesellten sich neben billig wirkende Klappstühle und nach und nach versperrten die mitgebrachten Sonnenschirme die Sicht. Direkt vor ihr, nur etwas weiter vorne, war die verlockendere Optik: das nahezu karibisch erscheinende Meer. Nach zehn Sekunden ließ sie Schlüssel und Handtuch einfach fallen und rannte den flach abfallenden Strand zwischen spielenden Kindern und ein paar zögernden Erwachsenen in die kaum vorhandenen türkisblauen Wellen hinein, bis doch eine größere sie von den Beinen riss und sie dem Horizont entgegen schwamm.

Auf dem Rücken liegend schaute sie zurück, betrachtete die nicht besonders einladende und austauschbare Häuserfront, die nicht viel anders aussah wie überall, wo der Tourismus schneller als jede Blüte seine Erfolge feiern wollte. Die Straße dahinter, gleich links um die Ecke des Hostals, ähnelte sogar der Straße, in der sie wohnte. Sie war allenfalls aufgeräumter und weniger schmutzig. Allzu viel Grün gab es dort auch nicht. Nur weiter hinten versuchten eine Handvoll Bäume mit ihrem Schatten einen Minipark zu zaubern. Betreten konnte man ihn nicht. Ein niedriger Zaun verteidigte die Fläche gegen kackende Hunde und herumtobende Kinder. Und mindestens ein halbes Dutzend Müllcontainer verschönerten am Straßenrand stehend keinesfalls den Rest des kleinen Platzes. Wie überall standen zwei oder drei von ihnen auch dort offen und verströmten so den Gestank ihres verderbenden Inhalts.

Da beobachtete sie lieber den weiterhin langsam wachsenden Trubel am Strand und überlegte, wann sie das letzte Mal nur für sich war. Oder ob sie es jemals gewesen war. Wenn, musste es fast Jahrzehnte her sein, sagte sie sich. Weit vor Juan und Diego und Rafael. Erinnern konnte sie sich nicht mehr genau. Das Einzige, was ihr einfiel, war ein Ausflug mit einem Mädchen. Mit irgendeiner Freundin oder Schulkameradin oder Nachbarin war das. Viel weiter vorne. In unmittelbarer Nähe zur Stadt. Bei El Molinar vielleicht oder Es Coll. Fünfzehn oder sechzehn muss sie gewesen sein. Sie hatte sich geschämt, nur einen einfarbigen und langweiligen Badeanzug gehabt zu haben, während die andere mit einem knallroten Bikini schon nach fünf Minuten von einem schmächtigen, ziemlich zappeligen und Kaugummi kauenden Kerl angesprochen wurde. Eine Viertelstunde später war deshalb der Besuch am Strand für sie auch schon wieder beendet. Die andere hatte auch keinen Bock mehr mit ihr zu erzählen oder etwas zu unternehmen. Sie hatte sich längst ihre Tasche umgehängt und gemeint:

„In einer halben Stunde bin ich wieder zurück."
Für so etwas brauchte man schon damals keine halbe Stunde. Das wusste sie nicht nur durch die letzte Nacht. Nur eine unbestimmte Lust oder den geeigneten Frust. Auf jeden Fall hatte sie das Mädchen erst Wochen später wieder getroffen und es wurde dabei kein Wort über ihren eigentlich anders geplanten Nachmittag verloren. Kein Wort. Wieder eine Parallele. Fast wie zur letzten Nacht. Was hätte sie auch sagen sollen? Es war doch alles wieder und wieder durchgekaut worden. Ohne Ergebnis. Weil sie selbst nicht wusste, was sie wollte. Außer dieser tröstenden Befriedigung, die Miguel ihr bescherte. Aber war das nicht etwas zu wenig für eine gemeinsame Zukunft? Was sollte aus den Jungs werden? Was aus ihrer Mutter? Was aus ihrem Beruf?

Und warum hatte sie sich hergegeben. Etwas anderes war es doch nicht. In ihr drin war diese Unzufriedenheit und sie gehorchte einer Lust, wie ein junges neugieriges Mädchen, das danach erfahren musste, dass diese befriedigt war, aber ihren Kopf wieder genauso leer zurückgelassen hatte, wie er zuvor gewesen war. Man hatte es getan, geholfen hatte es nicht. Die Gefühle waren auf der Strecke geblieben. Und es war der Augenblick, in dem sie sich selbst nicht mochte.

In ihrem Kopf machte sich eine ganze Mannschaft auf, mit diesen Gedanken herumzuturnen. Sie würde keinen Erfolg haben. Was sie so unzufrieden machte, konnte sie nicht benennen. Die Suche nach dem Glück schien sich komplizierter zu gestalten, als sie zugeben wollte. Irgendwie fühlte sie sich für ein solches Unterfangen auch zu alt. Hätte sie damit nicht schon zu Juans Zeiten anfangen und einfach den Kopf schütteln sollen? Aber mit den Tipps der anderen, vor allem denen ihrer Mutter, hatte sie schon immer Schwierigkeiten. Und das in der vergangenen Nacht war wohl tatsächlich nur wieder diese unbestimmte Lust gewesen.

Neidisch beobachtete sie, wie ein junges Mädchen entspannt lachend im flachen Teil des Wassers wohl auf ihren Freund zulief und gar nicht obszön wirkend mit auseinanderfliegenden Beinen in seinen Schoß sprang, um ihn dann zu umarmen und zu küssen. Ihre Beine auf seinem Rücken überkreuzt. Es lagen wahrscheinlich zwanzig Jahre zwischen ihr und dem Mädchen, trotzdem, wenn sie nicht so bockig gewesen wäre, hätte sie das auch haben können. Diese Unbeschwertheit fehlte ihr von Anfang an. So wie dieses selbstbewusste Lächeln und furchtlose Handeln. Es war einfach zu viel passiert, was sie immer aus der Bahn geworfen hatte.

Zornig auf sich, zornig auf Miguel, zornig auf alles drehte sie sich auf den Bauch und kraulte wieder los. Auf diesen vermaledeiten Horizont zu, der doch immer weiß Gott was versprach. Einen Test war es wert. Also machte sie Tempo. Wie wild, wie entfesselt, während im Kopf das Karussell anfing, sich zu drehen. Dieser blöde Kerl! Ich muss neu anfangen! Ohne ihn! Ohne diesen Job! Und mit einer neuen Wohnung! Ich habe zwei Jungs zu versorgen. Was bildet er sich ein? Adoptiert sie, bevor ich überhaupt weiß, was los ist. Und

Mutter hat er auch schon um den Finger gewickelt. Dauernd steht er wie eine Mauer vor allem, was ich vorhabe.

Wie ein Delfin tauchte sie ab, spürte das kühlende Wasser an ihrem Körper vorbeistreifen, sah ein paar kleine Fische davonjagen und kam erst wieder an die Oberfläche, als ihre Lunge schmerzte. Prustend und mit pochendem Herz machte sie ein paar Züge und bekam schon die ersten Zweifel: ¡Naranjas! So ein Quatsch! Was rede ich denn? Mit wem dann? Ich liebe ihn. Und das von der ersten Sekunde an. Kaum, dass der Scheiß-kerl damals das Büro betreten hat. Das ist doch keine Einbildung. Das sind doch Gefühle! Sie sind da. Warum sonst wollte ich ihn letzte Nacht? Ich bin doch selbst schuld. Aber er muss immer alles übertreiben. Auch von Anfang an. Sie hob den Kopf und spuckte Salzwas-ser aus. *Balkon oder Terrasse!* Vollidiot! Kann er mich nicht auch mal in Ruhe lassen? Immer muss er um mich herum sein und alles nach seinem Willen gehen.

Mit jedem Zug fiel ihr ein neuer Vorwurf ein. Fiel ihr ein, was sie eigentlich erwartete und nie geäußert hatte. Fiel ihr ein, dass sie eigentlich nicht wusste, was. Fiel ihr ein, wie durcheinander sie und wie vertrackt die Situation nun war. Für was er verantwortlich war und, ja, auch sie. Aber musste sie sich immer für alles recht-fertigen? Allerdings, das mit Diego war scheiße von ihm. Andererseits war es auch wieder richtig gewesen. Hätte sie damals nicht mit Juan weiß Gott wohin müs-sen, weil ihre Mutter mit ihm nicht einverstanden war, hätte sie vielleicht auch nicht aus Trotz gehandelt und es sich vorher besser überlegt. So passierte alles, ohne nachzudenken, ohne Verhütung, ohne anständige Zu-kunft, sondern nur mit dieser Lust, mit diesem Trotz und ohne nachzudenken. Mutter sollte also recht behal-ten.

Das plötzliche Schrillen einer Pfeife und eine verzerrte Stimme aus einem Megafon unterbrachen ihre Gedanken, schreckten sie ein zweites Mal an diesem Morgen auf und bremsten sie ab. Einige Meter vor ihr eines der weißen Schlauchboote der *Cruz Roja,* das nun ihren Weg blockierte. Darauf ein gestikulierender Typ.

„*¡Hola guapa!* Hier kannst du nicht rumschwimmen! Deine Eltern werden dir was husten, wenn sie dich wie einen toten Fisch aus dem Sand kratzen dürfen. Hast du nicht die gelben Tonnen gesehen?"

Inés trieb auf das tuckernde Boot zu und schaute hoch. Noch so einer! Der Kerl war ein teiltätowiertes und braun gebranntes Monument, frisch vom Laufband. Solche Typen mochte sie nicht, musste allerdings zu ihrer eigenen Verwunderung gleich darauf feststellen, dass der da unverschämt gut aussah, aber sicher mindestens zehn Jahre jünger war als sie. Sein schwarzes dichtes Haar stand ungeordnet in alle Richtungen ab. Gerade so, als würde er darauf warten, dass jemand sie bändigen würde. Sie hob eine Hand, schüttelte den Kopf und antwortete immer noch etwas aus der Puste:

„Nee! Aber danke, dass du mich für so jung hältst."

Sie legte sich auf den Rücken und paddelte mit den Armen langsam wieder zurück. Der Jüngling gab derweil etwas Gas, bis er längsseits war. Einige lange Sekunden schien er sie frech zu begutachten, doch Inés konnte ihn nicht richtig erkennen. Leider! Er war auf der falschen Seite. Die Sonne stand genau hinter ihm und erzeugte eher eine Art Heiligenschein. Mit einer Hand versuchte sie ihre Augen abzuschatten, zog den Bauch reflexartig ein bisschen ein und lächelte zu ihm hoch – so gut es ging. In diesem Moment war sie froh, sich zu Hause für diesen Bikini entschieden zu haben. Seine Antwort war ein hochgestreckter Daumen und:

*„¡Estás muy buena!* Du siehst scharf aus! Wenn ich nicht allein hier wäre, würde ich jetzt glatt 'ne Spritztour mit dir machen."

Wie einer Sechzehnjährigen schoss ihr das Blut ins Gesicht und sie strampelte mit den Beinen, um mit seinem Tempo mithalten zu können. Was war los? Tickte sie noch richtig? Sein Blick glitt über ihren Körper und sie versuchte nun so ruhig wie möglich im Wasser zu liegen und gleichzeitig auch ihn besser zu erkennen, doch die Sonne hinter ihm war einfach zu hell. Viel zu kurz erkannte sie nur ein bübisches Lächeln. Er erschien ihr deshalb ein sympathisches Exemplar zu sein. Und aufdringlich war er auch nicht. Wieder etwas zu Luft gekommen, fielen ihr nur Albernheiten ein. Doch dann meinte sie endlich:

„Jederzeit. – Bis zum Horizont."

Aber er hatte schon Gas gegeben, ihr zugewunken und war mit seinem Schlauchboot gute zehn Meter weg. Auf dem Weg zu ein paar Kindern, die sich an den gelben Tonnen zu schaffen machten. Kurz überlegte sie, in seine Richtung zu schwimmen. Aber die Kraft, schnell genug dort hinzukommen, hatte sie doch nicht mehr.

Zurück am Strand legte sie sich auf ihr Handtuch. Geld hatte sie nicht dabei. Die Bocadillos, die es hinter ihr in einem Mini-Spar gab, mussten also noch eine Weile warten. Allzu viel Hunger hatte sie auch noch nicht. Fünf, sechs Meter neben ihr schlugen ein paar Spanier ihr Lager auf. Mit Kühlbox, Gettoblaster und einer riesigen Decke. Aus der Box zauberten sie nicht nur ihr Essen, sondern auch noch einen großen auseinanderklappbaren Sonnenschirm, ein paar Bälle und ein Sixpack Dosenbier. Um den beanspruchten Platz voll ausnützen zu können, räumten sie sogar ein anderes Strandlaken zur Seite. Mallorquiner waren das nicht. So benahmen sich nur welche vom Festland.

Sie verfolgte das Geschehen nicht länger und versuchte sich lieber mit den ungewohnten Geräuschen im Hintergrund wegzuträumen, diese wenigen Stunden, die Urlaub für sie sein sollten, zu genießen. Ohne Kommissariat, Kinder und Korte. Warum nur war sie gestern hingefahren? Prompt belagerte ausgerechnet dieser Korte nun ihren Kopf. Wie unförmig der ausgesehen hatte, dort auf dem fast bronzefarbigen Boden. Aufgebläht und auseinandergeklappt wie zu einer Sezierung. Nicht besonders ansehnlich. Aber auch der hatte eine Frau gefunden. Und was für ein Geschoss! Sie seufzte. Es war schon seltsam, die Erotik des Geldes war für manche Frauen anziehender als das Aussehen der Männer. Wenigstens da hoffte sie mittlerweile einen besseren Geschmack zu haben.

Sie blinzelte gegen die Sonne und suchte den Strand ab. Hier waren sie alle mehr als gewöhnlich. Auch die nebenan vom Festland. Einige sahen nach durchzechter Nacht aus. Andere nach bierbäuchigen Vätern, denen das nach dem dritten Kind, das sie gezeugt hatten, egal war. Die meisten mochten wohl Deutsche sein. Was sie riefen und redeten, verstand sie jedenfalls nicht und ihr Getue deckte sich mit dem, was man sich über diese Typen erzählte. Eines der Kinder sprang über ihre Füße einem Ball hinterher und verteilte Sand auf ihrem Bauch und sie musste lachen. Vielleicht sollte sie ihm auch hinterherspringen und mitspielen. Das würde sicherlich wunderbar von allem ablenken.

Das Mädchen von vorher kam Hand in Hand mit ihrem Freund aus dem Wasser. Ihr Gesicht strahlte. So sah wohl das echte Glück aus. In zwei, drei Jahren würde sie sicher einen neuen Freund haben und hoffentlich trotzdem wieder so aus dem Wasser kommen. Mit fünfzehn sah die Welt noch anders aus. Das galt auch einmal für sie. Pedro hieß der erste Junge, für den sie geschwärmt hatte und der leider von einer Klassen-kameradin geangelt wurde. Der nächste war aus den oberen Klassen. Nicht gerade der hübscheste, aber der schwärmte für sie. Als sie es endlich bemerkte, war sein Interesse erlahmt.

Komisch, jetzt fielen ihr diese Geschichten ein. Waren die nicht voll der Romantik, die sie mal für sich selbst erhofft hatte? Juan hatte sie aber mit seinem Auftreten zerstört. Anfangs war alles noch schön und neu und stark und anders als das Leben, was sie bis dahin hatte. Dann kam die erste Nacht. Gerade war sie dabei ihren Abschluss zu machen. Von da an sollte alles noch besser werden. Sie waren beide etwas angetrunken und seine Liebe heftig. Monate später war es zu spät. Diego wuchs in ihrem Bauch und die Liebe war da schon zu Ende. Unmöglich, ihn nun zu verlassen. Sie hatte es sich eingebrockt, nun sollte sie es auch ausbaden. Ihre Mutter predigte es ihr jeden Tag. *Wie oft habe ich dir gesagt: Aufpassen. Nicht mit diesem Kerl. Was kann er denn, um euch über Wasser zu halten? Nun sieh zu, wie ihr den Kleinen groß bekommt. Wenigstens er hat ein anständiges Leben verdient.* Erst Jahre später sah ihre Mutter, dass es so nicht mehr weitergehen konnte. Sie nahm Inés auf, als die Krise zur Katastrophe geworden war. Aber ihre Einstellung hatte sich nicht viel geändert.

Um Geld in die immer häufiger, später chronisch leere Haushaltskasse zu bringen, begann sie die Ausbildung zur Polizistin. Ordnung, Autorität und das Gefühl, die Welt ein wenig besser machen zu können, waren die Beweggründe. Für eine gewisse Zeit funktionierte es auch. Juan hielt sich zurück. Vielleicht auch aus einer Angst heraus. Und in der Ausbildung nahm man Rücksicht auf sie als Mutter. An Diegos achtem Geburtstag bekam sie die Papiere. Ein Tag später begann alles von vorn. Der schlummernde Vulkan brach aus. Aus Drohungen wurden Handgreiflichkeiten. Aus diesen Schläge. Sie hinterließen nicht nur blaue Flecken, sondern auch Dellen in ihrer Seele.

Ein dicker Kerl lief zum Wasser und die Sache mit den Nordic-Walking-Stöcken fiel ihr ein. Sie hatte keine Ahnung, warum. Korte im Sprachenmischmasch vor seinem zu Schrott gefahrenen Auto. Statt sich darüber zu ärgern, gab er eine Lehrstunde in Sachen Wandern mit Stöcken, während er auf den Abschleppdienst wartete. Bald eine Dreiviertelstunde stolzierte der Typ in der prallen Sonne mit Inés auf und ab. *No, veramente ist totalemente easy. Vamos!* Das war es auch. An diesem Tag. Also stocherte sie Tage später mit ihren neuen zweiteiligen Stöcken, Miguel, einem knallroten Rucksack und kurzem Wanderrock zum Coll d'Honor hinauf. Aus irgendeinem Grund hatte sie auch noch den hellblauen Slip, auf dem vorne in knallig leuchtenden Farben *El lugar más hermoso del mundo* aufgedruckt war, angezogen. Hatte sie tatsächlich gedacht, ihm den schönsten Ort der Welt irgendwo dort im Wald unter Pinien zu zeigen? Aber so weit kam es ohnehin nicht, statt den Gipfel zu erreichen, fanden sie eine Leiche.

In ihrem Dämmer lief weiter alles durcheinander. Korte, diese Wanderung, die Knallerei auf der Finca und der Keller mit den Toten unter diesem Gemäuer. Mit ihren Stöcken versuchte sie diese aufzuwecken, während überall Ameisen aus ihren Augen krabbelten und fette Fliegen begannen, in die Luft zu steigen. Doch Diego kam plötzlich mit seinem Laptop angerannt und zeigte ihr eine Mail. Ein Brief von Luisa mit einem Bild von ihr. Breitbeinig und nackt vor der dicken Kerze in Miguels Schlafzimmer. Jetzt wurde es auch noch kalt auf ihrem Bauch und – aller guten Dinge sind drei – sie fuhr zum dritten Mal an diesem Tag hoch. Über ihr der

Typ vom Boot und auf ihrem Bauch ein verpacktes Magnum-Eis.

„Magst du so was?", fragte er und biss in seines.

„Ja ... klar ... woher ... danke", stotterte sie.

„Wie heißt du?" Er hielt sich nicht lange mit Nebensächlichkeiten und komplizierten Erklärungen auf.

„Inés." Es platzte mehr aus ihr heraus, als dass es eine überlegte Antwort war.

„Ramon." Er betrachtete sie wirklich frech und biss wieder in sein Eis. „Ich würde es essen. Da ..." Er stupfte in ihre Seite: „... schmilzt es sonst."

Eine Sekunde lang strich er mit seiner Hand über ihren Bauch, nahm das Eis weg und hielt es ihr hin. Sie konnte nicht anders, setzte sich auf und saß neben ihm. Ziemlich dicht, wie sie mit einem Mal feststellen musste. Ihr rechter Oberschenkel war nämlich mit dieser Bewegung unter sein linkes Bein gerutscht. Korrigieren konnte sie es nicht, denn nicht nur das Eis schwebte vor ihr in seiner Hand.

„Du siehst echt gut aus!" Wieder Ramon.

*¡Anda!* Mannomann! Du hast auch ohne dein Boot ganz schön Fahrt drauf!, schoss es ihr durch den Kopf und sie öffnete die Packung und kippte dabei auf seine Seite. Ramon kippte nicht. Er blieb wie ein Felsen sitzen. Sein Körper war sonnenwarm. Das fühlte sich nicht schlecht an.

„Wo wohnst du denn?"

Inés deutete nach hinten und er drehte sich um.

„Privat?"

„Nee! Hotel." Endlich hatte sie die Packung auf.

„Ah! Im Tierramar. – Gibt hier ja sonst nix."

Das kühle Eis ließ endlich ihren Kopf rattern, sie nachdenken. Aber in diesem Durcheinander da oben drin, zwischen ihrer Vergangenheit, Korte, Slip und Finca, ging es nur langsam vorwärts. Und das nicht einmal in eine gut erzogene Richtung. *¡Estás muy buena!* So etwas hatte noch niemand zu ihr gesagt. Das einzig Vernünftige, was ihr deshalb einfiel, war, wenn es so weiterging, würde sie in einer Viertelstunde mit ihm im frisch gemachten Bett ihres Zimmers liegen. Wahrscheinlich würde sie sich nicht einmal wehren. Im Gegenteil. Nicht ein Hauch von schlechtem Gewissen war in diesem Moment dabei, sich das vorzustellen und sie daran zu hindern. Wären ihr Ramon und sein Gequatsche unangenehm gewesen, hätte sie doch längst schon was gesagt. Vielleicht war sie auch nur vollkommen übergeschnappt. Oder so weit wie vor Jahren: ohne nachzudenken. Sie tickte wirklich nicht mehr ganz richtig und suchte nach einem Ausweg – allerdings halbherzig. Doch Ramon war schneller:

„Machst du Urlaub?"

„Nur ein langes Wochenende. – Montag früh geht's wieder zurück." Wieder ohne nachzudenken. Jetzt hatte Ramon also genug Zeit, sie rumzukriegen und sie zu wenig Fantasie, sich noch herauszureden. Fassungslos über sich selbst schüttelte sie den Kopf und biss in ihr Eis. Dann schob sie es in ihren Mund und wurde sofort rot. Denn im gleichen Moment sah Ramon sie an und musste bemerkt haben, wie das aussah.

„Hast du Lust auf 'nen Kaffee?", fragte er gar nicht passend zu dem, was in ihrem Kopf an Bildern und Fantasien herumging.

„Äh ... ja ... schon ..." Wieder das Gestottere: „Hab aber kein Geld dabei."

„Ich lad' dich ein", bot er unkompliziert an.

„So?" Sie zeigte auf ihre spärliche Bekleidung, die den neuen Vorschriften für die Bekleidung an Palmas Stränden nicht Genüge leistete und dachte daran, dass Ramon sie nun sicher aufs Zimmer begleiten würde, wenn sie sich umziehen wollte – danach.

Verdammt noch mal, sie hatte einen Job, zwei Söhne, in gewisser Weise auch Miguel. Also so etwas wie Verantwortung. Obendrein noch ihre Mutter, die in den letzten Jahren alles für sie getan hatte, und nun flirtete sie nach weniger als fünf Minuten mit einem jungen Kerl herum, der sicher nichts anderes im Schilde führte, als sie nach Strich und Faden zu verführen. Sie hatte keine Ahnung, warum sie sich so benahm, warum sie nicht aufstand und ging, warum sie Miguel *So gut war's nun auch wieder nicht* an den Kopf geworfen hatte und nun mit Ramon rummachte. Warum sie die Situation nicht sinnvoll in Griff bekam. Sie hatte doch eine polizeiliche Ausbildung. Sie sollte solche Dinge doch meistern können. Ihrem Ältesten, Diego, machte sie Vorwürfe, nicht nur weil er diese dämliche Aktion mit Drogen betrieben hatte, sondern vor allem, weil er ein in ihren Augen kleines, viel zu junges Mädchen verführte. Dabei war sie selbst nicht besonders weit gekommen in ihrem Leben – ohne nachzudenken.

Plötzlich hörte sie sich albern kichern, weil alles unwirklich erschien. Ramon war tatsächlich dabei, ihr den Kopf zu verdrehen. Was war nur los mit ihr? Vor einigen Minuten noch war ihr Kopf mit Krisen beschäftigt. Damit, Lösungen für ihr Leben zu finden. Für das ihrer Kinder. Sie erkannte sich nicht wieder. So kindisch, wie sie war. Kurz hoffte sie, noch zu träumen, schüttelte wieder fassungslos über sich den Kopf und kniff sich in den viel zu blassen Schenkel, der immer noch unter Ramons Bein eingeklemmt war und sich dort unwahrscheinlich wohlfühlte. Gleichzeitig wurde ihr warm, denn Ramon beugte sich ohne Umschweife mit nahezu vollem Körperkontakt über sie – sicher, um sie gleich richtig in den Arm zu nehmen oder gar zu küssen oder, nein, nicht hier am Strand – und zerrte einen Rucksack neben ihr hervor. Sie stutzte. Der war ihr die ganze Zeit nicht aufgefallen oder musste gerade eben von ihm oder jemand anderem dort abgestellt worden sein. Wieder kicherte sie.

Egal, was er nun alles vorschlagen würde, sie entschloss sich Nein zu sagen, wenn auch schweren Herzens, und während sie nach Worten für eine einigermaßen vernünftig klingende Begründung suchte, stellte Ramon den Rucksack vor sich ab, öffnete ihn und zupfte zwei weiße Shirts aus ihm heraus. *Socorrista* stand auf deren Rückseiten aufgedruckt und vorne das Emblem der *Cruz Roja*. Er faltete eines auseinander, hob es in die Höhe und meinte:

„¡*Vale!* Ist vielleicht ein bisschen groß. Müsste dir aber passen. Denen da drüben ist es im Übrigen ziemlich egal, wie wir aussehen."

Damit ging sein Arm nach rechts, deutete auf ein flaches Gebäude und sie sah im Hintergrund die weiße Bude des *Balneario 1* und nicht ein Hotel. *Balneario Uno,* die Strandbar, voll besetzt mit sonnenverbrannten, durstigen, eher halb nackten Strandläufern aus aller Welt. Da konnte also nichts passieren. *Ihre* Fantasie war demnach mit ihr durchgegangen und *sie* nicht mehr ganz richtig im Kopf. Sie atmete durch.


## 1. September, 11 Uhr 10

Mit dem betreffenden Foto standen sie wieder vor der Glaswand. Der also. Ricardo war gekommen, weil Miguel von großen Wendungen sprach und er dabei an seine Ergebnisse in der Mappe dachte. Doch schien es mit ihm nichts zu tun zu haben:

„Du glaubst nicht, was hier grad passiert ist."

„Wenn's so wichtig ist, ruf Inés an oder sag deinem Chef Bescheid."

„Inés nimmt nicht ab. Du musst sie also ersetzen!"

„Aber nicht in allem!", widersprach Ricardo lachend. Jetzt sah er sich das Foto an, als erwarte er, nun eine komplette Geschichte zu hören, die es wert war, seine Mappe zu ignorieren.

„Also?", bohrte er nach.

„Ivan versucht gerade herauszubringen, mit wem wir es zu tun haben werden."

„Und die Frau?"

„Erreiche ich nicht."

„Du könntest versuchen, ihr Handy zu orten." Sanchez Olivero nickte und deutete auf Andreu.

„Und?"

„Jetzt warten wir ab."

„Dafür zerrst du mich aus meinem Büro?"

„Ich hab' sonst niemanden."

„Inés!"

„Ist auf Selbstfindung", gestand Miguel leise und verzog den Mund.

„Hast du die Mappe gelesen?"

„Überflogen. Aber eure Fachsprache verstehe ich nicht. Das weißt du doch! War wohl ein Gift?!"

„Na gut! Die Nadel war wirklich dünn. Unter Umständen hat der Täter eine Spritze, mit der normalerweise Heparin, ein Antigerinnungsmittel, verabreicht wird, damit gefüllt. Bei so viel Fett – und Korte hat sich sicher ja auch aufgeregt – spürst du den Piks nicht. Größter Bestandteil war jetzt aber nicht Heparin oder so, sondern Botulinumtoxin in einer großen Dosis und ein Beschleuniger, dessen komplizierten Namen kannst du da drin nachlesen." Ricardo tippte auf die Mappe. „Durch die Hemmung im Nervensystem, die durch das Mittel herbeigeführt wird, werden Muskelfunktionen lahmgelegt. Vor allem aber die Lunge. Wirkt normalerweise erst nach ein paar Stunden. Aber vielleicht hat

Korte etwas gespürt und dann doch einen Herzinfarkt erlitten." Jetzt zuckte er mit der Schulter. „Was sonst besser zu erkennen ist, habe ich deshalb nur direkt am Herzen vorgefunden. Eindeutig ist das aber nicht. Denn es hatte schon eine Vorschädigung. Unter Umständen kamen also ein paar Zufälle zusammen. Das war die Kurzfassung. – Hast du das jetzt besser verstanden?"

„Muss man für die Herstellung Chemiker sein? Oder Apotheker?"

„Nicht unbedingt, du brauchst eine gute Quelle."

„Zum Beispiel."

„Alten Fisch in Dosen."

## 1. September, 11 Uhr 50

Mit ihren Stühlen hatten sie sich etwas abseits an das Mäuerchen vor der Promenade gesetzt. Obwohl der Wirt protestierte. Ramon deutete nur auf die Aufschrift auf seinem und Inés' Rücken, lächelte und zog mit ihr ab. Immerhin hatte er gerade Kaffee und mehrere Bocadillos bestellt. Der Typ hinter der Theke sollte sich also nicht beschweren. Und sie waren beide im Dienst, lachte er sie an, das sollte doch wohl genügen!?

Nun hockten sie zwar ohne Schatten in der prallen Sonne, aber zumindest Ramon war durch seine täglichen Rettungsaktionen hier am Strand schon gut vorgebräunt. Er musterte Inés' Beine und ihr Gesicht unter den blonden Haaren und ging zur Rettungskiste. Keine Minute später war er zurückgekehrt und hatte schon beim Gehen die Tube in seiner Hand geöffnet. Vor ihr kniend verrieb er ein wenig der Creme in seinen Händen und dann auf ihrer Haut. Es war das Selbstverständlichste der Welt und bedurfte keiner vorherigen

Frage. Sie schloss die Augen, biss sich auf die Unterlippe und genoss seine Finger, die Augenblicke später auch noch vorsichtig ihr Gesicht eincremten. Blinzelnd erkannte sie seinen faszinierten Blick, der sie an einen kleinen Jungen erinnerte, der das ersehnte Eis erhielt. Dann setzte er sich wieder neben sie und legte lässig einen Arm hinter sie auf die Rückenlehne.

„Wie alt bist du, wenn ich fragen darf?"

„Bald Mitte 30." Lügen hatte keinen Zweck. Nicht ihm gegenüber.

„Dann lag ich richtig. Obwohl du verdammt jung aussiehst. Ich hoffe, du bist jetzt nicht enttäuscht."

„Warum sollte ich? Und du?"

„Nächsten Monat werde ich 27."

„Dann lag ich nicht richtig."

„Hast wohl gedacht, ich geh noch zur Schule?", lachte Ramon sie wieder an.

„So schlimm nun auch wieder nicht. – Was machst du sonst? Das ist ja nicht dein richtiger Job. Ich weiß, so einen gibt's für euch Lebensretter nur in der Saison, von Mai bis September. Davon kann man also nicht leben."

„Nein. Leben kann man davon nicht. Ich studiere Wirtschaftswissenschaften hier an der *Universitat de les Illes Balears.* Bin im nächsten Jahr fertig und dann wird man sehen. Bis dahin finanziere ich mich ein bisschen auf diese Weise. Die Firma, die mein Studium mitfinanziert, wird mir dann sagen, wie es weitergeht." Er zuckte die Schultern und sah sie an. Forschend, wie sie glaubte. Prompt stellte er fest: „Du bist verheiratet, hast 'nen guten Job und schon ein, zwei Kinder. Stimmt's?"

Inés bekam fast einen Hustenanfall und räusperte sich stattdessen. Jetzt kam die Stunde der Wahrheit und auf die hatte sie keine Lust. Er hatte auch noch in fast allem recht. Woher wusste er Bescheid? Aber wie sollte sie sich herausreden? Ihr fiel ihre Mutter ein:

„Denk an deine Kinder!", war immer ihr erster Satz.

„Mutter!", zischte sie dann zurück und sah sich aufstampfen. „Rate mal, was ich in all den letzten Jahren versucht habe? Ihnen wenigstens eine gute Mutter zu sein. Wenn schon der Vater fehlt."

„Aber dein Beruf passt nicht dazu!"

„Was hat mein Beruf damit zu tun?"

„Du bist nicht für sie da."

„Das wäre bei allen anderen Berufen auch so."

„Ich kenne nur noch eine Arbeit, die nachts bezahlt wird." Wie immer war ihre Mutter ungerecht und sah in allem, was ihr nicht in die Welt passte, entweder etwas Verdorbenes oder Schmutziges. Natürlich setzte sie noch einen drauf:

„Dieser Miguel hält dich auch nur von allem ab. Wann bist du denn noch zu Hause? Konzentriere dich endlich darauf, Mutter zu sein. – Sieh mich an. Ich mache Tag für Tag nichts anderes. Ich koche, putze, wasche für euch. Und du?"

Den Rest ließ sie unvollendet. Es schwang auch so alles mit. Alle Vorurteile und Vorwürfe. *Treibst dich rum, statt hierzubleiben, was glaubst du, was gewesen wäre, wenn ich so gelebt hätte.* Fast jede Woche musste sie es hören und hätte am liebsten jedes Mal geantwortet: Und du? Wo bin ich entstanden? Hattest du nicht auch deinen Spaß gehabt? Und was hat deine Mutter dazu gesagt? Doch jedes Mal blieb sie still. Dachte an ihre Söhne und beendete den Streit, der nur Kraft kostete, aber nie zu einer Lösung führte. Zu Hause bleiben und nach draußen starren, war auf jeden Fall keine. Woher sollte auch das Geld kommen? Verdammt noch mal! Sie dachte an ihre Söhne. Manchmal viel zu oft. Nur heute, vielleicht auch noch morgen, wollte sie wenigstens an sich denken und egoistisch sein. Kraft holen. Sie schaute Ramon an und genoss dieses Gefühl. Und sie wollte ehrlich sein. Er hatte es jetzt schon verdient. Immerhin war sie nicht verheiratet. Damit konnte man etwas anfangen.

„Verheiratet nein. Job ja. Zwei Jungs. Der eine wird schon 16, der andere 14. – Ich war damals zu jung und naiv."

Mehr musste er nicht wissen. Salamitaktik. Sie holte tief Luft, erwartete, dass er seine Hand hinter ihr nun wegnehmen und Tassen und Pappteller wegbringen würde. Aus irgendeinem bescheuerten Grund hatte sie Angst davor, von ihm alleingelassen zu werden. Frau mit Kindern! Und zählte unterbewusst die Sekunden. Sie war bei neun angekommen, als er antwortete:

„Stark! Dann hast du schon ein ganz schönes Stück Leben fertig. Mir fehlt noch alles. – Was arbeitest du?"

„Ich bin 'ne stinknormale Polizistin", seufzte sie in den Sand schauend und fühlte wieder seinen viel zu sanften Blick, „versuch' Taschendiebe, Hütchenspieler und Mörder schnell zu finden und hinter Gitter zu bringen. Das schnell gelingt mir allerdings nicht immer."

Nun sah sie ihn lächelnd an. Mein Gott, was ging hier vor? Ein bunter Wasserball, der ihr vor die Füße kullerte, lenkte sie von weiteren Überlegungen ab. Sie hob ihn hoch und warf ihn ein paar krakeelenden Kindern zurück. Ramons Hand landete derweil auf ihrer Schulter und umfasste sie sanft.

„Warum nicht verheiratet?" Die Hand erfüllte eindeutig eine tröstende und keine anmachende Aufgabe. Und seine Stimme erinnerte sie an die rauen, aber gemütlichen Kissen auf dem Sofa ihrer Oma. Wieder seufzte sie und rutschte auf ihrem Stuhl ein bisschen vor. Seine Hand wanderte von der Schulter in ihre

Haare und begann den Kopf unter den Haaren zu streicheln und zu massieren. Sie schloss die Augen und hätte am liebsten losgeheult. Was er mit ihr in aller Selbstverständlichkeit anstellte, war unglaublich. Währenddessen tauchten ihre Zehen in den Sand und buddelten ein Loch, in dem ihre Füße versanken. Früher oder später – sie war sich sicher, dass es ein Später heute noch geben würde – würde er eh alles erfahren. Also lieber jetzt. Eine Viertelstunde später hatte sie ihm ihr Leben erzählt. Jedes wichtige Detail. Fast jedes. Miguel hatte sie überall herausgelassen.

„Und keinen, den du magst?", fragte Ramon und es klang wie eine Feststellung.

„Ich tu mich seitdem schwer."

Das war nicht einmal gelogen. Unvermittelt stand sie auf, zog das Shirt so heftig über ihren Kopf, dass ihr Oberteil fast mit im Sand landete und ihre Brüste freilegte. Sie lachte deshalb auf, wie ein kleines Kind, das bei einem verbotenen Blödsinn erwischt wurde. Ohne Hast schob sie den BH wieder zurück und hatte fast erwartet, dass Ramon die Chance wahrnahm, ihren Busen zu streicheln. Mach es, aber stell keine weiteren Fragen. Und mach es so, wie du mich anschaust, dachte sie deshalb. Dann rannte sie zum Wasser, drehte sich um und rief ihm entgegen:

„Wo bleibst du?"

In diesem Moment dachte sie wieder an das Mädchen, das am Morgen auf ihren Freund zugelaufen war und ihn im Wasser so hingebungsvoll umarmte. Jetzt. Genau jetzt würde sie das Gleiche mit Ramon machen. Jetzt musste er nur an ihr vorbei ins Wasser laufen. Eine Handvoll Meter vor den Wellen war sie stehen geblieben, dann kam er endlich auf sie zu. Warf sein Shirt achtlos neben sich in den Sand und sie war wieder erstaunt über seinen Körper. Eine Armlänge blieb er vor ihr stehen und sie betrachtete seine farbigen Tattoos, die sich vom linken Oberarm über die Schulter auf seine Brust ausbreiteten, als seien sie lebendige Wesen. Sie sah einen Wolf über einer großen Rose, neben der ein kleiner Vogel herumschwirrte und Äste und Schriften und Blumen, die alles umschlossen. Mit den Fingerspitzen ihrer rechten Hand strich sie über die Bilder und fühlte bei der Berührung einen wohligen Schauer über ihren Rücken laufen. Der Wolf gefiel ihr am besten. Sein Blick hatte etwas Ernsthaftes und schien sie zu prüfen.

„Was bedeuten die?"

„Nicht mehr besonders viel. Aber wenn du sie einmal hast stechen lassen, erinnern sie dich an Dinge auch in Zeiten, in denen du es nicht brauchen kannst. – Komm lass uns schwimmen."

Und tatsächlich ging er an ihr vorbei und war Augenblicke später schon im Wasser. Wieder zählte sie. Dann rannte sie los. Ohne nachzudenken. Gott sei Dank! Sie hatte alles abgestreift, ihre Gedanken, Bedenken und Sorgen. Sowie die lästige Vergangenheit, Korte und Miguel. Sie hatte kein schlechtes Gewissen und keine Tattoos, die sie an etwas mahnend erinnerten, sondern nur diesen Moment. Und er stand dort bis zur Hüfte im Wasser und hatte wohl die zwei Jugendlichen heute Morgen auch gesehen. Denn er fing Inés auf, wie der Junge das Mädchen. Doch ohne sie zu umarmen und ohne den Kuss, aber die Hände fest unter ihrem Po, die sie hielten und ihre Füße auf seinem Rücken, ihr Kopf auf seiner Schulter, sein Lachen in ihrem Ohr, sein Wolf an ihrem Arm. Inés hatte das wohlige Gefühl von diesem Moment betrunken zu werden.

## 1. September, 12 Uhr 15

Ungläubig schaute er auf die Bildschirme am Gate. *Cancelado* stand giftgelb in der Zeile hinter dem Flug AZ 2445 nach Madrid. Zeitgleich erhob sich ein Stöhnen und Raunen in der Menschenmenge vor ihm. Manche drehten einfach kopfschüttelnd ab, manche stießen nicht jugendfreie Flüche aus und warfen leere Getränkedosen, Zeitungen oder Sonstiges über den kleinen Schalter, an dem sonst die Passagiere abgefertigt worden wären. Die Frau dahinter schrie auf und duckte sich. Er zog den Griff aus seinem Rollkoffer und folgte der ersten Gruppe. Welche Ausrede sie wohl jetzt am Schalter hatten? Nach ein paar Metern blieb er stehen und kehrte mit suchendem Blick um. Denn zwei Polizisten, die ihm entgegenkamen, unterhielten sich nicht miteinander, sondern schauten jedem Einzelnen aus der Gruppe ins Gesicht. Es war klar, sie suchten jemanden. Hatten sie etwa herausgefunden, wer er war? Leise fluchend betrat er eines der WCs, schob den Koffer unter die Waschbecken, wusch überaus gründlich seine Hände und lauschte. Draußen auf dem Gang wurde es nach einigen Momenten leiser und er beschloss, es noch mal zu versuchen. Hier übernachten wollte er jedenfalls nicht. An der Tür ließ er einen Mann vor und den nächsten herein, gleichzeitig checkte er den sichtbaren Teil des Gangs hinter ihnen. Zumindest waren die Polizisten nicht mehr im Sichtfeld. Auch nicht mehr in diesem Teil des Ganges, als er kurz nach rechts und links schaute. Am Ende des Ganges im Terminal D war jetzt schon ein Flug nach Colonia aufgerufen. 14 Uhr 10. Er setzte sich dort an die runde Fensterfront mit Blick auf den Gang. Gegenüber eine Glastür, von der er hoffte, dass sie sich ohne größere Schwierigkeiten öffnen ließe. Im Falle eines Falles. Dann nahm er sein Handy heraus und tippte auf dem Display herum. Sekunden später hatte er den gewünschten Anschluss.

„Ich komme hier nicht weg. Sie haben den Flug gecancelt. – Nein. Ich hatte noch nicht die Gelegenheit. Ich versuche es telefonisch. Hier springen ein paar neugierige Polizisten herum. – Emily, Vanessa und Charlotte habe ich Bescheid gesagt. Denen habe ich noch Tickets besorgen können. – Genau! Madrid, Bologna, Barcelona. Die kommen sicher durch. Deren Namen sollten sie auch noch nicht herausgefunden haben. – Was weiß ich! Die anderen müssen es selbst versuchen. Ohne Einnahmen kann ich kein Geld verschleudern. – Dann müssen sie halt wieder in den Bus steigen. Da kann ich jetzt auch nichts machen. Denen fehlt auch die Klasse von den anderen drei. – Gott sei Dank hab' ich den Stick mit den Videos. Beim nächsten Mal geb' ich so etwas nicht mehr aus der Hand. Echt, das war blöd von mir. – Über alles andere können wir dann später reden. Jetzt will ich erst mal weg hier. – Keine Ahnung! Hast du was gehört? – Okay. Ich ruf wieder an."

Er schaute auf das Onlineticket und tippte die Nummer der Alitalia-Info. Natürlich fand er sich sofort in einer Warteschleife wieder. *Aufgrund verschiedener Flugausfälle, bedingt durch einen kurzfristig ausgerufenen Fluglotsenstreik, sind unsere Mitarbeiter gerade alle in einem Gespräch. Bitte haben Sie einen Moment Geduld.* Die hatte er nicht und legte auf. Stattdessen versucht er im Internet eine Lösung zu finden. Anderer Flug. Anderes Ziel. Mit einem weiteren Anschlussflug irgendwohin in Europa. Online buchbar und in den nächsten Minuten möglich. Es würde schwierig werden, das wusste er, die Ferienzeit war noch in vollem Gange. Was für die eine Sache von Vorteil war, weil alles überfüllt war, wurde jetzt unter Umständen zu einem Nachteil. Aber wenn er heute noch weiterkäme, würden sie schon etwas mehr Zeit brauchen, ihn aufzuspüren. Er scrollte auf dem kleinen Display die Möglichkeiten durch. In den nächsten Minuten funktionierte schon mal gar nichts. Erst bei einem Flug um 19 Uhr 15, auch nach Madrid, wurde kein Hindernis mehr angezeigt und Plätze waren auch noch frei. Kurzentschlossen buchte er um. SU 3664. Aeroflot. Auch noch Russen. Er schüttelte den Kopf. Es reichte schon, wenn die ihm bei seinen Immobilien in die Quere kamen.

## 1. September, 12 Uhr 25

*Sie nimmt nicht ab,* las er in der *Telegram*-Nachricht auf seinem Handy. Wenigstens rief er jetzt nicht mehr an und nervte allein schon durch das Klingeln. Gut, er hätte das Ding auch stummschalten können. *Sie will mal ein bisschen Ruhe. Der Fall hat sie mitgenommen,* schrieb Sanchez Olivero zurück und legte das Handy wieder auf den Tisch. Gerade wollte er mit Andreu und Ivan über das weitere Vorgehen sprechen, als das Display schon wieder aufleuchtete. Diegos Daumen waren wohl mit dem Touchscreen verheiratet. *Du weißt also doch mehr!,* stand dort und das Emoji dahinter zeigte, dass Diego sauer war. *Und wenn schon,* Miguels kurze Antwort, bevor er das Ding tatsächlich stumm schaltete und verkehrt herum zurücklegte. Heute Nachmittag würde er ihn noch mal anrufen – vielleicht –, aber erst nachdem er im *Tierramar* vorbeigefahren war. Er hatte ja selbst nicht die leiseste Ahnung, was im Moment mit Inés genau los war.

„Was schlagt ihr also vor?", fragte er nun die zwei auf der anderen Seite des Schreibtischs.

„Diese Erna könnten wir, ohne großes Aufsehen zu erzeugen, noch einmal befragen. Immerhin ist sie seine

Frau. Rein theoretisch sollte sie also an der Aufklärung interessiert sein. Sie kennt sicher die Verbindungen, die Leute um ihn herum. Vielleicht kommen wir dem Ganzen dann schon ein Stück näher", meinte Ivan, der sich etwas nervös wirkend im Raum umschaute. Miguel grinste, lag seine Nervosität etwa an Inés' Fehlen? Wäre sie hier, würde Ivan nur auf sie starren. Als er sich wieder zu den Fotos und Zetteln umdrehte, stand plötzlich Pelleter neben ihnen. Was war nur los in den letzten zwei Tagen? Nichts war wie sonst. Pelleter war es für gewöhnlich egal, wenn sie diese Art Rätselraten veranstalteten. Sich nervös daneben zu stellen, um Druck zu erzeugen, war nicht sein Steckenpferd.

„Das sieht doch schon ganz *respetable,* manierlich, aus", meinte er und sah sich die Notizen an. Und der Inspector wunderte sich über das Wort manierlich.

„Dieser Serena oder Erna sind Sie schon auf den Fersen?"

Sanchez Olivero zuckte zusammen. Pelleter hatte von einigen Details wohl mehr Ahnung, als er dachte.

„Ich hatte gerade vor, sie zu Hause anzurufen."

Nun stand Andreu neben ihnen.

„Sorry! Sie nimmt auf ihrem Handy nicht ab. Aber ich habe es geortet. Wenn's stimmt, ist sie ganz in der Nähe vom *Es Baluard.* Und wenn die Ortung genau stimmen sollte, entweder in unmittelbarer Nähe des Hotels *Palladium* oder sogar drin."

Der Comisario und der Inspector schauten sich an. Sie sahen aus wie Spiegelbilder, Sanchez Olivero war der Erste:

„Dann will ich mal los."

„Augenblick!" Pelleter schob ihn vor sich her auf den Gang und hielt ihn am Oberarm fest, dann fuhr er sich pustend mit der linken Hand übers Gesicht:

„Frau Bertoli, also Inés, hat mich gerade angerufen und um Urlaub für diese Woche gebeten."

Miguel nickte. Er hatte so etwas geahnt. In seinem Kopf fielen ein paar Steine um. Wohin will sie? Womöglich stellte er sich die Frage schon zu spät. Und Inés hatte bereits ein paar Dinge entschieden, die er nicht mehr beeinflussen konnte. Der tote Korte kam da natürlich im falschen Moment. Verschob die Konzentration beträchtlich und mögliche Lösungen in weite Ferne.

Pelleter schaute ihn mit seinen stahlgrauen Augen ernst an. Geradezu väterlich. Dabei war er höchstens fünf Jahre älter als er. Aber bestens situiert, wie man so schön sagte: Verheiratet mit Janea, einer dunkelhaarigen Katalanin, mindestens ebenso ernst wie er in diesem Moment, zwei Kinder, Töchter, Giana, 20, und Mireia, 16. Die ältere war schon unter der Haube. Nach wilden Jahren hatte sie einen jungen Ingenieur kennengelernt. Nun wohnte sie – nicht zur Freude ihres Vaters, weil zu weit weg – schon seit einem halben Jahr zusammen mit dem Freund in Martorell, zwanzig Kilometer von Barcelona entfernt, und studierte dort, vielleicht durch ihren Freund beeinflusst, Fertigungstechnik.

Die jüngere nutzte ihr Nesthäkchendasein aus und war wohl mehr unterwegs, als den Eltern recht sein konnte. Das wusste Miguel allerdings nur durch die ewig schlauen Kollegen, die angeblich einige Telefonate miterlebt hatten, als die Kleine mit säuselnder Stimme ihrem Vater wieder ein Zugeständnis abgerungen hatte und er danach minutenlang in sich zusammengesunken und mit gänzlich verschwundener Autorität auf seinem Stuhl hockte. In der Schule schienen ihre Leistungen zu stimmen. Ansonsten hätte Pelleter sicher nicht nachgegeben. Stimmten die Leistungen, gestattete er nahezu alle Freiheiten. Miguel schätzte ihn in seinem privaten Leben nicht viel anders ein als in seinem beruflichen.

Er war sich sicher, Pelleters Antwort bereits zu kennen. Seinen Blick von damals hatte er nicht vergessen, genauso wenig seine Art, wie er seinerzeit Inés vorstellte: *Inés Farrigua Bertoli. Wie soll ich sagen, Ihre neue Assistentin.* Pelleters Worte wunderten ihn daher nicht:

„Ich habe zugestimmt. Nicht gerne. Das können Sie sich denken. Bringen Sie das in Ordnung, Sanchez!"


## 1. September, 13 Uhr 10

Die Hände in die Hüfte gestemmt, sah sie ihn an. Gleich würde sie explodieren. Männer! Es war immer dasselbe. Und ausgerechnet er meinte nun, er könnte das Projekt jetzt alleine wuppen. Nervös schaute sie auf die Uhr. Es konnte sich nur um Minuten handeln, bis der Trupp der Polizisten das Haus umstellt hatte.

„Was hast du geglaubt, hier zu finden?"

„Ich werde hier was finden! Reg dich nicht auf! Ich bin erst seit einer Stunde da und hab' noch nicht mal großartig angefangen zu suchen, weil ich auf dich gewartet habe."

In der Jacke, die wahrscheinlich jetzt immer noch in der Garderobe des *Es Baluard* hing, hatte er den Schlüssel zum Zimmer und ein paar Zettel mit kryptischen Zahlen und Nummern gefunden. Leider passten die nicht zum Tresor im Schrank. Trotzdem musste Korte sehr vertrauensselig gewesen sein, als er sie dort hingehängt hatte und im Museum verschwand. Er war überzeugt, die Zettel hatten eine Bedeutung, wenn sogar dieser Schlüssel in der Tasche war. Er musste nur noch herausfinden, was. So was konnte dauern. Aus der Zimmerbar nahm er eine Flasche Cava, öffnete sie mit einem Knall und schenkte zwei Gläser ein. Erst die Belohnung. Er reichte ihr eines rüber, sah sie dabei wie die Mädchen bei den Castings an und als die Hand leer war, ging er einen Schritt auf sie zu und fuhr ihr über den Po.

„Hab' dich nicht so. Er hat bis morgen für alles bezahlt. Keine Ahnung, was er vorgehabt hat. Wir werden was finden und heute Nacht haben wir einen wunderbaren Unterschlupf. – Ist doch geil!"
Sie wand sich ein wenig, gab aber gleichzeitig darauf acht, dass seine Hand da bleiben konnte, wo sie war.

„Für so eine Nacht sollten wir vielleicht woanders hingehen. Die haben sicher schon herausgefunden, in welchem Hotel er eingecheckt hat."

„Soweit ich weiß, gibt es über 1600 Hotels auf der Insel. So schnell haben die nicht die Registrierungen durch. Und woher sollten sie es überhaupt wissen? *¡No te preocupes!* Im Moment müssen die sich um ganz andere Dinge kümmern."
Seine Hand rutschte tiefer, nur um den Stoff ihres Sommerkleids hinaufzuschieben und zwischen ihre Schenkel zu gelangen. Ihre Reaktion: ein Kichern. Kurz bevor er mit einem Finger eindringen wollte, ließ er sie los.

„Hast du zufällig den Zweitschlüssel für seinen Wagen dabei?"
Erstaunt sah Erna ihn an. Ein Teil ihres Sommerkleids klemmte nun hinter dem Bund ihres Slips. Es sah verwegen und verführerisch zugleich aus. Zacarias starrte auf die mager bekleidete Stelle und sagte gleichzeitig in einem plötzlich seidenweichen Ton:

„Hier steht nirgendwo eine Tasche oder ein Koffer von ihm. Was macht er dann in einem Hotel? Und sein Wagen steht in der Tiefgarage."

Erna ging mit ihrem verschobenen Kleid zu ihrer Tasche.

„Ich hoffe, ich hab' den dabei. Hättest du mir ja vorher sagen können, dann ..."

„... wer denkt auch an so was?!", widersprach er.

„Scheiße!" Sie kruschtelte in den Tiefen ihrer Tasche: „Ich finde ihn nicht ... doch ... stopp ... warte! – Ich glaube, das ist er."
Triumphierend hielt sie ein klirrendes Schlüsselbund in die Höhe und ließ es vor Zacarias Augen baumeln.

„Was sind das denn alles für Schlüssel?" Überrascht betrachtete er die Sammlung.

„Ehrlich gesagt, keine Ahnung. Ich habe ja nie welche gebraucht. Das Haus ist smart."
Zacarias sah sich die insgesamt fünf Schlüssel genauer an. Der eine war tatsächlich der wohl passende Autoschlüssel. Ein zweiter passte vielleicht zur Garage, der dritte ...

„Ist das ein Hausschlüssel?"

„Sicher nicht." Erna sah sich den Schlüssel genauer an und schüttelte den Kopf. Dann schaute sie auf und grinste: „Könnte aber zur Tür in den Keller passen. Da hat er ein normales Schloss reinmachen lassen, wegen der Bauarbeiter, das weißt du doch. Die konnten dort aufs Klo und sich duschen. Die Tür zur Wohnung war dann ja immer abgeschlossen. Ist eine Feuertür. Ich glaube, da passt der."
Sie hielt den vierten hoch.

„... und das ist sicher der zur Schreibtischschublade in seinem anderen Büro. Der war immer so ein kleiner. Wie bei dir – manchmal."
Sie lachte auf und griff ihm unvermittelt in den Schritt. Na, mein Kleiner?! Jetzt wand er sich ab und lächelte seltsam gequält.

„Dann teste ich die doch mal", meinte er.

Die Schlüssel tanzten in seiner Hand und er ging an ihr vorbei zur Tür. Dort angekommen, spürte er sie hinter sich. Er drehte sich zu ihr um, zupfte das Kleid aus dem Slip und raunzte sie an:

„Nein! Bleib du hier. Ich bin in ein paar Minuten zurück."

„Hast du was? Du bist heute die ganze Zeit so komisch!? – Was hast du vor? Willst du etwa abhauen? Pass bloß auf! Ich kann dich auch verpfeifen."

„Quatsch nicht! Und reg dich ab. Mach, was du kannst, und leg dich da hin. Das ist nachher der Spaß für uns, den Rest klär ich."

„Behandle mich nicht wie eine dumme Nuss oder ein Flittchen!", zischte sie ihn an: „Nur weil du *das* kannst und mir Spaß dabei machst, bist du nicht Superman."

„Jetzt hab' dich doch nicht so. Glaubst du, das alles fällt mir leicht? Jetzt warte doch eben ab!"

„Ich gebe dir genau fünf Minuten", sie klopfte auf ihre Uhr am Handgelenk, „dann ruf ich an." Ihr Blick ließ keinen Zweifel zu. Ohne einen weiteren Ton ging Zacarias raus, schloss die Tür und ging nach rechts zum Fahrstuhl.

„Werden wir ja sehen", sagte er leise vor sich hin. Er drückte den Knopf und kurz darauf war er auf dem Weg nach unten.


## 1. September, 13 Uhr 20

Auch das noch! Der Junge ging ihm allmählich wirklich auf die Nerven. Er beschleunigte seinen Schritt und beschloss, ihn so gut es ging zu ignorieren.

„Ich habe keine Zeit!", rief er ihm zu und war fast schon auf der Straße.

„Okay! Okay! Ist ja schon gut. Ich geh eben nur schnell pinkeln und bin schon wieder weg."

„Lass dich nicht aufhalten!" Schon war Miguel weitergelaufen.

„Weißt du was von Inés?", hörte Sanchez Olivero hinter sich. Seine Antwort nur eine wedelnde Hand und ein lautes Nein, im nächsten Moment war er schon nach links über die *Simó Ballester* gegangen. Bevor er das *La Tapita* betrat, kontrollierte er, ob Vicenç tatsächlich weg war. Auf seine Begleitung konnte er gut verzichten. Er hob lediglich eine Hand zum Gruß und Augenblicke später hatte er einen Kaffee vor sich auf der Theke stehen.

„Wo ist Inés?", hörte er Toni fragen.
Sanchez Olivero verzog das Gesicht, nahm sich einen Bierdeckel und fing an, auf ihm herumzukritzeln.

„Macht ein paar Tage frei."

„Ohne dich? – Krise?"
Jetzt fing Toni auch schon an. Miguel schaute ihn mit hochgezogenen Augenbrauen an.

„Wie kommst du denn da drauf?"
Auf dem Bierdeckel standen mittlerweile drei Namen, jeweils an der Spitze eines Dreiecks. Hinter Erna kringelte er ein dickes Fragezeichen.

„Ich glaube, das letzte Mal ohne sie bist du vor zwei Jahren hier reingekommen", grinste er ihn an.

„Vor zwei Jahren? – Da kannte ich ..."

„... deshalb ist es ja komisch."

„Ihr seid auch alle komisch."

„Ausgehungert siehst du auch aus." Damit schob er Miguel ein *tostado amb oli,* mit einer zerriebenen Tomate darauf, rüber.

„Was ihr nicht alle habt!"

„Also bin ich nicht allein. – Wird schon wieder. – Wirst' sehen!" Es folgte noch ein Glas Bier und Schulterklopfen, dann tippte Toni auf den Bierdeckel:

„Hat das mit dem Toten im Museum zu tun?"

„Woher weißt du das denn schon wieder?"

„Glaubst du etwa, du bist der Einzige, der da drüben in der Burg arbeitet und hier seinen Kaffee trinkt?"

„Demnach wohl nicht." Miguel verzog das Gesicht.

„Also?", grinste Toni.

Jetzt schaute er Toni vorwurfsvoll an. Dessen Neugier war heute wieder einmal überbordend. Miguel meinte:

„Wenn du was darüber weißt, dann leg los."

„Hast du die Nachrichtenticker etwa noch nicht gelesen? Toter Deutscher, Millionär, Baulöwe, Hotelier, viele leichte Mädchen, geile Frau – wenn das Bild auf Twitter nicht lügt. Er selbst ist ja ein Fettwanst."

„Sonst noch was?"

„Eigentlich dachte ich jetzt, du wüsstest mehr. Ich muss ja meine Leute hier auch unterhalten können. Und ein gewisses Maß an Wissensvorsprung sichert meine Einnahmen."

„Tut mir leid. Du weißt fast mehr als ich."

„Ich sag dir: Es ist wie immer. Die schöne Frau hat die Nase voll von ihrem dicken Mann, hat längst einen neuen kennengelernt, der setzt sie unter Druck, weil ihm das fehlt, was der Dicke hat, nämlich Geld und die zwei hecken einen genialen Plan aus, wie man den Ollen loswerden könnte. Und was ist schöner, als den unauffällig in 'nem Museum um die Ecke zu bringen. Ich hab' zwar keine Ahnung wie, aber du bist der Polizist."

Toni klopfte mit hochgerecktem Daumen und augenzwinkernd auf die Theke und drehte sich weg. Miguel schüttelte hingegen verblüfft und mit einem schiefen Lächeln den Kopf, griff in seine Hosentasche und zupfte das Handy raus. Sekunden später:

„Was wissen wir eigentlich über diese Erna?"

„Das, was ihr damals wegen der ganzen Sache auf der Finca herausgefunden habt. Und das der Kollegen in Deutschland über die versuchte Vergewaltigung. – Ich geb' zu, alles etwas seltsam. Aber ... Warum fragst du?"

„Ich überlege, welche Rolle sie schon da gespielt haben könnte und welche jetzt."

„Jetzt? Du meinst, sie war dabei? Als Mittäter? Hat sich vielleicht verkleidet, oder so?"

„So in etwa. – Ich geh nachher ins *Palladium*. Ich muss deshalb vorher noch etwas erledigen. – Ach, da fällt mir ein, ist Vicenç bei euch?"

Andreu lachte auf.

„Inzwischen nicht mehr. Er hatte kurz reingeschaut. Dann hab' ich ihn fortgejagt. Jetzt ist er mit Ivan unterwegs, der bringt ihn zum Klo und dann vor die Tür."

„Mannomann, der kann ganz schön hartnäckig sein. Keine Ahnung, was ich mit dem noch machen soll."

„Keine Sorge. Bei Ivan ist er in besten Händen. Der hat sogar dafür gesorgt, dass der Kleine Pelleter nicht von der Arbeit abgehalten hat."

„Was?" Miguel war fassungslos.

„Er hat ihn wohl auf dem Gang getroffen und mit ihm gesprochen. Ich weiß nicht, was."

„Es wird Zeit, dass die Ferien zu Ende gehen. Mit seinem Briefchen geht er inzwischen allen auf die Nerven."

„Ach, Ivan hat gemeint, Pelleter wäre ganz freundlich gewesen und hätte Vicenç, als er ihn wegschicken wollte, irgendwas von *ganz schön mutig* erzählt."

„*¡Dios!* Super! Dann steht der nächste Woche wieder mit dem Umschlag da."

„Den hat er ihm schon rübergereicht."

„Und Pelleter hat ihn genommen?"

„Er hatte ihn zumindest in der Hand."

„Das kann ja heiter werden. – Wir sehen uns später."

„Wir gehen in zehn bis zwanzig Minuten los und machen uns schon mal schlau."

Sanchez Olivero nickte, als wenn Andreu es sehen könnte, und legte auf. Kurz sinnierte er noch vor sich hin und schien dabei die Bocadillos unter der Plexiglashaube rechts neben sich auf der Theke zu hypnotisieren. Vicenç, Inés, Erna. So hätte er die Ecken des Dreiecks auch benennen können und nicht gewusst, welches Rätsel schwieriger war. Dann steckte er den Bierdeckel ein und legte einen Schein auf die Theke. Toni guckte gerade nicht. Eine halbe Minute später saß er in seinem Twingo.

## 1. September, 13 Uhr 35

Gerade war er von seinem Kontrollgang zurückgekehrt. Manchmal musste er ein paar Uneinsichtige zurückpfeifen, die glaubten, sie könnten mit ihren Boards durch herumtollende Kinder hindurchgleiten. Manchmal waren es Kinder, die mit Sand und nicht mit ihren Bällen herumwarfen. Vorhin musste er einem kleinen Jungen ein Pflaster auf den Arm kleben. Er war in eine kleine Scherbe gefallen. Der Schnitt war nicht besonders groß, aber der Tropfen Blut reichte für ein paar Tränen. Das Pflaster, in Form eines Wals, war allerdings so interessant, dass er es jedem am Strand sogleich stolz zeigte. Nun saßen sie im *Burger King* und schauten von dort auf das fast karibisch anmutende Meer hinaus.

„Wirtschaftswissenschaften", begann Inés, „an so was habe ich in meinem ganzen Leben nie gedacht. Für mich war irgendwie klar, dass ich für Ordnung sorgen wollte. Nach dem ganzen Mist, den ich erlebt habe. Wie kommt man auf Wirtschaftswissenschaften?"

„Mein Vater hat 2008 seinen Job verloren. Die Wirtschaftskrise hatte in seiner Firma voll zugeschlagen. Ich war das letzte Jahr auf der Schule. Und als ich das mitbekommen habe und die Berichte in der Zeitung las, dachte ich, das muss auch anders gehen."

„Aber du hast nicht sofort einen Studienplatz bekommen?!"

„Ich bin ein bisschen durch die Gegend getingelt, bevor ich angefangen habe. Zu arbeiten gab es damals ja nicht viel. Ein bisschen Kellnern, das war's."
Ramon schob sein leeres Tablett, auf dem zuvor drei Hamburger waren, unter das von Inés. Hier unter der Markise war es auszuhalten.

„Alleine?", wollte sie wissen und biss ein letztes Mal in ihren Burger.

„Alleine. Die ganze Zeit. Du wirst lachen. Ich lerne nicht schnell Leute kennen."
Inés lachte tatsächlich.

„Ich bin natürlich die Ausnahme." Sie erschrak über ihren Satz, hob eine Hand und streichelte seine Wange: „Entschuldige bitte! – Dir werden sie doch in Heerscharen hinterhergerannt sein."

„Das muss ich dann übersehen haben", schmunzelte er mit einem Hundeblick zurück. Und Inés wurde es wieder warm. Sie sah deshalb ihre etwas verschmierten Hände an und nicht ihn, bevor sie neugierig wissen wollte:

„Keine Freundin?"

„Doch. Über sechs Jahre. Bis April dieses Jahres. Susana. Wir kennen – kannten uns seit Schulzeiten."

„Und sie war nicht mit auf der Reise?"
Ramon schüttelte mit noch vollem Mund den Kopf.

„Sie war auf der Schule damals."

„Und nun ist es vorbei.“

Er zuckte mit der Schulter. Tat es ihm leid?

„Jetzt studiert sie und arbeitet nebenbei im *Es Baluard* im Café.“

Inés vergaß das Kauen und sah ihn mit halb offenem Mund verblüfft an. Dann schluckte sie und meinte:

„Was für ein Zufall. Da gab es gestern Abend einen Toten. Wahrscheinlich war es Mord. – Ist ja seltsam. Im *Es Baluard.*“

„Und? Habt ihr den Mörder schon?“

„Ich denke nicht. Ich hab' bislang jedenfalls nichts gehört. So schnell geht es leider meist auch nicht.“

Sie nahm das Einwickelpapier und wischte ihre Finger und den Mund ab.

„Sie war sicher hübsch?“

Ihre Mutter hatte fast dieselbe Frage gestellt. *Ist er wenigstens hübsch?*, als Inés eines Abends von Juan erzählte und ihre Mutter ahnte, dass es entweder ein viel zu junger Kerl sein musste oder ein viel zu alter Aufreißer, vor dem sie immer gewarnt hatte. Aber ihre von Schimpftiraden begleiteten Einwände halfen nichts. Wochen später war alles schon schiefgelaufen. Ihre Tochter war schwanger und sie glaubte den Beteuerungen Juans, er würde sich anständig um Kind und Inés kümmern. Nichts war's. Juan verdiente zwar in den ersten Jahren Geld auf dem Flughafen als Packer, gab es aber nur wenig später immer häufiger auf Sauftouren und in Spielhöllen aus. Und am Ende glaubte er, Inés, wann er wollte, noch schlagen zu dürfen. Inés schwieg zu allem. Und den blauen Fleck, den sie einmal über ihrem Auge hatte, erklärte sie ihrer Mutter mit einer Tür, gegen die sie gelaufen war.

An einem Mittwochabend haute er einfach ab, mit ihrem und seinem Geld und ließ sie grün und blau geschlagen und mit den beiden Jungs zurück. Nur ein paar

Wochen später wohnte sie bei ihrer Mutter, weil nichts mehr ging. Das ganze Geld war weg und der Vermieter hatte ihr die Wohnung gekündigt, weil sie keine Miete mehr bezahlen konnte.

„Ja ... schon ..." Ramon wand sich ein wenig und machte aus den ganzen Einwickelpapieren eine Kugel, sechs Jahre wurden auf diese Weise auf einen Handstreich zusammengequetscht. „... aber vor allem zu jung." Er nahm die beiden Tabletts, erhob sich und schob sie in den Sammelbehälter. „Ich sollte wieder an die Arbeit", meinte er. Inés nickte und stand auf.

„Was hast du noch vor?", fragte er und sie schaute ihn überrascht und ängstlich an.

„Ich ... nun ... ich würde gerne noch mitkommen. – Ich hab' nichts Weiteres vor", antwortete sie und griff nach einer Hand von ihm. Lass ihn jetzt bloß nicht los, dachte sie. „Oder möchtest du, dass ich geh'?"

„Nein! *¡Por Dios! ¡No!* Ich wollte nur nicht ..."
Sie ließ ihn nicht weiterreden und umarmte ihn einfach, bevor sie seinen Kopf zu sich herunterzog. Verdammte Scheiße! Es wäre mir eine Ehre, mir von dir das Herz brechen zu lassen, dachte sie. Und war überrascht, dass ihr dieser Spruch, den sie vor Wochen in irgendeinem Schaufenster gelesen hatte, in diesem Moment eingefallen war. Und sie dachte auch: Klar, die Sache mit Susana hatte dir wehgetan. Vielleicht krieg ich die Hintergründe noch heraus. Aber mich wirst du so schnell nicht los. Nach einem schnellen Kuss auf seine Lippen zog sie ihn neben sich, legte einen Arm um ihn und sie gingen zum Strand.

## 1. September, zur gleichen Zeit 13 Uhr 35

So viel Zeit musste sein. In zehn bis zwanzig Minuten würde er es sowieso nicht schaffen. Er wendete den Twingo und fuhr den *Passeig Mallorca* zur *Avinguda Gabriel Roca* Richtung S'Arenal. Unterwegs würde ihm schon eine Ausrede einfallen. Wenn er Inés mitbringen könnte, wäre die ohnehin hinfällig. Ich hab' sie schnell noch abgeholt. Ist vielleicht nicht ganz unwichtig, oder? Wenn nicht? Auch egal! Auto sprang nicht an. Pelleter hat mich aufgehalten. Hatte Unterlagen vergessen.

Jetzt fuhr er die *Carrer de Trasimè* entlang und stellte seinen Twingo wieder in einer gerade frei werdenden Lücke wie hingeworfen ab. Auf das Armaturenbrett legte er ein altes Schreiben mit einem großen Stempel. Dann stieg er aus und ging zum Hostal. Vor dem Eingang saß ein älteres, nicht besonders schlankes Pärchen und trank auf hohen Stühlen an hohen Tischen Bier. Übertrieben freundlich grüßend ging er hinein.

„Wissen Sie, ob Señora Farrigua Bertoli im Hause ist?", fragte er an der Rezeption.

„Ich habe sie seit heute Morgen nicht mehr gesehen. Ich denke, sie ist am Strand."

Immerhin wusste er nun, dass sie noch hier war. Immerhin schien sie sich tatsächlich erholen zu wollen. Immerhin ... er verwarf den Gedanken, bedankte sich und ging nach draußen. Tief durchatmend blieb er stehen. Was für eine bescheuerte Situation! Was machte er hier überhaupt? Was hatte er hier zu suchen? Ehefrau einfangen spielen? Sie war es nicht einmal! Was er Diego gesagt hatte, war wahrscheinlich sogar richtig. Er war ihr zu nah auf die Pelle gerückt und nervte sie mit seinen Plänen. *Gib ihr Zeit und lass sie zu sich kommen.* Jetzt sprach er schon mit sich selbst, stellte er fest. Hoffentlich hat Eduardo recht.

Er atmete noch einmal tief durch und fahndete nach einer zündenden Idee, die ihm partout nicht einfallen wollte. Oder war er bescheuert? Verfolgt von dem Blick der beiden auf ihren Hochstühlen ging er dann trotzdem nicht zum Auto zurück, sondern zur Promenade vor. Die und der Strand waren voller Menschen. Laut war es auch. Wie konnte man an so einem Ort Urlaub machen und entspannen? Er stellte sich auf das Mäuerchen und versuchte sie in dem Gewusel zu finden. Welche Bikinis besaß sie eigentlich? Er wusste es nicht genau. Woher auch? Zog seine Schuhe aus und beschloss nach vorne zum Wasser zu gehen. Dort würde er so tun, als sei er zufällig hier. Sofort wusste er aber auch, dass dies keinen Sinn machen würde. Wer weiß, wohin sie vielleicht gefahren war, um einen Ausflug zu machen. Trotzdem machte er sich auf den Weg. Den Blick ließ er dabei nach links und rechts schweifen und bog in der so gut wie nicht vorhandenen Brandung nach rechts ab. Ab und zu leckte eine kleine Welle an seinen Füßen oder ein Badender kam ihm in die Quere, während er den Strand absuchte. Inés war nicht zu sehen.

Als er die Strandbar des *Balneario 1* erreichte, sah er sich dort um, als suche er einen freien Platz. Vielleicht sollte er einen Kaffee trinken und warten. Aber weder war ein Stuhl frei, noch war Inés zu sehen. In genau diesem Moment klingelte sein Handy. Andreu.

„Bist du schon da? Sie ist wohl noch drin. Wir kommen jetzt erst los."

„Ja! Kein Problem. Ich bin gerade auf dem Weg nach oben", log er, drückte das Gespräch weg und fluchte. Auf seine Uhr schauend rannte er los. Vielleicht schaffte er es ohne Ausreden, wenigstens nahezu zeitgleich am *Palladium* anzukommen.

234

## 1. September, 13 Uhr 40

Tatsächlich war er nach weniger als fünf Minuten aus der Tiefgarage zurück. Mit einem Rollkoffer. Zacarias jubelte und stellte ihn neben Erna ab. Dann öffnete er, ohne zu zögern, ihr Kleid und schubste sie aufs Bett. Nach weniger als fünf Minuten war auch das beendet und er stopfte sich das Hemd wieder in die Hose.

„Und jetzt sehen wir noch mal zu Hause in seinem Büro nach."
Er hob die Schlüssel in die Luft und bedeutete ihr, sich fertig zu machen.

„Manchmal bist du wirklich ein Arschloch", warf sie ihm auf dem Bett liegend an den Kopf: „Hauptsache du hast deinen Spaß gehabt. Rein. Raus. Weg."
Wutentbrannt stand sie auf, ging ins Bad und schloss sofort ab.

„Du hast selbst gesagt, wir sollten uns vielleicht einen anderen Platz suchen. Mach jetzt keinen Scheiß und komm!" Er klopfte gegen die Tür. „Weiber!", rief er noch. Das Schloss sprang schneller auf, als er denken konnte. Denn schon stand sie vor ihm. Nur im Höschen und mit einem Handtuch in den Händen, das sie ihm sogleich mit Wucht ins Gesicht schlug.

„Ich sag dir was", nun schubste sie ihn vor sich her, „das Zuhause, was du meinst, ist, wenn überhaupt, meines. Und in diesem Zuhause tanze ich sicher nicht nach deiner Pfeife. Wenn du von mir ernsthaft was willst, statt von dem, was er nun übrig gelassen hat, dann wird es Zeit, dass du da oben anders tickst." Erna hob eine Hand und schlug so fest gegen seine Stirn, dass er nach hinten stolperte und nun auch auf dem Bett landete. Zacarias war zu überrascht und sie zu schnell, denn schon hockte sie breitbeinig über ihm und schmierte ihm links und rechts eine.

„Kapiert?", fragte sie und riss sein Hemd auf.

„Was soll das? Bist du jetzt völlig durchgedreht?" Zacarias versuchte sich unter ihr herauszuwinden. Doch Erna zog sein Hemd mit einem starken Ruck seinen Rücken hinunter, sodass der enge Stoff ihn fürs Erste nahezu bewegungsunfähig machte.

„Ich fragte, ob du es kapiert hast?"

„Mein Gott, was du immer hast!? Aber mach weiter, vielleicht kommt ja noch was." Sein Lachen klang ziemlich bemüht.

„Mach dir keine Hoffnung. Wenn du dich anständig benimmst, überleg ich es mir vielleicht noch mal für heute Abend. Und jetzt komm! – Hast du überhaupt schon reingeguckt?"

Ihr Kopf zuckte in Richtung des Koffers und Zacarias grinste blöde. Sofort wusste Erna Bescheid. Der Inhalt des Tresors war nur bis in den Kofferraum des Wagens gekommen. Korte hatte einen Lottogewinn hinterlassen. Gerade wollte sie ihre Hand in seine Hose schieben und zog sie wieder zurück. Sie kletterte von ihm herunter, nahm das Handtuch und bedeckte mit ihm ihre Brüste.

„Auf was wartest du noch? Zieh dich an und dann sehen wir nach. Spätestens morgen sind die Bullen da und werden sich erkundigen, wie bei uns nun der Hase läuft und wie traurig ich bin. – Und wir werden uns siezen! Nur das du es weißt. Ich hab' keine Lust, in deren Augen die betrügende Witwe zu sein und dadurch Verdacht zu erregen. – So schlau solltest du auch sein."

Mit ihrem Handtuch schlug sie noch einmal auf seinen Brustkorb. Nun allerdings um einiges sanfter.

„Und wenn du brav bist, gehen wir um Mitternacht in den Swimmingpool. Sozusagen im Andenken."

## 1. September, 13 Uhr 55

Die ganze Zeit sinnierte er darüber und kam zu keinem vernünftigen Ergebnis. Was hatte Korte nur vorgehabt? Den Mann, mit dem er im *Es Baluard* verschwand, kannte er auf jeden Fall nicht. *Kommen Sie ins Museum, dann können wir über alles sprechen,* hatte Korte am Telefon gemeint. Das war mehr, als er erhofft hatte. Über alles sprechen, das klang zumindest nach einem Kompromiss. Hunderttausend wären schon mal ein guter Anfang gewesen. Dann hätte man tatsächlich über alles Weitere reden können. Doch dann war er mit diesem Typen verschwunden, als wären sie die besten Freunde. Beim Hinausgehen sah er dann auch noch ausgerechnet Zacarias auf dem Vorplatz auftauchen. Dem musste er beim besten Willen nicht begegnen, obwohl er zu gerne gewusst hätte, was aus diesem Treffen mit wohl drei Männern hätte werden sollen. Drei aus alten Zeiten plötzlich zusammen an einem Ort.

Er war nach rechts abgebogen und in Richtung der Caféterrasse gegangen. Hinter einer Mauer des alten Forts beobachtete er den Eingang und sah, dass Zacarias nach nur wenigen Minuten in ziemlicher Eile wieder herauskam. Keine Viertelstunde später rückte die Polizei mit einer gefühlten Hundertschaft an. Spätestens jetzt wusste er, dass er verschwinden musste.

Mit einer Cola in der Hand trat er nun auf die kleine Terrasse des *Burger King* und rempelte beinahe zwei jüngere Leute mit *Socorrista*-Shirts an. Aus seinem Becher schwappte etwas über und er wich zurück, damit die klebrige Brühe nicht auf seine Hose platschte. *Scusi!,* rutschte es ihm auf Italienisch heraus und er musste deshalb grinsen. Die Frau schaute ihn nur kurz nickend an, um gleich darauf den jungen Mann – augenscheinlich ihren Freund – anzuschmachten.

Obwohl die blonde Frau in nichts dem entsprach, was Tiziana anbetraf, musste er plötzlich an sie denken. Er drehte sich um und suchte in diesem Bild nach einer tröstenden Erinnerung. Es war dieser Nachmittag, als Tiziana ihn nach einem Gespräch mit Gibellato und Tomè ansprach, das überhaupt nicht nach ihren Vorstellungen gelaufen war. Er wusste, sie hatte ein Verhältnis mit diesem Tomè angefangen, doch seit einigen Monaten war auch diese Beziehung in eine Krise geraten, vor allem deshalb, weil sich dieser Tomè in Geschäfte eingelassen hatte, die ihm längst über den Kopf gewachsen waren. Dadurch macht er sich mehr und mehr von diesem Gibellato abhängig.

An diesem Nachmittag, sie hatten sich schon öfter bei anderen Treffen miteinander unterhalten, zog sie ihn zur Seite und sprach ihn unverhohlen auf sein Gesicht und ihre Situation an.

„Wir haben etwas Gemeinsames. Sie ein ungewöhnliches Aussehen und ich ungewöhnliche Beziehungen. Sie leiden deshalb womöglich darunter, so wie ich darunter leide. – Was halten Sie davon, wenn wir uns gemeinsam nach einer Lösung umsehen würden?"
Er schaute sie verwundert an. Lächelte wohl etwas verstört und sie sah, dass er nach Worten suchte. Bevor er etwas entgegnen konnte, meinte sie:

„Schauen Sie nicht so! Sie wissen ganz genau, was ich meine. Ich kenne zudem jemanden in Argentinien, der uns auch noch helfen könnte. Wenn Sie möchten, können wir das einmal bei ...", sie sah damals vielsagend an die Decke, „... bei einer Tasse Tee besprechen. Wer weiß ..." Nahezu neckend schaute sie ihn von oben bis unten langsam an. Das war nun nahezu zwei Jahre her. Nach der dritten Tasse, in der kein Tee gewesen war, hatten sie einen schmutzigen Plan und nur kurz danach *the dirtiest sex ever.*

Die junge Frau drehte sich noch einmal zu ihm um. Schon in der nächsten Minute hätte sie den kleinen Rempler, den platschenden Schluck Cola und vielleicht sogar sein verschobenes Gesicht sicherlich vergessen. Doch er sah statt der blonden Frau Tizianas dunkle Haare, statt dem weißen Shirt deren nackten Rücken – und das Bild des brennenden Fiat Bravo Tage später. In derselben Nacht war er aufgebrochen, um wie verabredet nach Argentinien zu fliegen. Erst als im Flieger der Platz neben ihm zu lange leer blieb, versuchte er sie anzurufen und erreichte sie nicht. Er tippte daraufhin nervös die Nummer von Gibellato. Unter irgendeinem Vorwand wollte er sich nach ihr erkundigen. So tun, als wüsste er von einer Indisposition. Doch nach dem dritten Versuch befiel ihn stattdessen eine grausame Ahnung. Da war die Maschine schon auf der Startbahn angekommen und nur wenig später in der Luft.

In seinem Becher war noch genug Cola. Er überquerte die Straße und setzte sich gegenüber des *Burger King* gleich bei den Treppen auf das Mäuerchen. Links vor ihm die wie eine Halbinsel wirkende Einfahrt des *Club Nautic El Arenal.* Das Geschrei der Kinder und ein hupender Bus hinter ihm holten ihn in die Wirklichkeit zurück. Viele der Rätsel würde er nicht mehr lösen können, ja, auch nicht mehr wollen. In ein paar Tagen wollte er weg sein. Jetzt ging die junge *Socorrista*-Frau mit ihrem fast hünenhaften Freund an ihm vorbei. Wie erwartet nahm sie keine Notiz von ihm. Er hingegen registrierte, dass sie wohl etwas älter war als der zugegebenermaßen gut aussehende Kerl. Wenn schon, der Bikini bedeckte animierend genug einen fantastischen Po. Das war die Parallele gewesen, die ihm vorhin nicht bewusst aufgefallen war. Er sah ihnen nach, bis sie ihren Platz erreicht hatten und sie sich viel zu anmutig das Shirt auszog.

„Junior Suite. Fünfter Stock. Ihre Kollegen sind bereits oben."

Sanchez Olivero verzog das Gesicht und ging zu den Aufzügen. Natürlich zu spät. Er konnte sich auf etwas gefasst machen. Aber irgendwie war in letzter Zeit überall der Wurm drin. Hoffentlich nicht in diesem Fall. Pelleter würde ihn sonst sicher für ein ungewohnt ernstes Gespräch zur Seite nehmen. *Ich hatte Ihnen doch gesagt, Sie sollten das in Ordnung bringen, oder?* Was würde ihm übrig bleiben, außer zu nicken? Was könnte er entgegnen? Während der Fahrt hatte er hoffentlich einen entscheidenden Trumpf erhalten.

Die Fahrstuhltüren öffneten sich und er roch sofort ein intensives Parfüm. Woher kannte er es nur? Statt auf die Taste 5 zu drücken, wählte er *Garaje*. Sekunden später war er unten. Auch hier noch Spuren dieses ziemlich aufdringlichen Dufts. Einem Spürhund gleich versuchte er die Quelle herauszubekommen. Aber von den sieben Autos, die noch dort unten standen, schien keines zu passen. Er kam sich zwar ein wenig blöde vor, als er deshalb an den Gummikanten der Seitenscheiben schnupperte, trotzdem war es ein Versuch wert.

Unverrichteter Dinge fuhr er in den fünften Stock. In Höhe des dritten Stocks war er sich sicher. Bevor sich die Türen öffneten, hatte er zwei Möglichkeiten zusammengebastelt. Kaum im Zimmer angekommen, meinte er daher nur:

„Serena von Falkenberg."

Es war ihr Parfüm. Alles passte. Der Fall erhielt eine neue Kontur. Wenn jetzt noch eines der Fotos an ihren Scheiben passte. Er erntete allerdings nur Kopfschütteln und von Andreu ein demonstratives Klopfen auf die Armbanduhr.

„Keine Aufregung. Ich war in der Tiefgarage. Ihr Parfüm zieht durchs ganze Haus. Ich hatte gehofft, sie vielleicht noch anzutreffen."

„Hast aber Pech gehabt. Stimmt's? Unsere Beute ist nämlich eine Viertelstunde vor uns ausgeflogen. – In Begleitung."

Sanchez Olivero nickte bloß und schaute sich um. Auch das passte. Der Meisterdetektiv auf Spurensuche. Verfolgt von den Augen seiner Kollegen.

„Was glaubst du, hier noch zu entdecken? – Die sind weg. Futsch. *¡Ido perdido!* Mit allem. Hier finden wir nichts mehr. Wir waren zu spät. – Leider. Hier liegt nicht mal mehr 'ne Bibel."

„Sie schauen sich gerade zusammen mit unserem jungen Polizisten die Aufzeichnungen der Live-Kameras am Flughafen an."

„Und?"

Er verhielt sich wirklich seltsam. Nun blickte er ins Bad und inspizierte die Handtücher. Fuhr mit den Fingern über die Kacheln in der Dusche und mit ihnen am Waschbecken entlang. Dann untersuchte er das Bett. Korte hatte hier nicht dringelegen. Unvorstellbar, dass dieses Model mit ihm noch geschlafen hat, bevor er ins Jenseits gespritzt worden war. Eine innere Stimme verriet ihm stattdessen den Namen, der bei ihm schon lange auf der Liste stand.

Wenn er Breithaupt vorhin auf der Fahrt hierher richtig verstanden hatte, waren die zwei die beiden Hauptorganisatoren für das Projekt *Más Mallorca* und hatten ihre ganz eigenen Vorstellungen von der Ausrichtung dieses Etablissements. Korte wurde noch gemolken und sollte sicher ohnehin früher oder später aus dem Unternehmen ausscheiden. Vielleicht nicht so. Wahrscheinlich war etwas dazwischengekommen. Und nun versuchten sie zu retten, was noch zu retten war.

„Entweder kommt sie jetzt mit Zacarias dort an oder sogar mit einem weiteren Kerl, nämlich dem, den unser junger Freund erkannt hat. Ich schlage vor, wir räumen hier das Feld und fahren zum Flughafen und sind dort auf Abruf."

„Was weißt du, was du uns gerade verschweigst?"

„Ich hatte ein interessantes Telefonat mit diesem Immobilienmakler, diesem Deutschen. Sebastian Breithaupt. Er druckste erst herum. Aber dann erzählte er mir doch, dass Korte und Zacarias ihn in den letzten Tagen unabhängig voneinander mehrfach angerufen hatten. Korte wollte wissen, ob es ein gutes Haus gäbe, das er als kleines Hotel führen könnte, um von dort die Dinge im Tal verfolgen zu können."

Sanchez Olivero machte eine Pause und grinste sie an, bevor er fortfuhr:

„Korte hatte ihm erzählt, dass seine Erna es mit Zacarias treibt", er zeigte auf das Bett, „und deshalb seinen Besitz neu geordnet hat. Er hätte ein Video als Beweis. Das Grundstück wollte er behalten, aber das Projekt hat er aus der Hand gegeben."

„Wow!" Erstaunt sahen Andreu und Ivan ihn an. „Das ist wirklich ein Ding. Und Zacarias will natürlich auch das Grundstück und hofft, es sich bei einem Treffen mit ihm holen zu können."

„Das ist die eine Version. Eine mögliche, wohlgemerkt! Vielleicht trifft sie alleine zu, mag sein, vielleicht gibt es aber noch eine andere Variante. Warum sollte er Korte umbringen, wenn er das Grundstück nach so einem Gespräch erhalten haben sollte? Und warum sollte er ihn umbringen, wenn er es nicht bekommen hat? In dem einen Fall hätte er, was er haben wollte, im anderen würde er es erst recht nicht erhalten. Erben kann er nichts."

„Aber Erna ist seine Frau", gab Andreu zu bedenken.

„Heikel! – Wenn Breithaupt recht hat, wäre dieses Glück nur von kurzer Dauer. Beihilfe zum Mord oder eine Mitwisserschaft ist für eine Erbschaft keine gute Voraussetzung."

„Dann halt, weil er stocksauer ist? Sich beschissen vorkam? Aus Rache? Irgend so etwas."
Der Inspector zuckte mit den Schultern. Ja, natürlich. Auch eine Möglichkeit. Aber keine für solche Profis. Er hatte einen anderen Verdacht. Und dieser führte zu einer sehr banalen Erklärung für das Ganze.


## 1. September, 14 Uhr 20

Die Ereignisse hatten ihn aufgewühlt. Der tote Mann geisterte wie selbstverständlich seit gestern Abend durch seinen Kopf. Sie hatten sich alle bemüht. Aber wie konnte es auch anders sein. Die einen wollten ihren Fall aufklären, die anderen nach Hause und er eigentlich zur Probe. Die rasende Uhrzeit hatte er dabei nicht wahrgenommen. Erst nachts um halb drei oder drei war er nach Hause gekommen, nachdem ihn eine Psychologin sicher zwanzigmal gefragt hatte, ob auch wirklich alles in Ordnung sei. Natürlich, war seine Antwort, hatte er doch über Jahre alles Mögliche mit Josefa erlebt. Jemanden sterben zu sehen war viel schlimmer als einen toten Menschen zu sehen, zumal dieser Mann weder blutende Wunden noch irgendwelche sichtbaren Verletzungen aufwies. Und trotzdem hatte er die ganze Nacht, vielmehr den restlichen Morgen, kaum und wenn, viel zu kurz geschlafen. In einer kurzen Traumphase stellte er die unförmige Leiche vor sich zur Rede, hörte aber kein einziges Wort und nachdem sie trotz Fußtritten nichts geantwortet hatte, schlug er ihr ins Gesicht und wachte sofort auf.

Jetzt saß er in seiner kleinen Küche vor einer riesigen Tasse, die er vor einer Viertelstunde mit drei Esslöffeln Kaffeepulver gefüllt und mit heißem Wasser aufgefüllt hatte. So hatte seine Mutter früher immer Kaffee getrunken, wenn sie nach der vielen Arbeit noch länger wach bleiben wollte.

Für heute um drei hatten sie noch mal eine Probe angesetzt. *Meinst du, du schaffst das?*, haben sie am Morgen gefragt, als Paco ihn anrief. *Ich muss auf andere Gedanken kommen,* gab er zurück und war selbst verwundert gewesen, als er im Bad seinen Part ohne Zittern in der Stimme hinbekommen hatte. Somit freute er sich sogar auf den Termin. Und wenn heute Abend das Straßenfest stattfinden würde, käme er sicher gänzlich auf andere Gedanken.

Er trank den letzten Schluck aus, stand auf und ging in den kleinen Flur, um sich fertig zu machen. Auf dem Regal mit dem Kamm und einigen anderen Utensilien stand die alte Flasche *Sanson.* Er grinste sie an, öffnete sie und schnupperte daran. Der Geruch war nach all den Jahren unverändert: Süß, nach Lakritz, Anis und Gewürzen riechend. Er nahm einen Schluck, verzog nur kurz das Gesicht und nickte sich mit einem kurzen Blick in den Spiegel zu. Auch das Mittelchen hatte seine Mutter immer wieder genommen, wenn sie Schmerzen hatte oder über eine Übelkeit klagte. Und eine Art Übelkeit war es ja, was er spürte. Er gönnte sich noch einen Schluck, kontrollierte den Inhalt seiner Taschen und betrat den Hausgang. Wie so oft begegnete er wieder der alten González, die ihren Alltag wohl damit verbrachte, schwere Tüten in ihre Wohnung zu schleppen. Eine plötzliche Neugierde ließ ihn fragen:

„Soll ich Ihnen das eben hinauftragen?"

„Ach, Alfonso, mein Lieber, das wäre nett, aber nur wenn ich dich nicht damit aufhalte."

Er winkte ab, nahm die Tüten und ging voraus. Die alte González hatte Mühe, ihm trotz leerer Hände zu folgen. Oben angekommen kramte sie unbeholfen ihren Schlüssel hervor und öffnete genauso umständlich und nur einen Spalt breit die Tür. Sofort nahm sie ihm mit einem dankbaren Lächeln die Tüten ab. Er schaute sie fragend an, aber sie schüttelte den Kopf. Als der Spalt gezwungenermaßen ein wenig größer wurde, wusste er sofort, dass sie auch Mühe haben würde, die Tüten ohne Probleme hineinzubringen. Die González schielte zu ihm hoch und kontrollierte mit zusammengekniffenen Augen seinen Blick. Er zeigte es nicht, aber was er sah, offenbarte ein neues Problem.

## 1. September, 14 Uhr 30

Mit der Hand auf seinem Bauch war sie eingenickt, als er so vorsichtig wie möglich versuchte, sie von dort zu entfernen und neben sie zu legen. Leider konnte er hier nicht wie all die anderen den Touristen spielen, sondern musste immer wieder nicht nur zu waghalsige Schwimmer zurückpfeifen oder Kinder ermahnen, nicht zwischen den anderen Badegästen herumzutoben, oder bei ein paar Jugendlichen dazwischengehen, die meinten, sie könnten den Strand als Partyfläche missbrauchen.

Nun hieß es einen solchen jungen Kerl zur Räson zu rufen, der den Inhalt einer Dose Bier auf ein noch jüngeres Mädchen leerte, sie dabei anschrie und kurz davor war ihr Oberteil herunterzureißen. Vor ihm stehend sah er dessen bereits glasige Augen und roch eine enorme Fahne. Der Junge war höchstens 16, wenn's hoch kam 17. Nach seinem Arm greifend schaute er zu dem Mädchen, das wiederum sicher keine 14 war. Ihr Blick hatte etwas Panisches.

„*¿Todo bien?*", wollte er wissen und erntete einen fragenden Blick.

„*All right?*" Nun auf Englisch und er erhielt ein heftiges, aber unehrliches Nicken. Im Augenwinkel sah er zwei Leute der *Policia Local,* die zufällig Streife gingen und schon zu ihm herüberschauten, weil sie das Geschrei des Jungen gehört hatten. Er hob nur kurz die freie Hand und musste den Griff der anderen am Arm des nun um sich schlagenden und tretenden Halbwüchsigen verstärken. Der schrie auf, als würde er nun geschlachtet werden, aber die beiden Polizisten ließen sich davon nicht beeinflussen und umklammerten ihn, als sei er ein gefährlicher Verbrecher von hinten, während Ramon kurz schilderte, was vorgefallen war.

„Nun, dann wollen wir doch mal erfahren, was seine Eltern dazu sagen."
Genau in diesem Moment spurtete der zweite Polizist los und jagte dem Mädchen hinterher, das die Gunst der Stunde nutzte, um abzuhauen. Doch nach wenigen Metern war dieser Ausflug bereits beendet.

Heulend und in einer unverständlichen Sprache lamentierend ging sie mit. Der Polizist wackelte vielsagend mit seinem Kopf, bückte sich und warf ihr das biernasse Handtuch in den Rücken.

„*¡Sécate!* Trockne dich ab! Und mach etwas flotter! So doof kannst du ja nicht sein, dich von so einem flachlegen zu lassen."
Ramon schaute den Polizisten grinsend und mit gerunzelter Stirn an. Der meinte nur:

„Ich kann ihr ja alles an den Kopf werfen. Die kommen wahrscheinlich aus Schweden und verstehen nicht eine Silbe." Damit zeigte er auf das Handtuch, das die

Flagge Schwedens darstellte. „Das kommt doch mindestens einmal am Tag hier irgendwo am Strand vor. Wird Zeit, dass die Saison zu Ende geht."

Ramon grinste wieder und erwiderte:

„Ich hab' eh nur noch zwei Wochen, dann ertrinken sie ohne mich. Egal, ob an Bier oder Meer. Aber solange ich hier bin, gehört das da draußen mir und die haben sich anständig zu benehmen. Vielleicht könnt ihr mir ja mal berichten, was aus denen geworden ist!?"

„Das kann ich dir jetzt schon sagen. Den Fall hatten wir heute Morgen auch schon: Die Eltern kamen vorbei und konnten sich beim besten Willen nicht erklären, wie es dazu gekommen ist. Ihre Kinder haben so etwas noch nie gemacht. Als wir dann durchs Fenster denen hinterhergeguckt haben, sahen wir, wie sie ihrem ach so lieben Buben eine geschmiert haben."

„Anderswo geht es wohl auch nicht anders zu!?"

„Anderswo hat in solchen Momenten selbst die Erziehung Urlaub. – *¡Hasta luego!*"

Ramon grüßte und kehrte zu seinem Platz zurück. Inés döste immer noch auf dem Bauch liegend vor sich hin. Sie hatte von dem Ganzen wohl nichts mitbekommen. So über ihr stehend betrachtete er sie lächelnd wie einen aus dem Meer geborgenen Schatz, er bückte sich und küsste ihr den Nacken. Ein wohliges Brummen schallte ihm entgegen und sie drehte sich auf die Seite. Sah ihn mit blinzelnden Augen an.

„Bin ich etwa eingeschlafen?"

Er nickte nur und sah sich wieder nach potenziellen Nichtschwimmern oder Unruhestiftern um. Dann glitt er mit einer Hand unter ihr Shirt und streichelte ihren Rücken. Sie hatte das Oberteil abgelegt und sie schloss ihre Augen, als seine Finger deshalb eine ihrer nackten Brüste berührten. Für einen langen Wimpernschlag ließ er sie dort liegen und strich mit seinem Daumen unter dem Stoff über die Haut.

„Hab' gerade ein paar Jugendliche der Polizei übergeben müssen. Er war betrunken und sie zu jung."
Inés hielt seine Hand fest – Lass bloß nicht los!, dachte sie – und richtete sich langsam auf.

„Zu jung?"

„Er hat gemeint, er müsste ihr an die Wäsche, nachdem er sich Mut angetrunken hatte. Aber sie wollte nicht. Kann ich auch verstehen. Denn er war zu bis oben hin und hat gezeigt, was für ein Idiot er dadurch ist."
Seine Hand rutschte langsam an ihrer Seite herunter. Und ihr Blick hatte mit einem Mal etwas Hungriges und Ängstliches. Etwas Suchendes, von einer Enttäuschung beseelt. Ihm fielen viele Wörter ein und er kannte diesen Blick aus einem Video für Lebensretter. So hatte eine Selbstmörderin geschaut, die keine sein wollte und gerade aus den Fluten gerettet wurde. Denn für einen Bruchteil einer Sekunde war auch etwas Dankbares in diesem Blick gewesen.

„Alles in Ordnung?", fragte er daher.
Inés nickte nur, nahm die eine Hand von ihm und küsste deren Innenseite.

„Wenn ich so etwas höre, muss ich immer an meinen Großen denken und hoffe, dass er keinen solchen Blödsinn macht. Allerdings scheinen die Jungs in diesem Alter immer etwas stärker sein zu wollen, als sie es tatsächlich sind ..." Nachdenklich schaute sie auf das Meer hinaus. „... hoffentlich bleibt es eine Ausnahme."
Ramon beugte sich zu ihr herunter und küsste sie auf die Stirn. Mit 16 hatte er sich zum ersten Mal verliebt. Aber sich nicht getraut, es zuzugeben. Auch er versuchte sich dafür Mut anzutrinken. Das Ganze endete

lediglich mit Kopfschmerzen. Er hatte übersehen, dass
das Mädchen längst liiert war.

„Komm, lass uns eine Runde schwimmen gehen."

## 1. September, 14 Uhr 50

Sie standen alle zusammen. Oben zwischen Tür und
Angel ihres Büros. Ivan, Andreu, der junge Polizist und
zwei seiner Kollegen, Sanchez Olivero und sogar Pelleter. Es ähnelte einer Schweigeminute, denn sie schauten nicht sich an, sondern schienen den kalt grauen Boden vor sich zu hypnotisieren. Vielleicht würde er eine
Antwort liefern können.

„Wir sollten zwei Gruppen bilden", begann Pelleter,
„Ivan, unser junger Freund hier und seine beiden Kollegen. Sie übernehmen die Überwachungen. Vielleicht
haben wir ja auch mal Glück, trotz der unzähligen Kameras. Und Sie, Sanchez und Andreu, spüren diese Erna
auf und bringen sie mitsamt ihrem ...", er schaute die
anderen irritiert an, „Liebhaber? – Habe ich das richtig
verstanden? Ist das eure Theorie? – ¡Hombre! Das ist
mir ja eine feine Dame! – Brennt mit ihrem neuen Typen und dem Geld ihres Mannes durch, nachdem sie
den womöglich zuvor um die Ecke gebracht hat."

„¡Eso es! So in etwa", grinste Andreu, „nur hat sie
nicht viel davon. Sie muss damit rechnen, dass dies die
naheliegendste Vermutung sein wird. Wir vermuten e-
her, dass sie die Situation, von der sie vielleicht nicht
einmal die Hintergründe kennt, ausnutzen will, um sich
das größte Stück des Kuchens zu sichern."

„Was wollte dann der andere für ein Kapital daraus
schlagen?" Pelleter versuchte sich einen eigenen Reim
aus der Sache zu machen.

„Da sind wir gerade dran ..."

„Durch einen Informanten wissen wir, dass er in der Szene einen nicht allzu guten Ruf hat."

„In der Szene?! Kann man da einen guten Ruf haben? Ich kenne dort keinen mit gutem Ruf. Denkt doch nur an Jacinto und seine Kumpels. Alles Vollidioten!"

„Alle, die kleine Brötchen backen und meinen sie hätten eine Torte fabriziert, sind Vollidioten. Doof ist nur, dass ausgerechnet auf die viel zu viele leichtgläubige Mädchen hereinfallen. In diesem Fall hatte Korte wohl diesen Meister engagiert, um einerseits Spitzenkräfte für sein Unternehmen zu bekommen, andererseits sollten genau die das ganz junge Material einarbeiten. Wenn es stimmt, war er auch bei den beiden Weijmuth-Mädchen beteiligt."

Sanchez Olivero schaute nun zufrieden in die Runde. Dieser Breithaupt wusste viel, bat aber darum, seinen Namen herauszuhalten. „In einem guten Augenblick werde ich Ihnen alles erklären", hatte er angeboten, „bis dahin müssen Sie mir glauben, dass ich von bestimmten Seiten des Geschäftes keine Ahnung hatte. Bis zu dem Zeitpunkt, als Zacarias mit ins Spiel kam."

Miguel erinnerte sich an das Gespräch auf der Terrasse, als Breithaupt bereits einige Andeutungen gemacht hatte, aber auch keine Zusammenhänge benennen oder erklären konnte. Dass seine Frau Regine plötzlich deswegen umkommen könnte, war ihm nicht klar. Dass es mit der Finca zu tun hatte, auch nicht, und dass der Mord dort geschehen war, erst recht nicht.

„Wissen Sie", meinte er zu Miguel, „ausgerechnet in dem Moment, in dem sich nun herausstellte, dass dieser Ballaguer Regine umgebracht hat, wie all die anderen, die man im Keller dieser Finca fand, habe ich eine Frau kennengelernt und ich begann alles zu vergessen. Jetzt durch diesen Fall kommt alles wieder hoch."

Breithaupt machte eine lange Pause und Miguel war bereits beim *Palladium* angekommen. Er musste warten, damit er den nächsten Satz noch mitbekam:

„Das lasse ich mir nicht kaputt machen. Ich verkaufe alles und höre auf. – Verstehen Sie?"

## 1. September, 15 Uhr 35

Der Wagen stand vor dem Haus. Es war demnach wahrscheinlich, dass die Korte zu Hause war. Vielleicht sogar mit diesem Zacarias. Ihrem neuen Freund, wenn alles so stimmte, wie sie es erfahren hatten. Andreu und der Inspector blieben einen Augenblick sitzen und beobachteten von ein paar Ginster- und Wacholderbüschen verborgen das mögliche Geschehen. Zu sehen war nichts. Man vergnügte sich bereits bei einem Gelage und feierte die neue Freiheit – oder ahnte den Pferdefuß.

„Also denn!", forderte Sanchez Olivero Andreu auf, „wollen wir Pelleters Glück einmal testen."
Augenblicke später klingelten sie und waren auf alles vorbereitet, auch auf das, was sie nun erwartete: Serena von Falkenberg öffnete in Schwarz gekleidet und mit einer Sonnenbrille im Gesicht. Für eine Amateurschauspielerin kein schlechter Anfang. Dennoch hatten die Bilder an der gläsernen Wand nicht gelogen. Die Frau vor ihnen war, wäre sie eine Spanierin gewesen, eine perfekte Mischung aus Kira Miró und Helen Lindes. Nur in einer blonden Version. Andreu, noch hinter dem Rücken von Sanchez Olivero, ließ seine Augen kurz an ihr herunterwandern.

„Señora Korte", Miguel verwendete hingegen die übliche fragende Feststellung und erhielt ein kurzes Zucken des Kopfes. „Wir haben Sie leider nirgendwo antreffen können. Aber wie ich vermuten darf ...", er deutete auf ihr schwarzes Kleid, „... können wir davon ausgehen, dass Sie bereits über alles informiert sind." Er würde das Spielchen mitmachen. „Ich darf Ihnen unser Beileid aussprechen." Trotz der Sonnenbrille sah er das Zucken in den Augen. Bemüht starr schaute sie ihn an.

„Nun – Danke!", entgegnete sie knapp.

„Wir müssen Ihnen leider ein paar formelle Fragen stellen", fuhr Sanchez Olivero fort. Gleichzeitig war es das Stichwort für Andreu, der längst mit einem kontrollierenden Blick den Raum hinter ihr inspizierte:

„Ob wir wohl Señor Zacarias sprechen dürfen?"
Der starre Blick sollte nun verwundert aussehen.

„Er ist nicht hier. Wie kommen Sie darauf. Er wird in seinem Büro in Palma sein. – Denke ich. Es gibt nach diesem schrecklichen Vorfall trotz der Trauer, die damit verbunden ist, einiges zu regeln. Ich bin froh, jemanden zu kennen, der mich dabei entlastet."
Das Schniefen war zu viel. Es fehlten die Tränen, das fassungslose Seufzen und die normalerweise vorhandene Erschütterung, wenn die Überbringer einer endgültigen Nachricht vor der Tür standen.

„Natürlich!", antwortete Andreu nach seiner Inspektion mit weicher Stimme, zog sein Handy heraus und tat, als wähle er eine Nummer. So viel hatten sie schon erfahren, Zacarias verfügte über kein Büro in Palma. Ohne Erna Hammerschmidt aus den Augen zu lassen, spulte er den abgemachten Dialog herunter:

„*Soy yo otra vez.* – Señor Zacarias ist leider nicht hier. – Nun, wenn ihr ihn bitte in seinem Büro aufsuchen könntet. – Ja. Genau dort. – Natürlich. Entweder auf diesem Weg oder in circa einer Stunde in der Burg.

– Ich denke, wir brauchen höchstens noch fünf Minuten. – Señora Korte wusste schon Bescheid. Sie ist sehr mitgenommen. – Bis später!"

Ihr Blick begann bei *genau dort* kurz zu flackern. Aber der Schauspielunterricht in dieser Model-Agentur war immerhin so gut gewesen, dass sie ihn schnell wieder unter Kontrolle brachte.

„Könnten Sie uns noch seine Privatadresse aufschreiben, falls wir ihn in Palma nicht antreffen sollten oder – auch gut – seine Telefonnummer."

„Es tut mir leid", wieder das übertriebene Schniefen, „aber ... also ich habe sie nicht ..., wenn Sie kurz warten würden ... ich muss sie selbst nachschlagen ... im Büro meines Mannes ... mein Gott, wie schrecklich."

„Wo waren Sie denn gestern Abend mit ihm?"

Abrupt drehte sie sich um, zog die Sonnenbrille herunter und präsentierte auf diese Weise hervorragend geschminkte, statt aufgequollene oder verweinte Augen. Sanchez Olivero war als Schauspieler sicher auch nicht die erste Besetzung, aber die Leistung von diesem Model erreichte er mühelos. Gefühlvoll erklärte er:

„Uns wunderte weniger, dass er eine Übernachtung in Palma gewählt hat – ich möchte auch nicht, nach einem schönen Dinner, noch eine so weite Heimreise antreten wollen – als das Haus, welches er dafür ausgesucht hat. Die anderen Übernachtungen fanden sonst im *Es Princep* statt."

Zugegeben, es war ein gewagtes Spiel, doch Ivan hatte zuvor gut recherchiert und tatsächlich – allerdings länger zurückliegende Termine betreffend – drei Übernachtungen dort gefunden.

„Nun, die Junior Suite im *Palladium* ist doch nahezu so gut wie die Premium-Zimmer im *Es Princep.*"

Siehst du, und schon kommt dieser arrogante Augenaufschlag hinzu, der so gar nicht zu einer frischen

Witwe passen will, dachte Sanchez Olivero, der Andreu anschaute und so kleinlaut wie möglich meinte:

„Ich kenne leider beide Häuser nicht, aber wenn Sie es so sagen. – Wo hatten Sie das Dinner denn eingenommen? Wir fragen nur, um besser auf die Spur des Mörders zu kommen. Er muss es herausgefunden haben." Der Inspector tat erschrocken. „Sie wissen doch, dass es sich um einen Mord handelt, oder?"

Gab es eine Falle, war sie längst zugeschnappt. Erna Korte sah ihn an. Die Sonnenbrille baumelte immer noch in ihrer Hand. So konnte ihr Gesicht nicht den Blick zeigen, der ein Erstaunen glaubhaft widerspiegelte. In dem Moment musste sie es bemerkt haben und stülpte sich übertrieben langsam die Brille wieder über ihre Augen.

„Señor Zacarias hatte es mir vor einer halben Stunde am Telefon berichtet. Einer Ihrer Kollegen, nicht so höflich wie Sie, hatte ihm Bescheid gesagt."

„Das tut mir leid. Sicher kann Señor Zacarias uns den Namen nennen. Ich bedaure immer zutiefst, wenn die Kollegen in ihrem Alltag dieses gewisse Maß an Feinfühligkeit vergessen."

Ihr Blick schien unentschieden und trotz der wieder aufgesetzten Brille war ihre Suche nach einer passenden Entgegnung nicht zu übersehen. Andreu nutzte die stille Sekunde und packte die nächste Falle aus:

„Zum Abschluss nur noch eine Frage: Waren Sie zu diesem Zeitpunkt nicht in seiner Nähe? Beziehungsweise wussten Sie von einem Termin, der vor Ihrem Dinner im *Es Baluard* stattfinden sollte?"

Serena von Falkenberg, jetzt nur noch Erna, ahnte die Schwierigkeit, die sie haben würde, zu erklären, wo sie in diesem Moment – vor einem gemeinsamen Dinner – angeblich war. Die Schwierigkeit, ein gutes Alibi zu benennen. Überhaupt einen triftigen Grund zu finden, nicht an der Seite von Korte gewesen zu sein, wo sie doch einen gänzlich anders geplanten Abend in Palma verbringen wollten. Mit der fassungslosen Variante versuchte sie Zeit zu gewinnen und hielt sich gespielt erschüttert die Hand vor den Mund, dann meinte sie:

„Der Termin zog sich hin. Und ich wollte nicht länger warten. Zumal ich auch nicht wusste, in welchem Restaurant Franz reserviert hatte. Deshalb ging ich zurück ins Hotel und legte mich noch eine Weile hin. Dann muss ich wohl eingeschlafen sein."

„Wir danken Ihnen, Señora Korte. Mir bleibt nur das Übliche zu sagen. Es wäre nett, wenn Sie sich zu unserer Verfügung halten würden und uns mitteilen, wo wir Sie gegebenenfalls erreichen könnten. – Ich gebe Ihnen dazu meine Karte. – Leider wissen wir jetzt schon, dass wir Sie nochmals befragen müssen. – Einen schönen Abend noch."

Ein kurzes angedeutetes Nicken und sie gingen beide zurück zu ihrem Wagen. Ohne sich umzuschauen, stiegen sie ein und fuhren sofort los. Zweihundert Meter weiter blieben sie an einer Ecke stehen, bugsierten den Wagen rückwärts in eine Gasse und mussten nur ein paar Minuten die Straße zu Kortes Haus beobachten. Denn schon kam Kortes Auto vom Grundstück heruntergerollt und fuhr in recht hoher Geschwindigkeit wenige Sekunden später an ihnen vorbei und davon. Sie sahen nur die Korte. Ohne Sonnenbrille und mit neuer Kleidung. Statt dem schwarzen Kleid hatte sie sich nun wohl ein buntes angezogen. So viel zur Trauer.

„Wollen wir wissen, wohin sie fährt?", fragte der Inspector Andreu. Der schüttelte nur den Kopf, tippte auf sein Handy und erwiderte:

„Wenn sie es dabei hat, wissen wir's sowieso. Und wenn nicht. – Was hat sie für Möglichkeiten? Wohin würde sie wollen? Karibik? Florida? Oder gar nach

Deutschland zurück? Wahrscheinlich versucht sie, wie wir, Zacarias zu finden. Beweise gegen sie haben wir nicht. Nicht genug, sie festzuhalten. Vielleicht nie. Wir besuchen sie morgen wieder. Oder finden sie. Konzentrieren wir uns auf die anderen zwei."

„Okay. Pelleter muss warten. Wir lassen eine Fahndung nach Zacarias raus, den anderen finden wir hoffentlich heute noch mit den Kameras."

## 1. September, 15 Uhr 40

Heute Abend würde es ein Fest werden. Im *Centre Cultural* liefen die Vorbereitungen bereits auf Hochtouren. Um die Bühne, extra für diesen Abend stark vergrößert, gegenüber dem dreieckigen Platz mit dem geziegelten Ei, *Huevo de piedra,* von Manolo Paz entlang der *Carrer Curt* waren die ersten Stände aufgebaut. Seine Truppe hatte extra die drei Teile von gestern Abend noch mal – nun mit ihm – durchgespielt. Er war verwundert, wie frei er sich dabei fühlte. Es war doch seine Welt.

Sogar Susana hatte er bei einem Kaffee vorher angesprochen und eingeladen, sich doch einfach dazuzugesellen. Für Essen und Trinken sei gesorgt und Paco und Anna seien wirklich absolut sehenswert. Tatsächlich hatte sie nichts vor und wollte vorbeischauen. Es würde ein Fest werden. Derweil saß Paco auf dem Rand der hölzernen Bühne und begleitete mit seinem Gitarrenspiel den Aufbau und das Schmücken der Fassaden und Stände. Sie lachten und klatschten in die Hände. Irgendwie hatte das Stadtfest schon jetzt begonnen. Von den wenigen Balkonen um sie herum hingen mallorquinische Flaggen herunter und aus einigen Fenstern bunte

Lichterketten. Jemand im Haus 25 hatte das Stück gefunden, das Paco spielte, und drehte die Lautstärke seiner Anlage auf. Die Laune konnte nicht besser werden.

Aus dem ehemaligen Café und Gemüselädchen an
der Ecke zur *Carrer del Forn* holten sie weitere Stühle
und Tische und verteilten sie rund um das Ei. Gelb-rote
Papiertischdecken wurden ausgerollt und die ersten
Türme aus Tellern und Gläser gestapelt. Wer kam, bekam für wenig Geld ein gutes Essen. Eine Handvoll
Frauen bereitete nämlich schon in einer riesigen Pfanne
eine köstliche *paella negra* vor.

Auch eine Truppe der *Gegants,* der Großfiguren, mit
den beiden palmesischen Figuren, Margalida und
Tomeu, hatte sich angekündigt. Eigentlich sollten sie
erst zehn Tage später, am 12. September, der *Diada de
Mallorca* laufen. Doch das Stadtteilfest musste an einem
Wochenende stattfinden. Sonst hätte es sich nicht ge-
lohnt. Alfonso erinnerte sich an das Stadtfest in Alicante, *Hogueras,* das er als kleiner Junge noch erlebt hatte,
bevor sein Vater mit der ganzen Familie und Sack und
Pack hierhergezogen war und im größer werdenden
Hafen eine Anstellung als *embarcador,* als Verlader,
fand. Seitdem wohnte er hier in dieser Stadt, in diesem
Stadtteil und in diesem Haus. Bei diesem Stadtfest damals sah er sie zum ersten Mal. Diese riesigen Figuren,
die fast unsichtbar von starken Männern getragen werden, und nicht nur ihm als kleinem Jungen einen
Schreck beschert hatten.

„Was macht dein Mörder?", hörte er plötzlich hinter
sich und er drehte den Kopf. Jordi aus seiner Tanzgruppe hatte gefragt. Alfonso zuckte nur mit der Schulter, bevor er erwiderte:

„Sie haben ihn wohl noch nicht. Aber sie wissen inzwischen, wie er es gemacht hat. – Eine komische Sache, kann ich dir sagen. Mit einer Spritze weggeputzt.

– Das hätte sich damals meine Josefa auch gewünscht, so friedlich einschlafen zu können. Aber selbst das war ihr nicht vergönnt."

„Hast du den Typ gesehen?"

„Was? Den Mörder? – Wenn, nur von hinten. Wer denkt auch an so etwas. – Du gehst in ein Museum und dann wirst du umgebracht." Alfonso schüttelte etwas angewidert den Kopf. „Hätte er es geahnt, wäre er doch nicht gegangen, oder?"
Jordi zuckte mit den Achseln und stibitzte sich von einem der Tische eine *empanada,* eine Teigtasche.

„Ich bin zwar schon älter, aber einen Toten, also Ermordeten, habe ich noch nicht gesehen."

„Mir reicht, was ich mit Josefa erlebt habe. Und das, was mein Vater uns Kindern einmal erzählte. Das war, als wir noch in Alicante gewohnt haben." Alfonso nahm sich einen der herumstehenden Klappstühle und setzte sich, in seinem Kopf spulte sich ein Film ab, den er seit der Schilderung vor weiß Gott wie vielen Jahren immer wieder vor sich sah. Dabei hatte das eine mit dem anderen nichts zu tun. Es muss wohl dieses Unvermittelte gewesen sein. Plötzlich diesen Mann vor sich liegen zu sehen. Man freute sich auf etwas anderes und dann kam dieses völlig Unvorhersehbare dazwischen. Was sein Vater erlebte, war im Krieg. Seine Landsleute schlachteten sich gegenseitig ab. Jeder wurde zum Feind. Die Angst war allgegenwärtig. Und doch passierte auch dann Unvorhersehbares und Unvorstellbares, während er mit einem Freund in Richtung der noch sicheren Stadt Alicante flüchtete, die die Republikaner hielten. Leise begann er zu erzählen:

„Es war während des Bürgerkriegs. Irgendwo in der *Sierra de Colmenares* in der Nähe von San Gabriel südlich von Alicante. Er war dort mit einem Freund angekommen und sie hatten versucht, sich in einem Bunker zu verschanzen, den die Republikaner zur Verteidigung der Stadt gebaut hatten. Aber er war voller Wasser und durch den andauernden Beschuss stark zerstört. So drohten sie in die Arme der Falangisten zu laufen, als sie weiterrannten. Doch hinter Büschen, zwei Johannisbrotbäumen und Mauerresten, fanden sie einen halbwegs geschützten Platz. Irgendwann hörte das Feuer auf und sie warteten. Warteten darauf, dass sie die letzten Kilometer ungefährdet nach Alicante fliehen konnten. Umgeben von diesem Gräuel der Zeit damals und einer viel zu trügerischen Stille. In der Nacht darauf hörten sie nur wenige Meter von sich entfernt ein seltsames Plumpsen, dann noch eines und Sekunden später ein drittes. In diesem Moment war ihnen klar, dass es Menschen waren, die man dort hingeschafft hatte. Sie dachten an Soldaten oder Deserteure, die man einfach, wie so viele andere, nach vorgetäuschten Verhören hingerichtet hatte. Sie pressten sich die Hände auf den Mund, damit man ihr ängstliches Atmen nicht hören konnte. Sie dachten daran, wie sie nun gefunden würden und alles vorbei sei. Kurz vor der rettenden Stadt würde man sie gleich in ihrem Versteck erledigen. Mit einem breiten, widerlichen Grinsen einfach über den Haufen schießen. Aber einen Moment später strichen Lampen über das Gelände, die sich dann mit Motorengeräusch entfernten. Zwei Stunden später begann es zu dämmern und sie schlichen auf die andere Seite der fast zerschossenen Mauer, die sie geschützt hatte. Was sie sahen, traf sie wie ein Blitz. Auch mein Vater hatte bis dahin noch keinen Toten aus nächster Nähe gesehen, trotz dieser Zeiten. Keine Verstümmelungen und vor allem nicht solche Gesichter. Die Falangisten hatten drei Leichen nebeneinander auf den Rücken gelegt, entblößt, erschossen, geschlachtet wie Tiere. Drei Frauen, eigentlich noch Mädchen, geschändet und im Moment des höchsten Schmerzes kaltblütig umgebracht. Sie hatten ihnen die Kehlen durchgeschnitten. Es waren nur noch Fetzen einer Uniform an ihren Leibern, die sie als Republikanerinnen auswiesen. Und auf ihrer nackten Haut hatten sie mit weißer Farbe *Kommunistenschweine* geschrieben. – Mein Vater weinte dann immer, wenn er beschrieb, wie sie dagelegen haben. Ihre Hände ragten wie kleine, astlose Baumstümpfe in den Himmel und krallten sich in der Luft fest. Diese *¡jodidos!,* diese Barbaren, hatten sie ihnen gebrochen und verstümmelt. Die Fingerkuppen fehlten. Sie hatten nicht einmal ihre schreckensgeweiteten Augen geschlossen. Am Ende haben sie jedem Mädchen noch ein Bajonett zwischen die nackten Beine gerammt. Ihre Blicke verrieten noch den Schmerz, die Abscheu, die sie empfunden haben mussten, als diese Schweine sich vor ihrem Tod noch an ihnen vergingen. – Sie waren wohl im gleichen Alter wie er, sie hätten seine Schwestern sein können."

Alfonso brach ab, räusperte sich und stand auf. Dann schaute er sich um und ging auf einen der Tische zu. Ohne zu fragen, nahm er eine der Flaschen Wein und füllte sich einen Becher, den er auf einen Zug leer trank.

„Entschuldige! Es hat nichts mit dem Toten von gestern zu tun. – Gar nichts. – Ich weiß. Es war nur so unvermittelt. Und zu Hause und gerade eben musste ich wieder daran denken. – Gut, dass ihr heute Nachmittag extra für mich noch mal geprobt habt. Das hat mich auf andere Gedanken gebracht. – Und jetzt lass uns diesen Tag genießen."

Er reichte Jordi auch einen Becher und prostete ihm zu. Der legte kurz einen Arm um Alfonsos Schultern und seufzte leise:

„Die alten Zeiten. – Grausam! – Wie oft hört man, dass sie besser waren?! Und ich sag dir: Früher war nichts besser. Wäre es so gewesen, hätte man aus diesen Zeiten mehr lernen wollen und auch gelernt."

## 1. September, 16 Uhr 10

Wie kindisch, dachte Inés und grinste in sich hinein, schob trotzdem gleichzeitig ein Bein über seine und wie er vorhin bei ihr, eine Hand unter sein Shirt. Sie spürte seinen Herzschlag und tupfte ihn mit einem Finger mit. Ramon beantwortete dies mit einem Kuss in ihr Haar und mit:

„Wenn mich so meine Kollegen sehen, werden sie entweder neidisch oder sauer." Damit Inés aber deshalb nun nicht aufhörte, presste er sie mit einem Arm auf sich und lachte leise.

„Ich wäre dann doch eher für neidisch", fügte er hinzu, seufzte leise und richtete sich auf.

„Tut mir leid. In zwei Stunden darf ich dann liegen bleiben. Aber vorher muss ich noch ein bisschen den Chef am Strand spielen."

Ihr Grunzen klang mürrischer, als sie es war und Inés küsste die nächstgelegene Stelle seines Körpers.

„Dann werde ich mir so lange die Zeit mit dem Kerl dort drüben im Wasser vertreiben", grinste sie ihn an und zeigte auf einen besonders dicken Kerl, der in einem einfachen Liegestuhl unmittelbar an der Wasserkante lag. Ein Gebirge aus Fleisch, das in einer Zeitung blätterte.

Es war nur sein Lachen, das sie zu hören bekam. Denn Ramon war schon davongezogen und kontrollierte das Geschehen. In der Sekunde darauf musste er schon zwei Jugendliche zurückpfeifen, die mit ihrem Frisbee nicht normal spielten, sondern versuchten, Leute zu treffen. Abzuschießen, dachte sie und daran, was ihre

Jungs tagtäglich mit ihren Computerspielen betrieben. Inés machte ihm ein Zeichen, dass sie gleich wiederkommen würde, und nahm ihren Schlüssel, um aufs Zimmer zu gehen.

Dort ging sie sofort ins Bad und betrachtete sich regungslos im Spiegel. Durch die etwas offen stehende Balkontür drang der Lärm vom Strand herein und damit auch ab und zu das Trillern von Ramons Pfeife. Unten hielt ein Lieferwagen und ließ den Motor laufen. Dessen Kühlaggregat war zu hören. Die Minuten verstrichen und sie vermied, sich die immer gleiche Frage zu stellen. Kaum bemerkte sie es, war es schon vorbei. Alle Namen, die sie an Ramons Brust liegend von sich weggeschoben hatte, belagerten nun wieder ihren Kopf: Diego, Rafael, Mutter, Juan und – Miguel. Diego lief sicher mit Luisa herum, Rafael spielte irgendwo Fußball, ihre Mutter zwei Stockwerke höher bei einer Nachbarin im Haus Karten, Juan soff sich zusammen mit seiner neuen Freundin im Bett zu Tode und Miguel suchte ohne sie Kortes Mörder. Alle Bilder waren plastisch vor ihrem Auge. Alle Bilder beinhalteten auf diese immer gleiche Frage keine Antwort.

Von nebenan hörte sie in diesem Moment ein eindeutiges Stöhnen. Intensiv und lang. Es endete mit einem erlösten Glucksen. Auch diese Balkontür war wohl nur angelehnt. So dünn konnten Wände nicht sein. Unten an den beiden hohen Tischen vor dem Eingang werden sie genau zugehört haben. Das junge Pärchen, das heute Morgen angekommen war, hatte also die Siesta dazu genutzt, sich näher zu kommen. Sie sah, wie sie rot wurde, weil sie ihren Kopf etwas gedreht hatte und wie ein Voyeur genauer zuhörte. Nun ein leises zufriedenes Kichern vernahm und sich nicht dieses fremde Mädchen vorstellte, sondern sich selbst und Ramon. Sie hielt ihrem eigenen Blick stand und suchte in ihm nach einer Erklärung und fühlte prompt einen leichten Anflug von Eifersucht.

Ihr Leben war bisher fremdbestimmt gewesen und sie hatte auf alles, ohne nachzudenken, nur reagiert. So entschied sie sich für Juan, weil sie sich den engen Vorgaben von zu Hause widersetzen wollte. Zog die Ehe durch, obwohl sie viel früher schon ahnte, was passieren könnte, und beschloss Polizistin zu werden, damit sie wenigstens im Beruf ordnend eingreifen konnte. Die tatsächlichen Träume und Wünsche blieben bei allem außen vor. Das würde sie ab heute ändern wollen. Und wegen des Mädchens ahnte sie, wie.

Oder war sie nur egoistisch geworden, vielleicht sogar verrückt, weil sie, ohne an die anderen zu denken, nun mit einem, auch noch jüngeren Mann – herummachte? Sie legte den Kopf etwas schief und forschte danach. Nebenan begann das neckische Spiel von Neuem. So – davon war sie überzeugt – so hatte sie *das* noch nie erleben dürfen. So entspannt. So befreit. So konnte sie es nur erleben, wenn sie es von vornherein wollte. Sie drehte den Wasserhahn auf, ließ kaltes Wasser über ihre Hände laufen und stellte dabei fest, dass sich dazu keine Frage gestellt hatte.

Das Mädchen auf der anderen Seite der Wand hatte ein weiteres Mal loslassen können. Dass jemand sie hören konnte, spielte keine Rolle mehr. Ohnehin würde niemand ihr diese Art von Glück zugestehen. Niemand sagte für *das* vorher Bescheid. Das Thema war tabu. *Das* gab es nicht. Kinder und Zukunft entstanden nicht durch Liebe und Zuneigung. Sie kamen zufällig auf die Welt.

Immer noch in den Spiegel schauend, begann sie zu grinsen. Sie war philosophisch geworden. Liebe und Zuneigung. Bislang dachte sie, ihren beiden Jungs genug davon gegeben zu haben. Bislang war sie davon überzeugt gewesen, dass die zwei sie es spüren ließen. Bislang dachte sie, Miguel zu lieben. Ab heute war innerhalb von Sekunden alles anders. Sie stellte das Wasser ab, trocknete sich die Hände und trank aus der großen Wasserflasche neben ihrem Bett einen großen Schluck. Fünf Minuten später hockte sie auf ihrem Handtuch am Strand und winkte Ramon zu, der vorne an der Wasserkante stand – und sie entschied: Heute oder morgen würde sie ihn lieben wollen. Genauso unbeschwert wie das Mädchen ihren Freund nebenan.

## 1. September, 16 Uhr 20

Andreu verfolgte den Punkt auf dem Display. Die Korte war nach Osten gefahren. Auf der MA-13 Richtung Alcúdia. Andreu faltete die Hände zusammen und überlegte. Plötzlich stand er auf und ging vor an das Schwarze Brett. Im nächsten Augenblick tippte er mit einem Finger heftig morsend auf einen Plan, schaute hinter sich und meinte zu Miguel:

„Um 17 Uhr geht eine Fähre nach Menorca rüber."
Miguel sah hoch und runzelte die Stirn. Zwei Sekunden später schnalzte er mit der Zunge:

„Das wär' was. Alle machen sich unabhängig voneinander auf die Flucht. Flugzeug, Fähre ... was weiß ich. Siehst du, ob sie die nimmt?"

„*¡Claro que sí!* – Und dann?"

„... sagen wir den Kollegen drüben in Mahón Bescheid, sie mögen sie vorsichtig im Auge behalten."
Andreu nickte und grinste ihn plötzlich an:

„Die sind froh, wenn sie mal aus ihrem alten Gemäuer rauskommen. Das Ding fällt ja bald zusammen. Ich hab' erst unlängst einen Artikel von der Pons gelesen. Ganz schön frech, wie sie die Oberen an ihr altes

Vorhaben erinnert, endlich etwas zu unternehmen. Rosario Sánchez, die *consellera,* war sicher hocherfreut über deren Engagement." Während er sprach, wischte er auf seinem Handy rum und hielt es gleich darauf Miguel vors Gesicht:

„Das ist die Pons, Nuria Pons, und das die Sánchez. Mit beiden würde ich nicht nur essen gehen wollen."
Was für eine Parallele, dachte Miguel und verzog anerkennend das Gesicht. Beides waren sehr gut aussehende Frauen. Und an Selbstbewusstsein schien es auch nicht zu fehlen. Die eine hieß wie seine erste Freundin und die zweite wie er. Er schaute hoch und griente.

„Kannst ja selbst rüberfahren und helfen. Vielleicht triffst du sie – beide."
Andreu rieb sich über das Kinn und schien nachzudenken. Die beiden Fotos betrachtend meinte er:

„Krieg ich 'ne Woche Urlaub? – Bei Erfolg? – Dafür?"

„Vielleicht, nachdem wir alle hinter Schloss und Riegel haben und ich ein gutes Wort bei Pelleter für dich einlege."

„Immerhin eine Option, über die ich mal nachdenken könnte. – Hast du was von Inés gehört?"
Andreu hörte sich eher besorgt als neugierig an. Auch sein Blick war nicht der, den Ivan und seine Kollegen draufhatten.

„Nein! Leider nicht. Ich vermute auch, dass ich im Moment mich nicht darum kümmern sollte. Das mit Diego hat sie ziemlich getroffen. Und ehrlich gesagt, ist mein Part in der Geschichte auch nicht unbedingt ein Lob wert."

„Dann stimmt das Gerücht mit deiner Wohnung?"

„Ich kenne das Gerücht nicht im Detail, aber ich hab' Diego bei mir seine Freundin lieben lassen. – Ich

dachte, das sei besser als in der Ruine bei mir gegenüber. Da treiben sich genug herum, die es nirgendwo
dürfen. Und fixen und saufen tun sie dort obendrein."

Andreu nickte nur. Das sah verständnisvoll aus. Sein
Blick glitt vom Schwarzen Brett zu den Bildern an der
Trennwand hinüber, dann sah er Miguel an:

„So einen Freund hätte ich auch brauchen können,
dann wär' ich vielleicht mit meiner Freundin noch zusammen, aber wie du gerade gesagt hast, viele sind betrunken und der Ort fürs erste Mal ist dann beschissen.
Mein Vater hat mich mit ihr in seinem Llaut erwischt."


## 1. September, 16 Uhr 30

„Du hattest recht", stellte Sanchez Olivero fest.

„Mit Inés?", wollte Eduardo wissen.

„Das werden wir noch sehen. – Nein. Mit diesen Typen um Korte herum."

„Diesem toten Deutschen!?"

„Ja. – Sie sind alle abgehauen. Und vorher haben sie
sich mehr als seltsam benommen."

„Stehlen, Morden, Rauben benennen sie mit dem falschen Wort Herrschaft und wo sie Einöde hinterlassen,
nennen sie es Frieden", erwiderte Eduardo mit getrage-
nem Tonfall.

„*¡Dios!* Einer deiner geliebten Präsidenten?"

„Verloren! – Tacitus. Du solltest eigentlich wissen,
dass die Balearen und euer Festland mal römisch waren.
Immerhin bist du ja aus Madrid. Obwohl … da waren
sie ja gar nicht. – Vielleicht deswegen", im Hörer
dröhnte wieder sein schepperndes Lachen, „denn diese
Römer waren vielleicht kultivierter, aber nicht besser
als dein Trio. – Ist das von der Bildfläche verschwunden, kommen die nächsten. Vorher haben sie gestohlen,

266

gemordet und geraubt. Und die großen Chefs sich davongemacht. Das niedere Volk guckt dann dumm aus der Wäsche."

„Und was hilft mir Tacitus in diesem Fall?"

„Er tröstet. – Ihr hetzt diesen dreien jetzt hinterher, buchtet sie ein und kaum dass ihr die Tür hinter denen abgeschlossen habt, stehen deren Nachfolger schon bereit. Du solltest in diesem Zusammenhang wissen, dass auf die Römer die Vandalen folgten."

„Das nennst du Trost?"

„Klugheit heißt, auf jede Weise die Macht zu vergrößern, den Reichtum zu vermehren, die Grenzen vorzuschieben. – Die Gerechtigkeit aber schreibt vor, alle zu schonen, für die Menschen zu sorgen, einem jeden das Seine zu geben, Heiliges, Staatliches, Fremdes nicht anzurühren."

„Tacitus."

„Cicero! *De re publica*. – Klingelt es nicht?"

„Ehrlich gesagt, nein."

„Alles Kennzeichen von Interessenkonflikten. Die Römer verloren ihre Macht, nachdem das Reich geteilt wurde. Das war alles andere als klug. Korte verlor die Kontrolle über sein Projekt, als er Zacarias zu seinem Statthalter erklärte. Auch das war nicht besonders klug. Rom reagierte aufgrund des Drucks, der durch die Völkerwanderung entstanden war. Korte auf Druck der Banken, der verlockenden Darstellung seiner Vertrauten und durch den Verlust der Konsequenz, das Projekt nach seinen Vorstellungen durchzuziehen. Römer und Korte dachten sicher, dies sei gerecht. Aber ich könnte auch sagen: Am Ende haben viele Köche den Brei verdorben. Korte wollte einen schönen gemütlichen Spa mit Anfassen. Zacarias einen Luxuspuff. Und als dieses Model meinte, die Personalliste mit echt heißen Girls zusammenstellen zu dürfen, krachte es."

„¡*Vaya!* Wow! – Kann ich aber so nicht ins Protokoll schreiben. Denn daraus ergibt sich kein Anklagepunkt. Zumal es weniger um die Personalliste als um das Verhältnis zwischen der Korte und diesem Zacarias geht. Die hatten es wohl miteinander. – Und Korte störte."

„Bist du dir sicher? – In so einem Fall lass ich mich scheiden, klage und kriege ein gutes Sümmchen seines Vermögens. Das wäre ihr Part. – Zacarias hat davon nichts. Aber er will auch nicht nur Statthalter sein. Er will alles. Folglich: Korte könnte *ihn* stören."

„Und der dritte? Wie passt der deiner Meinung nach hinein? Hatte sie vielleicht mit dem und nicht mit Zacarias ein Verhältnis?"

„Eine Ménage-à-trois?" Eduardo sprach jedes Wort wie eine Frage und betont langsam aus. Sanchez Olivero sah förmlich, wie Eduardo sich in seinem Sessel zurücklehnte und die Decke anstarrte oder wahrscheinlich wegen seines Spruchs eher dieses Gemälde gegenüber von diesem Platz. Das von Joan Raset, das eine junge dunkelhaarige Schönheit in einem dünnen gelben, lässig angezogenen Kleid auf einem Korbstuhl darstellte. Sie sah aus einem Fenster, umgeben von Blumenbouquets auf einem Tisch mit zwei Kaffeetassen, auf die Landschaft davor.

Es hing inmitten einiger anderer Bilder. Alles teure Werke, die sich Eduardo mit seinen Drogen-Millionen im Laufe der Zeit zusammengekauft hatte: Miro, Picasso, Dalí und zwei dieses Barceló, der in der *Seu,* der Kathedrale, vor Jahren einen Altar geschaffen hatte. Allesamt Spanier. Miguel durfte sie vor zwei Jahren sehen, als er Eduardo für einen Fall als Zeugen aufsuchte. Sie hatten schon nach wenigen Minuten einen Draht zueinander gefunden und sich gut verstanden. Er durfte in den Salon und auf dem besten Sofa Platz nehmen. Valentina, seine Frau, immer noch sehr attraktiv und gewandt, stellte sich obendrein auch noch als phänomenale Köchin heraus und als jemand, der wusste, wie man einen solchen Mann, mit einer solchen Vergangenheit, zu steuern hatte.

*Er hat sie für mich gemalt,* hatte Eduardo damals behauptet, *er wollte, dass Valentina nur dieses Kleid trägt, deshalb schaut sie so ernst.* No dar papaya, *zeig nicht, was du hast, sagte sie und zupfte den Stoff zurecht. – Raset ist nicht viel älter als ich und sie glaubte, ihn mit ihrer Schönheit verwirrt zu haben. – Vielleicht stimmt es, mich wollte er jedenfalls nicht in diesem Bild. Joan zwinkerte mir zu und meinte: Keine Ménage-à-trois!* Mitten in diese Erinnerung hörte er Eduardos Stimme:

„*¡Qué chimba!* Ich sag' dir, da ist irgendetwas anderes schiefgelaufen."

„Korte hat sie wohl in flagranti erwischt", erwiderte Miguel in Gedanken, sah dieses Bild vor sich und rätselte über die zweite Tasse. *No dar papaya,* auch daran könnte etwas stimmen. Diese Erna hat unter Umständen mit ihren Reizen bewusst provoziert, vielleicht sogar dieses Video, von dem Breithaupt gesprochen hatte, und das Projekt damit nicht nur zum Schwanken, sondern Scheitern gebracht.

„Also Eifersucht." Wieder Eduardo. „In was hatte ich dann recht?", wollte er noch wissen.

„Dass der Fall größer ist, als ich dachte. Zu dieser Eifersucht kommen wohl Schulden, falsche Absprachen, widersprüchliche Vorgehensweisen und so was wie Veruntreuung hinzu."

„Veruntreuung?"

„Zacarias hatte Vollmachten und nutzte sie anders, als Korte es gedacht hatte. Daraus entwickelte sich eine Art Selbstbedienungsladen. Das teuerste Stück, welches er am Ende wohl jetzt noch mitgenommen hat, war dann seine Frau."

„Und die wollte es gar nicht anders. Wahrscheinlich lässt sie ihn wie eine heiße Kartoffel fallen und zieht ihr eigenes Ding durch. Sie erbt und ist fein raus. Wenn ich das alles richtig mitbekommen habe, hatte sie im Grunde genommen bisher nur Arschlöcher um sich herum gehabt."

„Dann darf sie in diesem Fall aber auch nicht gemordet haben."

„Vielleicht überlässt sie das dem anderen?!"

„Ich erkenne dein kriminelles Potenzial", lachte Miguel ins Telefon, „aber ich muss zugeben, dass diese Variante etwas hat. – Wir sollten uns mal wieder treffen. Findest du nicht auch."

„Das sagst du seit zwei Jahren. Bring das mit Inés in Ordnung und dann kommt ihr beide mal zu mir rauf und wir gehen vor an meinen kleinen Aussichtsplatz an dem Felsen mit einer Flasche Wein und schauen in aller Ruhe auf die beiden Eselsohren, auf die *Pedra de s'Ase.* Und reden mal über anderes als Tote, Ermordete oder die Schlechtigkeiten der Welt. Valentina macht uns sicher ein paar leckere *empanadas* oder eine *lechona,* du magst doch sicher gebackenen Schweinebauch, oder?"

„Davon kannst du ausgehen. Und das ist so verlockend, dass ich es in diesem Monat noch schaffen möchte. – Mit Inés wohlgemerkt!"


**1. September, 16 Uhr 40**


Sie hatte beschlossen, nicht ständig neben ihm zu sein und ihm mit ihrem Getue vielleicht auf die Nerven zu gehen, sondern ihm von ihrem Handtuch aus zuzusehen. Ihn anzusehen. Ja, ihn auch anzuhimmeln. Was dazu führte, dass ein paar acht-, neunjährige Kinder sich einen Spaß daraus machten, mit allerkleinsten, sich selbst beigebrachten Wunden – mit Mühe konnten sie einen Tropfen Blut aus diesen herauspressen – zu ihr zu kommen, um eines dieser bunten Pflaster zu erhalten. Immerhin hatte sie ja das *Socorrista*-Shirt noch an und musste also bei derart schweren Verletzungen helfen. Delfine, Seepferdchen, Wale, Schnecken und ein runder Krebs waren dabei. War eines von diesen Motiven aufgeklebt, ging es nur noch darum, sein eigenes für schöner und besser zu halten als das des anderen.

„Weißt du, was der Delfin alles kann? Da ist dein blöder Krebs viel zu lahm für."

„Der kann dir aber in den Zeh kneifen. Das tut höllisch weh. Weiß ich nämlich!"

„Und mein Wal kann viel tiefer tauchen als ihr alle! Ich zeig euch das mal."

Die ganze Bande rannte zum Wasser und der Junge mit dem Wal tauchte ab. Keine zehn Sekunden später kam er höchstens fünf Meter vom Ufer entfernt wieder nach oben geschossen und meinte:

„Habt ihr das gesehen?"

„Das kriegt sogar mein Opa hin", erhielt er als Antwort und der Nächste hielt sich die Nase zu. Tauchte an derselben Stelle, legte sich keinen halben Meter unter Wasser auf den Sand und hielt es fast zwanzig Sekunden aus. So ging es abwechselnd hin und her. Bis ein Mädchen sich plötzlich ganz ohne Angeberei dazugesellte, ebenfalls untertauchte und erst nach knapp einer Minute ohne großes Prusten wieder auftauchte und sich ganz still neben die Jungs stellte.

„Ihr dürft nicht hektisch sein", erläuterte sie ohne Triumph in der Stimme, „das müsst ihr damit machen", sie tippte sich an den Kopf, „und nicht damit", nun tippte sie sich auf den Oberarm, rannte zu ihrem Handtuch und holte sich von dort ein kleines Bodyboard, mit dem sie nach einem tüchtigen Anlauf wie ein Profi über das Wasser und die Wellen glitt.

Ramon stand schon eine Weile neben ihr, bevor er mit einem bewundernden Ton in der Stimme meinte:

„Du kannst gut mit Kindern umgehen. Liegt wahrscheinlich an deinen beiden Jungs. Ich bin da vielleicht etwas zu streng oder ungelenk."

„Das stimmt nicht. Die Kinder haben dich alle mit großen und dankbaren Augen angeschaut, als du sie versorgt hast."

Gerade wollte Ramon darauf etwas entgegnen, als hinter ihnen ein Gettoblaster den Strand mit den ersten Takten von *Slither* der Gruppe Velvet Revolver beschallte. Beide drehten sich um, beide hoben einen Arm, weil sie die inzwischen flacher stehende Sonne abschatten wollten, und Inés ging murmelnd ein paar Schritte in die Richtung. Sofort sprang ein Jugendlicher von seinem Platz auf der Mauer herunter und rannte zu dem wummernden Teil. In seiner Hand eine Flasche Bier und in seinem Gesicht ein beginnender Rausch. Inés und der Jüngling kamen zur selben Zeit an. Und ohne abzuwarten herrschte sie ihn an:

„Wenn du auch nur einen Schritt später gekommen wärst, hätte ich das Ding ins Meer befördert. Und dich gleich dazu. Stell es ab und gib mir die Flasche. Und dann pack deine Sachen und zieh ab!"

Der vielleicht Sechzehnjährige schaute sie verdattert an, es war offensichtlich, dass er kein einziges Wort verstanden, aber dafür den Inhalt kapiert hatte.

Er hob beschwichtigend die Hände, drückte anschließend einen Knopf und augenblicklich war Ruhe. Inés nahm ihm die Bierflasche aus der Hand, wedelte mit den Händen und machte wohl ein passendes Gesicht. Sekunden später war der Spuk vorbei. Der Junge trottete mit seinem Gerät und drei weiteren Jungs, die sich hinter einem der dicken Betonmasten versteckt gehalten hatten, ab. Zu viert schauten sie zu ihr hinüber, überraschenderweise ohne zu feixen, und Inés ging auf sie noch ein paar Schritte zu und etwas hinterher. Dann verschwanden sie mit schnellen Schritten in der *Carrer d'Amílcar.*

„Da hätte ich jetzt auch Reißaus genommen", hörte sie Ramon hinter sich sagen, „macht ihr das immer so bei der Polizei?"
Noch aufgewühlt von ihrer eigenen Reaktion drehte sie sich um und musste wohl ein sehr ernstes Gesicht aufgesetzt haben, denn Ramon hob beide Hände hoch, als müsste nun er sich mit der nächsten Bewegung verteidigen. Inés brauchte einen Moment, bis sie aus ihrem üblichen Alltag zurückgekehrt war, doch dann nahm sie ihn einfach in den Arm und drückte ihn an sich, als sei er eines der kleinen Kinder, das sich verletzt hatte.

„Ist wohl 'n Automatismus", erwiderte sie nun wieder mit normaler Stimme, „meinen Jungs kann ich so nicht kommen. Die würden mir was husten."
Auf den Zehenspitzen stehend gab sie ihm einen Kuss, ließ ihn wieder los und ging etwas den Kopf schüttelnd zum Handtuch zurück. Langsam leerte sich der Strand. Die Touristen begannen einzupacken, dafür kamen nun ein paar wenige Einheimische. Statt mit Sonnenschirmen und Luftmatratzen mit Kühltaschen und Schaufeln. Sie hoben kleine Krater aus, deren Ränder zu Lehnen wurden und das Innere zum Versorgungszentrum. Minuten später waren Teller, Becher und deren Inhalte verteilt: Bocadillos, kalte Fleischbällchen, Oliven, Chorizoscheiben und Paprikastückchen. Meist blieb man bis Sonnenuntergang, dann wurde es schnell zu kühl, um noch viel länger hierzubleiben.

Inés und Ramon schauten sich an. Jeder in Gedanken, wie man den Rest des Tages verbringen könnte, und Inés musste feststellen, dass sie dabei am Ende immer an dasselbe dachte. Sie verzog deshalb sich selbst Vorwürfe machend das Gesicht. Ramon deutete es auf seine Weise und schaute auf die Uhr:

„Ungefähr eine Stunde muss ich noch. Wenigstens anwesend sein. Dann schauen wir mal, ob es hier nicht ein ruhigeres Plätzchen gibt. Oder was uns sonst so einfällt. Ich habe nichts vor."

„Vielleicht ein wenig mehr da drüben hin?" Inés zeigte in die Richtung des *Club Nautic:* „Da sieht es etwas ruhiger aus. Und Palmen hat es auch."

„Warum nicht? Von da können wir auch den Sonnenuntergang gut sehen. Wenn du so etwas nicht kitschig findest?"

„Wenn du das nicht kitschig findest?" Sie schubste ihn um und küsste ihn, während sie mit ihren Händen durch sein Haar kämmte. Sollte sie tatsächlich glauben, dass so ein Mann keine Freundin hatte? Spontan wollte sie es noch mal wissen. Dicht an seinem Ohr hielt sie ihre Neugierde nicht zurück:

„Und niemand, der auf dich wartet? – Ich weiß, Susana und all das. Sie war doch sicher hübsch?!"
Er drehte nur ein wenig seinen Kopf. Ihre Hand nun auf der Schulter mit dem Wolf. Der hatte etwas Kraftvolles und sie hielt sich an ihm fest.

„Ich denke, sie war zu jung, als wir uns kennenlernten. Sie war gerade 16 geworden und ich fertig mit der Schule und dauernd unterwegs. Jobbte mal hier, mal da. Weil ich selbst nicht wusste, was ich mit mir anfangen und machen wollte und nicht, weil ich mir besonders schlau vorkam. Mit der Zeit hatte jeder dann seine ganz eigenen Vorstellungen. Sie wurde auch erwachsener, war nicht mehr das kleine sexy Mädchen. Ich hab' das einfach nicht wahrhaben wollen und dann lief immer mehr schief. – Man lebt sich dann auseinander. Das Studium tat sein Übriges. Das alles tat trotzdem weh und war dann gleichzeitig das Ende. Anfangs war es nicht leicht. Und bei dir?"

„Frag mich nicht! Ich kann es dir nicht sagen. So wie ich es dir schon erzählt habe. Wahrscheinlich bin ich auf der Flucht. Es gab einige Momente in meinem Leben, da habe nicht ich entschieden, sondern da wurde entschieden. Nicht durch mich, sondern durch die Situation, an der ich aber auch nicht schuldlos war, und durch andere. Und ich versuch jetzt irgendwie einen neuen Weg zu finden, vielleicht ist dieses Wochenende die Gelegenheit – nicht nur damit anzufangen. – Das klingt nicht besonders intelligent für eine Frau in meinem Alter, die zwei Söhne hat und ..."

Inés rollte auf den Rücken zurück und sah ein paar kreischenden Möwen hinterher, die sich selbst von dem Trubel am Strand nicht davon abhalten ließen, nach irgendwas, das nach Futter aussah, zu spähen. Eine von ihnen stürzte sich in diesem Moment kein fünf Meter entfernt auf einen Rest Brot oder eine heruntergefallene Pommes und trug das Stück mit einem waghalsigen Manöver weg, denn die anderen schossen gleich hinter ihr her. Mit gewagten Flugmanövern schaffte sie es, zu entkommen. Für ein solches Kunststück brauchte man Mut und Erfahrung. Über beides, glaubte sie, verfügte sie nicht im besonderen Maß. Sie drehte sich wieder zu Ramon, schlüpfte mit einer Hand unter sein Shirt und streichelte seine Haut. War das nicht schon ein mutiger Anfang? Und was sie fühlte, erzeugte trotz Miguel ein eigenartiges, fast unbekanntes Kribbeln in ihr. Der Wolf an seinem Arm war in diesem Moment leider zu weit weg, sonst hätte sie diesen auch noch geküsst und gehofft, seinen Mut dabei zu tanken.

Ramon ließ es eine Handvoll Sekunden geschehen, dann richtete er sich auf und sah hinaus aufs Meer. Die Möwen waren weitergeflogen. Statt derer war ein kleiner Schwarm Sperlinge genau an dieser Stelle gelandet. Sie hatten beobachtet, dass es etwas zu holen gab. Vielleicht gab es noch ein paar krümelige Reste, über die man sich hermachen konnte. Sie schienen fündig zu werden, denn sie pickten nahezu enthusiastisch im Sand herum. Als er sich aufrichtete, rutschte ihre Hand in seinen Schoß. Inés ließ sie nur Zentimeter weiter auf seinem nackten Oberschenkel liegen und beobachtete von unten seine Reaktion.

„Ein Abenteuer", stellte er leise fest, ohne ein Fragezeichen dahinterzusetzen, zuckte mit dem Kopf zur Seite und lächelte, während sie regungslos verharrte und eine Träne ihre Wange hinunterlaufen spürte. Seine Antwort erschien ihr wie ein kleiner Tadel. Zeigte sie doch, dass sie nicht einmal daran gedacht hatte, was in der nächsten Stunde sein könnte. So sehr war sie im Hier und Jetzt. Die Träne wegwischend richtete auch sie sich auf und rückte mit der Bewegung ein wenig von ihm ab. Ihr Kopf war plötzlich leer und die nächsten Tränen machten sich auf den Weg. Sie war eine dumme Kuh. Undankbar und ungerecht. Ihre Mutter tat alles für sie. Miguel hatte ihre Söhne quasi adoptiert und die ihn als Vater. Er bemühte sich in allem redlich. Was war nur passiert? Derweil spielte sie die Unglückliche. Man nahm ihr einiges ab, kümmerte sich um sie, aber sie stand daneben. Die Teilhabe an allem hatte sie verloren.

Und draußen auf dem Meer war Ramon längsseits gekommen und hatte einen Schalter in ihr umgelegt. Einen, den sie nicht erreichen, nicht selbst wieder zurückklicken konnte. Ramon war einer, der sich Sorgen machte um sie, der sie nicht angeschnauzt hatte und gleich darauf weitergefahren war. Wer sonst hatte das je so gemacht? Oder war das doch aufdringlich?

Mutters erster Satz nach dem Debakel war nicht: *Natürlich kommst du mit den Jungs zu mir. Wir regeln das schon.* Auch nicht: *Keine Sorge, Kind, das bekommen wir hin,* sondern: *Ich hab es die ganze Zeit kommen sehen und nun ist es so weit. Man hat sein eigenes Kind nicht sorgenfrei aus dem Haus, nein, im Gegenteil, noch mehr Sorgen als vorher.* Ramon war es, der mit einem Lächeln einerseits seiner Arbeit nachgegangen war, andererseits gemeint hat: *¡Estás muy buena!* Es war kitschig, sie war ungerecht, er war *bueno.* Das muss der Schalter gewesen sein. Ihr schwante, dass sie es auch nicht mehr anders wollte. Gleichzeitig ging ihr das schlechte Gewissen, das sich ständig in ihrem Hinterkopf bemerkbar machte, auf die Nerven.

Ein leichter Wind wehte ihr den salzigen Duft von Ramons Haut in die Nase und verscheuchte damit wieder ihre Zweifel. Ein Abenteuer. Das Wort hallte in ihrem Kopf nach. Aufregend, spannend und unter Umständen gefährlich. – Und heute aus einer unerklärlichen Laune heraus sehr reizvoll.

Vorne am Wasser stand eine in sich ruhend wirkende Frau und schaute auf eine besondere Art über die Wasserfläche. Nach Yoga oder Ähnlichem sah es jedoch nicht aus. Sie war höchstens zehn Jahre älter als sie selbst. Fraulicher und mit einem Badeanzug bekleidet, der schon vor Jahren nicht mehr modern war. Ihr schien all das egal zu sein und nichts schien sie aus dieser Ruhe bringen zu können. Das Leben hatte sie in der Hand und nicht das Leben sie. Inés drückte den Rücken etwas durch und erklärte deshalb mit etwas Trotz:

„Ich hab' als Jugendliche mal ein Abenteuerbuch gelesen, das war sehr dick, unglaublich spannend – und sehr schön."

„Ist es gut ausgegangen?", fragte Ramon, ohne sie anzuschauen.

„Jedenfalls in meiner Erinnerung."

## 1. September, 16 Uhr 55

„Ich noch mal. Gegen 20:30 bin ich in Madrid. Von da kann ich weiterfliegen. Vielleicht nach Berlin oder München. Auf jeden Fall in ein anders Land. – Nein, wenn ich dort mit einem Zug oder Bus fahre, nicht. – Dann sehen wir weiter. – Nein, die Mädchen, die restliche Fracht, wie du sie nennst, lass ich auf jeden Fall hier – Ist doch Quatsch, wenn ich sie mitnehmen würde. Mit denen falle ich doch sofort auf – Dann müsst ihr das gegebenenfalls übernehmen."

Er stand auf und starrte durch die Scheibe auf das Vorfeld. Zwei Maschinen kamen, drei machten sich für den Abflug bereit. Die kleinen Schlangen der Koffertransporter wanden sich unter den Fliegern und nahmen kein Ende. Unbewusst schaute er seinen kleinen Rollkoffer neben sich an, bevor er mit einem hörbar frustrierten Unterton weitersprach:

„Zacarias ist mir in allem zuvorgekommen. Der Tresor im Hotel war leer. – Ja, verdammt, nur diesen Stick. Aber der rettet mich. Da sind alle Kontakte drauf. Und die ganzen anderen Projekte. – Ich muss besoffen gewesen sein. Sonst wäre das nicht passiert. Nur weil er sich die Videos schnell mal ansehen wollte. – Das brauchst du mir nicht sagen! So blöd bin ich ja nun auch wieder nicht. – Ich schau, ob ich jetzt hier noch einen Kaffee bekomme."

Eine Antwort war ihm egal. Er drückte das Gespräch weg und sah sich um. Rechts, keine zwanzig Meter wei-

278

ter, langweilte sich ein Schlitzauge hinter der Theke einer kleinen Bar und beugte sich über sie, um den wenigen Mädchen, die hier vorbeiliefen, hinterherzusehen. Martínez grinste und öffnete eines der Alben in seinem Smartphone, wenn der Typ nett wäre, könnte er ihm ja eines der Bilder zeigen. Wahrscheinlich hatte der ohnehin Dutzende davon auf seinem eigenen, wie jeder zweite Kerl und so, wie der guckte. Er legte das Smartphone mit einem der Bilder auf die Theke und bestellte sich einen Cappuccino. Der Typ, vielleicht Ende zwanzig, aus irgendeinem asiatischen Land, schaute nur kurz darauf und machte sich daran, den bestellten Cappuccino zu bereiten. Anschließend drehte er sich wieder um und stellte die volle Tasse direkt neben Martínez' Smartphone, der so tat, als hätte er es nicht mitbekommen und deshalb das nächste Bild anschaute.

„Deine Freundin?", fragte der hinter der Theke.

„Eine von denen." Es sollte beiläufig klingen. Dann schaute Martínez auf, sah den anderen etwas von oben herab an:

„Wenn du mir noch einen machst, der nichts kostet, schick ich dir eines. Und wenn du ein Sandwich danebenlegst, noch eines. Bei zwei Sandwichs kriegst du ein kleines Video. Wie wär's?"

Martínez grinste unverschämt, hielt dem Asiaten das Foto eines der Mädchen unter die Nase und der sah ihn an, als fühlte er sich auf den Arm genommen, dann drehte er sich doch um und machte den nächsten Kaffee. Schon hatte Martínez einen neuen Kunden. Spätestens in zwei Tagen würde er ihm einen kostenpflichtigen Link schicken müssen, der ihm weiteres Material für einsame Stunden liefern würde. Und einsame Stunden hatte so ein Typ jede Menge.

„Deine Nummer?", fragte er.

„Wo seid ihr? Wir haben ihn!", gellte es aus dem kleinen Lautsprecher seines Handys: „Gate D. Ganz hinten. Letzter Ausgang. Sitzt an der großen Glasfront. Und glotzt in aller Ruhe in sein Handy und futtert dabei Sandwichs."

Der Jubel in Ivans Stimme war nicht zu überhören.

„Hat unser junger Nachwuchs ihn also erkannt", folgerte Sanchez Olivero trocken.

„Nee, dein Kleiner. – Vicenç." Miguel war zu sprachlos, um gleich etwas zu erwidern. Er hörte nur, wie Ivan wohl gerade seinen Platz wechselte und mit einer vorgehaltenen Hand ganz leise weitersprach:

„Mann! Pelleter steht neben ihm. Der ist total hin und weg von dem Kleinen. – Ich sag dir, der ist nächstes Jahr auf irgendeine Art und Weise bei uns im Team. Und wenn's als Telefonistin ist." Ivans Lache war mehr ein Grölen. Sanchez Olivero glaubte zu hören, wie er sich auf die Schenkel klopfte. Was für ein grandioser Witz, dachte er.

„Wir werden sehen", entgegnete Miguel knapp, „bleib in der Leitung. Nicht dass er es sich überlegt und verschwindet. Ihr müsst uns auf dem Laufenden halten."

„Keine Sorge! Wir haben den im Auge. Der kann ab jetzt nicht mal mehr durch die Klospülung verschwinden. Ich hab' überall Bescheid gesagt. – Wisst ihr schon was von den anderen?"

Andreu und Miguel schauten sich an. Seit knapp zwanzig Minuten bewegte sich der Punkt langsam auf Menorca zu. In weiteren zwanzig Minuten würde sie also dort ankommen. Sie hatten keine Ahnung, was sie vorhatte. Erst in 14 Tagen gab es wieder eine Autofähre zurück. Und abends nur noch Flüge von Mahón nach

Barcelona und Bilbao. Oder wollte sie ein paar Wochen auf Menorca bleiben?

„Wir haben die Kollegen in Mahón angerufen, sie sollen diese Erna ohne großes Aufsehen in Empfang nehmen und verfolgen. Wir haben alle Daten übermittelt. Mal sehen, was sie vorhat. Festnehmen würde ich sie erst lassen, wenn sie versucht, wieder zu verschwinden. – Vielleicht liegen wir auch falsch.“

„Vielleicht findet Busquet ja noch etwas bis dahin?“

„Geldwäsche? – Ich weiß nicht. Inzwischen bin ich davon überzeugt, dass das in diesem Fall eher keine Rolle spielt.

„*¡Bien!* Wir sehen uns dann gleich am Flughafen.“

## 1. September, 17 Uhr 40

Gerade hatte er sich noch auf seinem Handy das Video dieses belgischen Mädchens angeschaut. Sie war die Beste gewesen. Ein Naturtalent. Ihre Schwester nicht. Schade, dass er sie nicht live erleben konnte. Er hätte schon gewusst, was er mir ihr anstellen würde. Eine Figur wie aus dem Bilderbuch. Immerhin hatte er sich das Video kopiert. Ungeschnitten. Und dank dieses Filmchens hatte er bereits ein Dutzend Buchungen für *Más Mallorca* erzielen können. Nun öffnete sich die Tür hinter dem kleinen Schalter und gleichzeitig gegenüber zu den Treppen nach unten, von wo man mit einem Bus zum Flieger zu gelangte.

Er schaute auf, stand sofort auf und wusste im selben Moment: Er hatte keine Chance. Nun kamen sie auch noch von rechts aus dem großen Gang um die Ecke gebogen auf ihn zu. Insgesamt zwölf Mann. Nicht einmal mit gezückten Waffen. So lasch die Kontrollen auch manchmal wirkten, wie hätte er selbst welche zur

Verteidigung hereinschmuggeln können? Einer von ihnen, der einzige ohne Uniform, baute sich vor ihm auf, strich sich durch seine Stoppelhaare und fragte:

„Señor Martínez?"

Was hätte er nun antworten können? In einem Kinofilm, den er unlängst gesehen hatte, zückte ein von Polizisten so angesprochener Kerl einen Ausweis, auf dem ein anderer Name stand, und er wurde nur gemustert, konnte aber weiterziehen. Woher hatten die immer solche Rettungsringe? Der Typ schaute auf das Display in seiner Hand und eh er sich versah, hatte der sein Smartphone in der Hand und hob es ihm vors Gesicht.

„Ach, wie nett. Dann haben wir ja den Richtigen."

Endlich wachte er aus seiner Lethargie auf und erinnerte sich an sein übliches Auftreten.

„Was soll das? Was wollen Sie von mir? Ich ..."

„... Ihren Ausweis bitte!"

Irgendwo hatte er gelesen, nicht zu reagieren, wäre die beste Lösung. Er tat, als hätte er nicht verstanden.

„Ihren Ausweis bitte!"

Der Kerl hielt ihm eine offene Hand entgegen.

„Ihren Namen – bitte!", zischte er zurück.

„Inspector Miguel Sanchez Olivero, *Cuerpo Nacional de Policia.* – Und nun Ihren Ausweis. Sie haben drei Sekunden, sonst lasse ich Sie durchsuchen. Eins ..."

„Ich will einen Anwalt."

„Den kriegen Sie – nachher. – Zwei."

„Sie können mich nicht so einfach ... ich hab' Rechte. Ich werde Sie ..."

„Drei."

Dann drehte sich Inspector Sanchez Olivero um und sagte zu dem Polizisten neben ihm:

„Durchsuchen und mitnehmen." Und zu Martínez: „Sie sind verhaftet. Grund: nachgewiesener Mädchenhandel, Geldwäsche und – Mord."

„Nachgewiesen? Dass ich nicht lache! – Mord? Ich krieg' mich nicht mehr ein. Und Geldwäsche? Ja, wenn ich welches hätte, mache ich das gerne."

Sanchez Olivero hob das Display des Handys vor Martínez' Gesicht. Er wusste, das Video war immer noch zu sehen. Corinne Weijmuth wusste nicht, was sie damals mit ihr gemacht hatten. Aber Sanchez Olivero hatte inzwischen nicht nur ihren Entführer festgesetzt, der nach einigen Stunden zähem Verhör endlich sprudelte und kein einziges Detail mehr auslassen konnte, sondern dadurch auch die Quelle für die ganzen Videos herausbekommen. Martínez war ein zu kleines Licht in dem ganzen Komplex, auch wenn Eduardo gefragt hatte: *Oder habt ihr diesen Typen etwa immer noch nicht hopsgenommen?* Also mehr von ihm zu wissen schien. Alle um ihn herum würden ihn demnach, damit sie selbst besser davonkamen, belasten wollen. Mit hämischer Freude sah er deshalb Martínez an.

„Nachgewiesen!"

Er klopfte ihm auf die Schulter und machte ein Handzeichen. Martínez versuchte die Hände, die nach ihm griffen, abzuschütteln, doch die Polizisten waren vorbereitet. Ein, zwei weitere Handgriffe und er lag vor ihnen auf dem Boden. Ein Fuß in seinem Nacken, die Beine auseinandergekickt und die Hände auf dem Rücken bereits in Handschellen.

„Das Mädchen da musste Ähnliches aushalten. Ab jetzt wissen Sie, wie es sich anfühlt. Falls nicht, meine Kollegen sind Familienväter, sie können auch noch ganz anders."

„Das wird Folgen haben", kam von unten gequetscht, „das verspreche ich Ihnen."

„Endlich haben Sie mal recht. Aber in Ihrem Fall helfen die Freunde aus den Telenovelas nicht. – Das kann ich Ihnen versprechen."

## 1. September, 18 Uhr 05

Martínez wurde in den zweiten Wagen gesetzt. Zwischen zwei bärbeißig schauende Polizisten, die sauer waren, heute nicht ins Stadion zu können. Erstaunlicherweise hatte Martínez sich nach wenigen Minuten beruhigt und Andreu keine Schwierigkeiten, in dem Smartphone weiteres Material zu finden. Während der ganzen Aktion am Gate hatte Miguel darauf geachtet, dass es sich nicht automatisch abschaltete. So waren sogar die Zugänge zu verschiedenen Servern offen. *So blöd muss man erst mal sein,* meinte Andreu und zeigte Sanchez Olivero, was er gefunden hatte.

„Wenn ich das als Vater wüsste, hätte der keinen Spaß mehr im Leben", mit seinem Zeige- und Mittelfinger ahmte er eine Schere nach, „schnipp schnapp."

„*¡Anda!* Mir fallen bei so was lauter Strafen ein, die es leider nicht gibt."

„Sieh mal! Ist das nicht auch die Weijmuth? Davon hat sie uns nichts erzählt", stellte Andreu fest und sah, wie einer dieser durchtrainierten Kerle sie ohne Gegenwehr in einem perfekt ausgeleuchteten Raum auf einem üppig mit Kissen ausstaffierten Bett nahm. Sanchez Olivero schaute nur kurz hin und rümpfte die Nase.

„Sie waren beide mit einem fürchterlichen Cocktail vollgepumpt. Wenigstens haben sie Gummis genommen. – Kannst du die ganzen Daten sichern und dann das Scheißding ausmachen?"

Andreu sah ein wenig wehleidig auf das Display, tippte auf Einstellungen, Konten, kopierte alles und suchte dann eine Bluetooth-Verbindung.

„Ich überspiel die Daten auf den Laptop."

„So hat der sich die Bildchen auch überspielt", entgegnete Miguel trocken.

„Dafür passt alles. Martínez wird auch die Cocktails der Mädchen gemischt haben. Wir werden nicht umhinkommen, beide nochmals für eine Gegenüberstellung einzuladen. Vielleicht können sie sich an ihn erinnern. Dann ist die Falle richtig zu.

„So naiv wird er nicht ...“

„... schau mal ...“ Andreu unterbrach ihn und hielt ihm das Smartphone vors Gesicht. „Ich glaub doch. Das hat er ein paar Minuten vorher dieser Telefonnummer geschickt.“

Er wischte auf dem Display herum und Miguel sah ein Foto eines nackten Mädchens, dann eines der Schwester von Corinne Weijmuth und danach den Beginn eines Videos.

„Das ist pervers.“ Sanchez Olivero verzog das Gesicht.

„Pervers sind die Videos aus dem *Rocamar* von damals. Das hier ist leider sehr professionell. Deren Einnahmequelle. Siehst du in der Ecke das Logo? *Más Mallorca – light, life, love – The finca for pleasure moments*. Damit macht er Werbung. Mit so etwas locken die Kunden an. Mal sehen, wem die Nummer gehört. Vielleicht stoßen wir noch auf das Netzwerk.“

„Du meinst die Typen, die so ein Hotel nötig haben und dann dort Ferien machen?“

„Wenn eines der Mädchen illegal ist, kann er wegen Vergewaltigung angeklagt werden.“

Der Inspector schaute den Wagenhimmel an und schien zu überlegen.

„Dann müssen wir die Weijmuths einweihen und die Anklage gegen Martínez kann erweitert werden. Das wäre eine Möglichkeit, Druck zu erzeugen, falls das andere, was wir haben, nicht ausreichend sein sollte.“

„Du wirst sehen. Es reicht auch so!“

## 1. September, 19 Uhr 55

Die Sonne stand schon tief. In einer halben Stunde würde es schnell dunkel und sicher auch kühler werden. Noch kühler. Vielleicht hatte sie mittlerweile auch nur Hunger. Der Burger mittags und die Knabbereien zwischendurch waren nicht besonders viel und schon gar nicht genug gewesen. Aber so konnte sie nirgendwo hingehen. Langsam und selbstverständlich waren sie zu ihrem Hotel gegangen. Hand in Hand. Nun standen sie davor und Inés überlegte, was sie nun oder ob sie es nun folgen lassen könnte. Ihr fielen dafür nur zwei Optionen ein. Sich Umziehen. – Davor oder danach.

Sie hatte dabei die Arme vor ihrem Körper verschränkt und stand mit etwas hochgezogenen Schultern unter dem ersten Balkon des *Tierramar* vor dem Eingang. Lächelnd, abwartend, aufgewühlt. An ihrer linken Seite, durch den Bund des Slips geschoben, baumelte das Oberteil, das sie vor einer Stunde mutig ausgezogen hatte, als sie sich neben ihm liegend an seinen Körper geschmiegt hatte und seine Hand immer wieder über ihren nackten Rücken streicheln konnte. Ihre beiden *Socorrista*-Shirts lagen da schon längst als Knäuel unter seinem Kopf.

Sie waren tatsächlich zu diesem Strandabschnitt gegangen. Ramon hatte im Spar etwas zu trinken und ein paar Knabbereien gekauft. Aus der kleinen Strandkiste der *Cruz Roja* klemmte sie sich eine große Rettungsdecke unter den Arm und einen Rettungsring. Gerne hätte sie auch das Schlauchboot mitgenommen, um in diesem draußen auf dem Meer wie ein junges total verknalltes Mädchen ungestört mit ihm zu kuscheln. Doch das verfrachtete er, ohne auf ihren Vorschlag, es mitzunehmen, einzugehen, in einen dafür vorgesehenen Raum des *Balnearios*. So beließ sie ihre Zärtlichkeiten bei ein paar Küssen und einer manchmal hoovernden Hand auf seinem Bauch, der sich jedes Mal anspannte, wenn sie unterhalb seines Nabels angekommen war. Die Art seiner Reaktion erinnerte sie an sie selbst, wenn Miguel es bei ihr tat und sie zunächst erschreckte, weil sie eine solche Bewegung nur drängend, fordernd und rücksichtslos durch Juan kennengelernt hatte. Bis vor einer Stunde hatte sie die damit verbundene Angst nie ablegen können. Doch nun könnte es anders werden. Ramons Zucken verband ihn mit ihr auf eigentümliche Weise. Auch sie hatte bislang bei jeder Berührung gezuckt. Heute nicht ein einziges Mal. Alles geschah aus einer Emotion. Die Angst hatte ihre Macht verloren.

Das salzwasserfeuchte Shirt war inzwischen nicht mehr genug gegen den aufkommenden und kühleren Wind, bedeckte lediglich ihre kalt gewordenen Brüste. Etwas mehr Wärme könnte sie nun gut brauchen. Doch sein wärmender Körper lehnte sich nicht an ihren. Sie atmete tief ein. Ihre Gefühlswelt war für heute wirklich mächtig durcheinandergekommen und sie hatte genau das genossen. Von A bis Y, lächelte sie in sich hinein. Das Z sollte und durfte noch folgen. Sie dachte an das Mädchen im Nachbarzimmer und machte einen kleinen Schritt auf den ach so großen Ramon zu, der heute all das gewesen war, was ihre Träume versprochen hatten. Seine Wärme strahlte nun noch verführerischer auf ihren Körper und sie sog diese mit jeder Zelle auf. Wie sein Lächeln jetzt, das so unnachahmlich lieb und ehrlich war.

Sie musste sich für nichts rechtfertigen. Gegenüber niemandem. In ein paar Jahren, viel zu schnell für die Mutter in ihr, waren ihre zwei Jungs selbst erwachsen und sie müsste sie loslassen. So oder so. Wenig wahrscheinlich, dass sie dann auch noch bei ihrer Mutter wohnte. Das musste sich sogar spätestens im nächsten Frühjahr ändern. Das mit Miguel auch. – Irgendwie. Es konnte so nicht weitergehen. In dieser Beziehung waren ihre Nerven am Ende. Sie hatte keine Luft zum Atmen, keine Freiräume, keine Zeit, Dinge für sich zu entscheiden. Nur dieses dämliche, alte Jugendzimmer war ihr geblieben. Ein Neuanfang musste her. Einer, der ihren Gefühlen entsprach und nicht den Vorstellungen anderer.

Sie ließ die Arme sinken und schob sie auf Ramons Körper zu. Sicher sah er in diesem Moment, dass sie fror. Der dünne Stoff machte keinen Hehl daraus. Gerade deshalb brauchte sie ihn. Sie streichelte seine Seiten, zog ihn etwas an sich und spürte wieder einen warmen Schauer auf ihrem Rücken. Zum hundertsten Mal biss sie sich auf die Unterlippe und schloss die Augen. Eine Träne lief die Wange hinunter. Sie war wirklich eine dumme Kuh und hatte einiges nachzuholen. Und das waren keine Dummheiten. Ramon war, das wusste sie bereits, spätestens seit sie am Nachmittag kurz auf ihrem Zimmer gewesen war, wie auch immer alles ausgehen würde, der Richtige für alles. Als sie ihren Kopf an seine Brust legte und er sein Gesicht und die Hände in ihren Haaren vergrub, stellte sie die einzig mögliche Frage:

„Magst du mit raufkommen?"

(Andreas Heßelmann, Tuschezeichnung von Rainer Simon)

1958, Duisburg, Niederrhein. Kaum drei Jahre alt, die ersten Märchenplatten, dann Jim Knopf, die ersten (Kinder)-Krimis von Enid Blyton und später die von Jean-Bernard Pouy. Eine von Anfang an spannende und überaus fesselnde Welt, in der ich versank und die ich als Kind mit eigenen Figuren ergänzte. Meine Fantasie war angeregt. Das gilt auch heute noch. Ich wurde Buchhändler, schreibe seit 30 Jahren, erwecke Personen und Handlungen zum Leben und mache daraus Bücher, die ich gerne selber lese. Das ist in meinen Augen entscheidend: Man sollte die eigenen Bücher mögen.

**Rainer Simon**
Einer der bekanntesten Zeichner, Cartoonisten und Illustratoren Deutschlands. Er arbeitete für das Handelsblatt, die Stuttgarter Zeitung und den Playboy. Illustrierte Bücher von Michael Ende für den Weitbrecht Verlag und gestaltete Bücher unter anderem von Gerhard Konzelmann, Arturo Pérez-Reverte und Salim Alafenisch. Rainer Simon gewann unzählige Preise und Auszeichnungen. – Er lebt in Böblingen.

Andreas Heßelmann
Keine Rückkehr
Ein Mallorca-Krimi

ISBN: 978-3-7407-1523-6
Oktober 2016

Verlag Twentysix/Random House

13,- €

Ausgerechnet als er sich auf Mallorca von einem Mordanschlag erholen soll, findet der aus Padua stammende Commissario Berlingui schon nach wenigen Tagen in unmittelbarer Nähe zu einem kleinen Kloster die Leiche einer jungen Frau.

Am liebsten würde er sich aus den Untersuchungen heraushalten, doch Inspector Sanchez Olivero bindet ihn in einen immer komplexer werdenden Fall mehr und mehr ein.

Ein rasanter, harter, mitunter dunkler und leider immer aktuell bleibender Krimi.

„Andreas Heßelmann entspinnt geschickt eine Geschichte auf Mallorca, in der es nicht allein um das Katz-und-Maus-Spiel einer Mördersuche geht."

(Peter Bausch, Feuilleton, Sindelfinger Zeitung)

Andreas Heßelmann
Keine Zeugen
Der zweite Mallorca-Krimi

ISBN: 978-3-7407-4341-3
Januar 2018

Verlag Twentysix/Random House

14,- €

„Ich hatte tatsächlich gehofft, derartige Fälle vorerst nicht wieder untersuchen zu müssen."
„Und doch landen solche früher oder später weder bei uns auf dem Tisch. Die Kundschaft dafür geht einfach nicht aus. – Die Nachfrage wird immer perfider, und die Angebotsseite passt sich an."
„Vielleicht ist es auch umgekehrt", seufzte Inés.
„Könnte sein, es geht ja dabei um viel Geld."
„Mein Gott, die armen Mädchen."

„Auch in ‚Keine Zeugen' geht es Heßelmann um mehr als die Suche nach dem Mörder. Er schaut hinter die Bühne des Postkarten-Mallorcas. Das schafft er nicht nur durch einen gelungenen Plot, sondern vor allem durch glaubwürdige Figuren. Allen voran der liebenswerte, keineswegs perfekte, aber stets Gerechtigkeit suchende Inspector Sanchez Olivero. Eine Ermittlerfigur, mit der man als Leser gerne seine Abende verbringt, mit der man mitleidet, mitfiebert und mitliebt."

(Tim Schweiker, Sindelfinger Zeitung)

Andreas Heßelmann
Der Tote unter der Explanada
Ein Alicante-Krimi
Teil 1

ISBN: 978-3-7407-1125-2
Neuauflage 2018

Verlag Twentysix/Random House

11,99 €

Nur noch wenige Tage bis zur Johannisnacht, den Hogueras de San Juan, eines der größten und buntesten Feste in Spanien. Doch ein grausamer Fund unter den Steinen der Flaniermeile Explanada de España in Alicante bedroht die Durchführung des Festes.
Inspector Xarneracomte, manchmal etwas langsam, bisweilen ungelenk und viel zu lang schon allein, stößt bei seinen Ermittlungen zusammen mit seinem besten Freund und Kollegen und mit viel Intuition auf merkwürdige und ungewöhnliche Spuren.
Ein aufwühlender und aktueller Krimi vor dem Hintergrund der Flüchtlingskrise in Spanien.
„Kennen Sie einen Afrikaner, der freiwillig nach Europa kommen würde? Das ist kein Wunschtraum, sondern nur der letzte Ausweg."

Andreas Heßelmann
Der Tote auf Tabarca
Der zweite Alicante-Krimi

ISBN 978-3-7407—5050-3

Verlag Twentysix/Random House

13,- €

Spanien ist einfach zu nah, als dass die Menschen des afrikanischen Kontinents nicht den riskanten Weg über das Mittelmeer in die vermeintlich bessere Welt wählen würden.
Doch sind sie angekommen, sind die Verlockungen in dieser Welt genauso groß. Inspector Xarneracomte und sein Freund Primo müssen im neuen Fall einen weiteren Mord aufklären, der wohl mit dieser Sehnsucht nach Freiheit in Verbindung steht.
Wären die beiden weniger mit ihren Angehimmelten, Mónica und Cristina, beschäftigt, würden sie sich sicher besser auf die Antwort darauf konzentrieren können.

Auch „Der Tote auf Tabarca" spielt vor dem hochaktuellen Hintergrund der Flüchtlingskrise in Spanien.

Andreas Heßelmann
Schlammschlacht
Ein Padua-Krimi

ISBN: 978-3-7407-3027-7
Oktober 2017

Verlag Twentysix/Random House

12,50 €

Abano Terme bei Padua. Ausgerechnet in diesem weltbekannten Kurort wird in einem Hotel Monsignore Tossatello mit einem Eimer Fango umgebracht. Commissario Berlingui hat es nicht nur mit einer ungewöhnlichen Methode von Mord zu tun, sondern auch der Ermordete ist als kirchlicher Würdenträger des Vatikans nicht gerade alltäglich. Aber es bleibt nicht bei dieser Leiche, und Berlingui findet sich in einem zunächst unübersichtlichen und viele Jahre zurückreichenden Fall wieder, dessen Ende überrascht.

„Einmal mehr hat Andreas Heßelmann einen Kriminalroman verfasst, der den Leser nicht mehr loslässt. Atmosphärisch dicht, voller historischer und politischer Bezüge und vor allem: spannend bis zum tatsächlich überraschenden Ende.“
(Tim Schweiker, Sindelfinger Zeitung)

Andreas Heßelmann
Zementschlacht
Der zweite Padua-Krimi

ISBN: 978-3-7407-1495-2
August 2019

Verlag Twentysix/Random House

12,- €

Acht tote Schwarzafrikaner.
Mitten auf dem Prato della Valle in Padua.
Zwei Bauunternehmer, die sich seit ihrer Kindheit im Krieg kennen.
Spuren, die unglaublich erscheinen und Commissario Berlingui ein Rätsel sind, bis ihn die Ehefrau eines der Bauunternehmer zu einem Gespräch einlädt.
Berlinguis härtester Fall birgt nicht nur unvermutete Schicksale der Beteiligten, sondern beeinflusst auch sein eigenes Leben.
Ein ungewöhnlicher Krimi mit historischen Bezügen, die bis in die Zeit des faschistischen Italiens zurückreichen.

Andreas Heßelmann
Der letzte Mörder
Der dritte Padua-Krimi

ISBN: 978-3-7407-1495-2
Januar 2020

Verlag Twentysix/Random House

12,- €

Kaum aus seinem Urlaub auf Mallorca zurückgekehrt, wird Commissario Berlingui eine neue Kollegin vorgestellt, Sottotenente Loretta Dugiorni, Absolventin der Accademia Militare di Modena. Eine junge, strebsame und auffallende Persönlichkeit. Sie ist in seinem Fall „Zementschlacht", der ihn fast das Leben gekostet hatte, einigen merkwürdigen Dingen nachgegangen und hat nochmals nachgeforscht. Ihr überraschendes Ergebnis präsentiert sie zusammen mit Ispettore Collasso in ungewöhnlicher Umgebung:
„Der letzte Mörder" – Commissario Berlingui zwischen Erstaunen und Bewunderung.

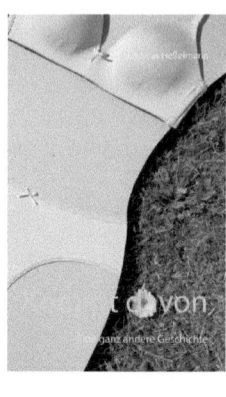

Andreas Heßelmann
Kommt davon
Eine ganz andere Geschichte

ISBN: 978-3-7407-4828-9
Juli 2018

Verlag Twentysix/Random House

10,99 €

„Kommt davon" ist eine (ganz andere) Geschichte rund um die Liebe.
Offen, ehrlich, sensibel, erotisch, pikant und nachdenklich. Mitunter eine Reise durch vergangene Jahrzehnte und ein „Versuch" der männlichen Hauptperson mit Kinofilmen etwas über die Liebe zu erfahren, damit er endlich seine Angebetete erobern kann.
Und dies verführerisch unbedarft und oft vollkommen überfordert.
Aber auch unschuldig, manchmal naiv … und vor allem zärtlich und schüchtern.

Andreas Heßelmann
Losglück
Eine deutsch-türkische
Liebesgeschichte

ISBN 978-3-7407-6240-7
Januar 2020

Verlag Twentysix/Random House

8,- €

„Liebe ist zweifellos der direkteste Zugang zum Leben. Aber wenn man keine zwanzig mehr ist, verlässt einen die Unbändigkeit des Lebens und man springt keine drei Stufen auf einmal hinunter. Dabei war ich mir sicher, nicht zu stürzen."

Ausgerechnet als er in seinem Leben ein wenig aufräumen möchte, lernt er an der türkischen Schwarzmeerküste eine junge Frau kennen, die es wert wäre, diese Stufen hinunterzuspringen.

Eine ungewöhnliche Liebesgeschichte. Erst in der Türkei spielend, dann in Deutschland.